小さな柳行李

遠矢羊子

私は幼い頃から小さく作られた物が好きだった。ミニチュアという言葉は知らなかったが、本物よりずっと小さく作られている…それだけで私にはそれが特別な世界の光を放っているように見えた。

その頃、戦後まだ十年で何処の家の押入れにも柳行李があった。まだプラスティックで出来た収納ケースなどない頃で、それは柳の細い枝で上蓋と共に箱型に編み込まれ、軽くて風通しもよく衣類の収納に使われていた。我が家の押し入れには他と混ざって小間物入れなのか一際小さな柳行李がひとつあった。四歳くらいだったと思う、ただ小さな柳行李…それだけで私には格別魅惑的に見えたのだろう。どうしてもそれが欲しくて私は母にねだり、ついに自分のものにしてしまった。それからはその小さな柳行李の中に私はその頃考え得る大切な物を仕舞った。母が嫁ぐ前自分で編んだという手袋がひとつ…表が白で裏が黒の洒落た細編みのその手袋をしたお姉さんと呼べるほどまだ若い娘のような母を私は想像した。そしてその母が私に編んでくれた橙色のチョッキが一枚…初節句で雛壇を前にそれを着て一歳前の私と母と兄が澄まして座っている写真がある。また初めて母が私のために作ったという簡単な人形にクリスマスに父に買って貰った小さな紅い手袋…おませだった幼い私はこれらの物をやがて大人になった時、きっと懐かしむだろうと思ったのだ。

その頃から想いのかけらを集めていたような気がする。あれからも押入れの中の柳行李に私の思い出作りの収集は続いた。やがてそれに替わるきれいな箱でも貰ったのだろう。何時の間にかその柳行李は消え、あの頃中に収めたチョッキと母の手袋だけが残った。

目次

小さな柳行李

母とトウシューズ

錦江湾に浮かんだ桜島に対座するかのように海に向かって鹿児島の街が広がり、その西側に連なった山に川辺峠が続いた。うねうねと杉木立の山際に沿って川辺峠を越えるとやがてなだらかな山々に囲まれるように田園が広がり、そこに横たわるように万之瀬川が大きく蛇行して流れる。その支流沿いに幾つもの小さな集落が点在し、私の母はそんな山間の片田舎で育った。母方の祖母は病床の夫を支えながら農業を続けてきたが四十で寡婦となった後、上二人の娘を嫁がせたものの頼りの長男、次男までが相次いで戦死してしまった。それから後も女独り黙々と田を耕し、まだ学生だった母と少年の三男を養いながら暮らしてきた。祖母の言葉は何時も簡潔だった。息子を失った悲しみも早くに夫に先立たれた寂しさも飲み込んだまま語らず、何時も遠くを見ているかのように清とした眼差しをしていた。ある種の風格といったような物があったのだろう。淡々と女の柔らかささえそぎ落としたような佇まい、そんな祖母に町で暮らす孫の私達兄妹も子供なりに襟を正す。暴君の父でさえ時折会う祖母の前では律儀な飼い犬のように畏まっているのが可笑しかった。毎年夏休みになるのを待ちかねて、兄と私の子供だけで両親の里である川辺までバスに揺られ遊びに行った。青田を渡る風、蜻蛉が飛び交い油蝉の喧騒の間から川の音が重低音のように絶え間なく聞こえる穏やかな山里だった。「Yちゃん、帰ってきたと？」野良着の見知らぬ人がのんびり声をかける。朝もやの中の井戸や夕闇にぽっと灯った黄色い電球…親の里は言い知れぬ懐かしさで私達を包んでくれた。その頃まだ藁葺だった母の実家の薄暗い奥座敷にもう使われなくなった糸車や機織機があった。簡素な衝立の奥に几帳面に積み重ねられた夜具と祖母の箱枕が置いてある。開け放たれた縁側の向こうはそうそうと青田が広がっているのに、そのひっそりとして侘しさが漂う部屋は気丈で寡黙な祖母が独り過ごしてきた長い時間を感じさせたものだ。

慎ましい暮らしの中で女学校に行かせて貰った母はそんな凛とした祖母の佇まいからは遠く、何時も屈託なく軽やかに笑っていた。戦時中のその頃の若者のように母にも満州に行くという淡い憧れがあったらしい。そのため母は女学校を出てすぐに鹿児島の街の寄宿舎に入り、タイプを習っていたのだという。四十半ばでその母が亡くなって間もなく、ある偶然から私は母の同窓だったという女性にそんな話を初めて聞いた。習い始めたタイプを辞めて東京へ行くことになった経緯を母はその友人に手紙で書き送っていたのだ。一昼夜を揺られて行く列車から移り変わる景色も、初めて関門海峡を渡った感激も今から東京で暮らすという高揚感と共に全てが眩しく映ったのだろう、そんな事が書かれていたと言う。それまで私は母から東京で暮らしたという事以外そんな夢を持っていたなど聞いた事はなかった。そこには私の知らない憧れを抱いた、まだ少女の母がいた。何の予兆もなく突然逝った母に繋がるそんな事柄全てが愛しく、私は母の生きてきた痕跡が両手からこぼれ落ちないよう立ちすくんでいる頃だった。家にまだその手紙はあるはず…ともその人は言った。私はその手紙が欲しかった。その母の手紙がほしいと言えばその人はどうにか探してくれたろう、けれど躊躇からあの時私はそれを言い出せなかった。今でも遠く見知らぬ家の何処か、色褪せた手紙の中で十八の母が目を輝かせ息づいているのだろうか…うら若い母のそんな日々をひとり思い巡らした。

戦争の最中、母は若い時分を数年東京で過ごす事になった。母の姉夫婦は神楽坂で紳士物の帽子店をしていたのだが、その夫が出征する事になった。それで女所帯となった店の手伝いも兼ねて急遽母が田舎から呼ばれたのだ。もともと素直な性質だった母に異存はなく、満州行きの夢はそこで淡雪のように溶けてしまったのだろう。残された一枚の写真がある。そこの小さな姪達と写真館で撮った写真だった。母が上京して間もなくその姉から作ってもらったのだろう、揃いのお洒落な縦縞のワンピースを着てまだお下げのままの初々しい母が澄ましている。母は巻き毛だった。整った額にその柔らかな巻き毛が掛かって楕円に縁取りされた写真の中の母は見とれるほどに美しかった。頭上を飛ぶＢ２９らの照明弾さえ若い娘にとって花火のように美しく、母は防空壕に入らず見とれていたと言う。また密かにそんな母に思慕を寄せていたのだろう、何も言わず週末ごとに帽子を買いに来る紳士がいたらしい。神楽坂という響きを懐かしみながら幼い私を相手に母は幾度となくそんな話を聴かせてくれたものだ。紛れもなく母の青春がそこにあり、小さな私を相手にその頃を眩しくなぞるように語ったまだ若い母を思い出す。戦争の激化で姉一家と共に東京から逃れるように帰郷した母は、その後戦地から帰還した同郷の縁戚である父と結婚した。けれど父は田舎暮らしを嫌い、母とまだ幼い兄を連れて鹿児島の町へと移り住み商いを始めた。そこで私は生まれた。今ではすっかり寂れてしまった旧街道もその頃は活気に溢れていた。バスや荷馬車、物売りまで狭い通りを行き交う。路地からは子供達が時折勢い余って表通りまでわっと溢れ出し、大人達に怒られ慌てて逃げたものだ。戦争が終わりようやく世の中も落ち着き、そんな町中の暮らしに習ったのか、それとも自分の生い立ちでは叶わなかった母自身の憧れがあったのか…私は小さな時から習い事をさせてもらった。

家のすぐ横を道なりに小川とも言えないほどの小さな疎水が流れていた。夏になると裏手の疎水沿いの草むらに蛍が飛んで近所の子供らと「こっちの水は甘いぞ」などと聞き覚えの歌を歌いながら、闇に浮遊する小さな灯りを追ったものだ。疎水は水源から程近かったせいか水量が豊かで澄んで清々と流れる川底で藻が揺らいでいた。その疎水をはさんでパン屋があった。以前は表通りの店舗に続いて裏の疎水脇に工場まであったらしい。けれどその頃すでに店は傾き、その工場も棟割長屋になってしまっていた。そんな事情からか、その家の次女は望まれるまま子供のいない親戚の養女になって隣町に貰われていった。家には十六、七のKちゃんという長女と十ほど年の離れた小さな弟達二人が残った。Kもお金のかかる私立の高校は途中で辞めざるを得なかったのだが本人が嫌がったのだろう、習っていたクラシックバレエだけは続けた。大人たちがそんな噂話をしていて、まだ五歳になったかならないかの私もその辺の様子は何となく覚えている。そのパン屋がまだ羽振りのよかった時代に育ったせいか、Kはどこかしら派手さの漂う娘だった。

ある日私はそのKに連れられ何処に行くのか分らないまま、幼い子供の足には途方もなく長い道を歩いて行った。母が娘にもバレエを習わせたいと彼女に頼んだのだろう、店を空ける訳にはいかない母に代わって彼女が私の手をひいてその教室まで行った。その時のKは幼い私よりむしろまだ若かった母の歳に近く、彼女は隣に越して来た母を姉のように慕った。けれどその子供である私には一向に興味はないらしく私達は互いに馴染んではいなかった。それもあって初め一言二言言葉を交わした後はKも私もぎこちなく手をつないだまま、こんもりと竹笹の揺れる川べりを黙って歩いて行ったように思う。旧道から疎水に沿って入って行くとやがて人家が途切れ、ひとむら竹薮が覆い被さるトンネルの小道に差し掛かる。そこを抜けると急に視界が開け田園が広がった。疎水が途切れその田園を横切るように線路が走っていた。そこを越えた辺りでまたKの友達が加わった。彼女より少し年下の目鼻立ちのくっきりした明るい娘だった。その友達の方は子供が好きらしく、しきりと私に構う。私は気が強く何時も眉根に皺を寄せているような愛想の悪い子だったから、こんな風に可愛がられる事に慣れていない。それで戸惑い、何処かしら居心地が悪かったことを覚えている。そんな道すがら彼女には小柄だった私がよほど小さく見えたのだろう、彼女は笑いながら私を見つめて「食べたいくらい…」と言った。美しかった母に似ず可愛いなんて言われたことがなかった私は突然のこの言葉にひるんだ。ヘンゼルとグレーテルが森で魔女に食べられる為に捕われる…そんな話を連想したのだろうか、顔を強張らせ思わずKの手にしがみ付いて笑われた。踏切を渡り橋を越え、見知らぬ角を幾つも廻ってようやくある幼稚園へ着いた。机や椅子が教室の後ろに片寄せられ、壁には大きな鏡があった。その前でレオタードに身を包んだお姉さん達がバーを掴みトウシューズの足をすっと伸ばしたり交差したり、思い思いに練習をしている。はじめて見る光景だった。Kが私を前に押し出すと「ああ、この子ね、よろしく。」と、スカーフで髪を巻きすっと背筋を伸ばした女性が愛想なしに私の頭をなでた。この人が先生らしい。「さあ、どうしようかしら。」本来は入団テストらしきものがあるものなのか、幼い私の扱いに困った先生は脇の女性にピアノを弾くように言った。「思いつくまま何でもいいから踊ってみて。」短い言葉が響き、先生がピアノの前に座った女性と目で交わした。ぱんと彼女の叩く手を合図にピアノは静かに近所の八重ちゃんの家で聴いているような曲目を奏で始めた。その音に皆が集まって来る。きびきびとしたこの空気の中でここに何しに来たのかも分らないまま、幼子なりにもう後に引けないと観念した私は言われるがままおずおずとひとり前に出て踊りだした。

その頃遊びに飽きると決まって私達はバレエごっこをして遊んだ。八重ちゃんの家には辺りで一軒だけ大きな蓄音機とテレビがあった。皆店に出払ってがらんとした八重ちゃんの家の奥座敷に集まり、テレビをつければ放映のない夕方までテストパターンの動かない画像だけが映った。そのバックを流れる曲調に合わせ私達は思い思いに陶酔して踊り、それを何処かで覚えたバレエごっこと呼んでいたのだ。クラシックが何なのかも知らず子供の感じるまま静かな調べでは水の流れのように、愉快な転調になると私達は風や蝶になった。

一旦踊りだすと何時の間にかここがバレエ教室であることも忘れ、私は八重ちゃん達と踊っている時のようにピアノの調べに身を任せ陶然と浸りきって踊ったようだ。曲が終わると皆笑いながら大きな拍手をしてくれた。よほど陶酔したのだろう、先生も「まあ、あなたは…」と言いながら再び私の頭を撫ぜてくれた。Ｋは帰り着いてその話を母に逐次報告したので母も笑っていた。

バレエを習い始めて慣れるまでは普通の上履きシューズでの練習だったのだが、しばらくして頼んでおいた私のトウシューズをＫが届けてくれた。教室でお姉さん達が慣れた様子で足先に綿を詰め、片足を椅子に乗せながら長いリボンを足首にくるくるっと巻きつける。その仕草がいかにもバレエを習っている人のそれらしく、私はそのトウシューズが届くのを心待ちにしていたのだ。爪先立ちのため靴先が真っ直ぐにぷつんと切れて長いリボンがついた踊るためだけの柔らかなトウシューズ…一面青田だけの藁葺きの家で育った母の子供時代からは考えも及ばないほど眩しいものだったに違いない。届いた私の小さなトウシューズを母は自分の膝にのせて嬉しそうに眺めていたのを覚えている。私は母の前でそのトウシューズを穿いて「アン・ドゥ・トワ」と得意げに足をくるくるっと交差し踊って見せた。

田畑で陽に晒され明治女の気骨を漂わせた祖母からどうして母のようにふんわりとした人が生まれたのだろうか。何時もにこやかに笑っていたものの近所の女同士の語らいに加わるでもない…母は子供の目にも何処か他愛のない少女のように見えた。田舎町とはいえ町中で暮らすようになってひとり娘の私に母はそんな真似事をさせたかったのだろう。私が母には縁のなかった「レッスン」という言葉も「お月謝」という言葉も意味も分らないまま覚えたのもその頃だった。それからしばらくはKに伴われ私はバレエを習うためその遠い道のりを通った。Kの父親は腕のいい職人でひと頃は随分繁盛したらしい。だが落ちぶれてしまった。まじめ一方の父親がどんな経緯か女性に入れあげ、夫婦で蓄えてきた何もかも彼女に吸い取られた挙句ひとり放り出され、気力さえ失って戻って来ていたのだった。茫然と抜け殻のようになって舞い戻った不甲斐ない夫に夫婦喧嘩は絶えず、昼間にも関わらず女房の容赦のない罵りの言葉が通りまで聞こえて来る。そんな言葉の欠片だろうか私は意味も分らず「くうにゃん」という言葉を覚え母から叱られた。Ｋは商品すらめっきり少なくなった父母の店を手伝うでもなく家でぶらぶらしていたのだが、そんな家の事情に嫌気がさしてきたのかついに家出してしまった。それからはそのバレエ教室に父がバイクで送ってくれた。半年ほど経って家出したＫは悪びれた風もなく都会からふらりと帰ってきた。間もなく夜の街に仕事を見つけたらしくＫは隣町で独り暮らしを始めた。彼女にはそんな暮らしの方が似合っただろう、やがて私は滅多に実家に帰ってこないＫの事は忘れていった。

バレエを習い始めて二年目、あれから私に続いて小さな子供数人が加わっていた。そんな頃近くの動物園のイベントに伴って野外ステージでバレエの発表会もあるらしく、トウシューズも慣れてきた私達もそれに参加ことになった。当時近くにまだそんな催し物をするような公共の施設もなく、その頃来日したトリオ・ロス・パンチョスでさえその野外ステージで演奏したものだ。そんな発表会が決まった頃、母の弟である叔父がバイクで現れた。年を重ねた祖母を支えるため仕方なく末子である彼が農業を継いだのだが、祖母に似て寡黙な彼もその頃はまだ若かった。その年若い叔父は姉が住んでいるのを口実に時折こうして息抜きに峠を越えて町にやって来ていたのだった。当日の舞台衣装であるチュチュは各自で作るよう教室から申し渡されていた。店番の母は幸いとばかりにその叔父にチュチュの材料を買ってくるよう頼んだのだ。私は子供ながら田舎で田を耕しているだけの叔父に繁華街まで行ってそんな特殊な買い物など出来るのか…叔父が帰り着くまで不安だった。夕方になって叔父は帰って来た。ゴーグルを外しながら後ろの荷台に括りつけていたたくしゃくしゃの紙包みを抱えている。「店が何処か分らんやった。」とにやにや笑いながら彼はそう言った。「あら、そうだった?」と母ものん気に笑う。やっぱり、田舎暮らしの叔父なんかに頼むから…と私は半べそになったと思う。半べそになってそれでも叔父に文句を言う筋合いでないのは分かっている、だからそれを頼んだ母の方に向かって私はむくれて足で何度も畳を引っかきながら暗黙の抗議をした。この様子を二人の姉弟は楽しんだ。散々引き伸ばし私を失望させた後「ところでこんなのがあった。」と叔父は惚けながらやおら紙包みを広げた。先ほどまでバイクの荷台にゴム紐で無造作に縛られ、よれよれになった紙包みである。そのよれた包装紙を広げるとチュチュの材料である白いチュールが夢のように折り重なって、その下には見た事もないような艶やかな輝きのサテンの生地までちゃんとあるではないか。これがあの妖精のようなチュチュになるのだ。「うそつき。」そう言いながら私は嬉しさの余りその紙包みをわっと抱きしめた。あれから母はこんな界隈の誰に頼んだのだろう、しばらくして小さなチュチュが先生の指定どおりに仕上がって届けられた。

発表会の当日私はお姉さん方に化粧してもらった。舞台裏で青いアイシャドーが塗られマスカラで大きく目張りを入れてもらい、髪には白い鳥の羽根を飾ってもらった。舞台の向こうではざわついた人々の声が聞こえている…チュチュをつけ化粧をした自分の姿に子供ながら胸が騒いだ。戦争が終わってまだ十年、人の暮らしもようやく落ち着いてきたとは言えこんな田舎町ではクラシックバレエ自体がまだ遠いものだった。開幕早々私達の出番だった。舞台の袖で並ばされて私達は待っていた。司会者が舞台の向こうで手を広げ「どうぞ。」と合図した。後ろから押し出され小さな子供達が白いタイツに小さなトウシューズ、チュチュを着てふわふわと流れるように舞台に出ると観客である大人も子供もそれだけで目が釘付けになっているようだ。舞台に上がった途端私は大勢に見られているという意識で晴れがましく高揚した。けれど他の五人の子供たちは群衆を前に驚きで棒立ちになってしまっている。途端に私の中でそれは何故か使命感のようなものに変わったらしい。私は舞台の上で何時も先生がするようにその五人の子供達の並ぶ位置を勝手に点検しながら並べ直したのだ。皆幼く舞台の上から見る大勢の観客に圧倒され、きょとんとして私にされるがままである。並び直った子供達はようやく我を取り戻した。それから私達はすっと片足を前に出し、もう一方の片ひざを折って大きく手を回すと深々と挨拶した。何の事はない、私達は後から始まるお姉さん方の前座でお愛嬌に童謡にある「どんぐりころころ」をバレエらしく振り付けしてもらっただけだった。この辺りから私は父に出しゃばりの汚名を貰ったような気がする。

小学校へ上がった頃バレエ教室が移転する事になった。今では大きく活躍しているそのバレエ教室がようやく街中にスタジオと呼べるものを構える事になったその創成期の頃だった。移転してそこに三、四回は通ったものの更に遠くなってしまった教室への送り迎えを父が嫌がったのだろう、その代わりに私は家から少し近い場所で日舞を習う事になり、それっきりバレエは止めてしまった。私はトウシューズの代わりに扇子と浴衣を風呂敷に包み、金物屋の八重ちゃんと歩いて稽古へ通った。子供にとってピアノの響きもチントンシャンという三味の音もさほど変わらず、私はすんなり「梅にぃも春ぅ…」と引きずるような謡曲に澄まして内股で小首をかしげ科を作ったものだ。

母は私を産んでから病気がちになった。季節ごとに床に就くようになった母は何時もかすかに消毒液の匂いが染み付いてそれが母の匂いだった。海釣りに囲碁にと遊びが好きで家にいつかない父と暮らし、それでも愚痴などない人で母は気分のいい日はひとり海辺を歩いた。煎じ薬の匂う台所で健康のためにとせっせと幾種類もの果実酒を作り、元気だった若い日の事を楽しそうに話してくれたものだ。その夢見がちの美しい人は花と動物を愛し、そんな母の膝で眠ると病の猫も元気になった。まだ近所に動物病院などなかった頃、甲斐甲斐しく世話をする母の元には他所から病気になった鳥だの猫だのそんな生きものが連れ込まれた。そして私が短大の卒業間近のある冬の日、前触れもなく私達に何の別れもないまま母は早々と向こうの世界へ逝ってしまった。甘くたおやかな母の元で我儘に育った私が独りよがりな青春を駆け抜けている最中だった。思春期の頃、私は父に似て我の強い傲慢な娘で、身勝手で容赦もなく上から押さえつけようとする父が許せなかった。反抗的な私に怒る父、そんな二人の間を母は何時もはらはらしながら暮らしていたのだろう、気を揉みながらも時折呟くように「あんたは良いねえ。」と自由気ままな私を羨んだ。ワンマンな父の影で何時も置いてきぼりの母に「それで良いの？」と私は突っかかり、もっと自分らしく生きるよう高慢になじったりしたものだ。年端の行かない娘に攻められ母はうろたえながら「でも有り難いのよ…体が弱いから。」と曖昧に笑った。そう言えば父は私達が小さな頃から床につく母の代わりに黙って台所に立っていた。私達子供にはそれが普通の暮らしだった。父には父の愛があった事も、私はまだ人生の何も分ってはいなかったのだ。温かく穏やかなごく普通の人だった母の存在…その喪失感は思った以上に大きく、若かった私を打ちのめした。突然抜け落ちてしまった母のまだ温もりのある場所に自分の哀しみだけを抱いて、あの頃私は幼子のように戸惑い泣いた。

数年して父は再婚し、継母への気兼ねから私達は互いに母の話をする事はなかった。ビールの好きだった母は父の気まぐれに注いだおこぼれのビールを美味しそうに飲み干したものだ。嫁いでから実家へ滅多に帰る事のなかった私にそんな思い出を重ねたのだろう、たまさか訪れた私に父はしきりとビールを勧めた。まだ春になって浅いある日、私達家族が実家を訪れた時、死の近い老いた父がひとり炬燵に座って古いアルバムを捲っていた。母の写真だった。継母の前に関わらず前妻である母の輝くような少女の頃の写真をじっと眺めている父の姿に私は胸を突かれた。もう何もかもゆるゆると解き放たれて感情のままに写真に見入っていた父…数十年余りの沈黙の下で父もその哀しみをずっと封印していたのだ。母の死、その哀しみを分かち合えぬまま私達はばらばらになってしまった。

あれから長い時間が過ぎ、最後まで気ままに暮らした言葉足らずのその父も亡くなってしまった。若い頃あれほど反発していた父の我儘さも狡さも粗忽ささえも今では懐かしく、闊達に笑う父の姿が晴れやかに思い出される。けれど不思議なものだ、ずっと恋い慕った母の方はどんな気質の人だったのかと問われると茫洋として心もとない。あの頃母は何を思いながら暮らしていたのだろうか…遠く記憶の中でしゅんしゅんとお湯の沸く瀬戸火鉢を前に白い割烹着を着た母が頼りない淡い微笑みを浮かべている。あの旧道も道だけを残して両脇にマンションが立ち並び、すっかり変わってしまった。あの疎水にも厚いコンクリートの蓋が被せられ暗渠となってしまった。今も暗い坑道の下を水が流れているのだろう。けれど手繰り寄せれば私の中に眠る幼い日の断片があの頃の疎水の川底の藻のようにゆらゆらと蘇る。

　あのトウシューズは何処へ行ってしまったのだろう、私は何でも遊び道具にしてしまった。名残のチュチュがしばらくの間人形の着せ替えとなってあの頃母に貰った小さな柳行李に入っていたのをふと思い出した。

がらっぱ草

父に似て私は幼い頃から気の強い子供だったのだが体質は病弱な母を受け継いだのだろう。小学校の低学年の頃まで日頃は原っぱを駆けまわっているのだが、一旦微熱が出れば家に籠りひとりで過ごす時間も長かった。障子一枚隔てて忙しげな外の気配は聞こえているのだが、片隅に置かれた火鉢の上の鉄瓶から単調な湯の沸く音が耳に残っている。熱で火照った私は布団の中で目を交差する。すると寝床から見上げる天井の節の模様がむくむくと動き出し物語が始まり、一日は旧道から漏れ聞こえるいろんな音と共にゆっくりと過ぎていった。

胃腸も弱かった私は甲殻類や青物の魚を食べては蕁麻疹を引き起こした。一旦そうなってしまうと確かにたまらなく痒いのだが皮膚の柔らかな部分が赤く腫れ上がり、やがて大陸の地図のように広がっていく様は自分の体ながら気味悪いと思いつつ妙な魅惑を誘った。

私は熱を帯び赤い不思議な地図のように盛り上がったその皮膚の際を指でなぞった。それはわっと湧いた半透明な幼虫のうねうねとした動きを気持ち悪いと感じていながら目が釘付けになってしまうような感覚に似ていた。ある時釣り好きの父のテグスが目に入った。何故そうしたのかもう思い出せない。多分掻いてはいけないと言われていたからだろう、その釣り糸で盛り上がった皮膚をぐるぐるときつく巻いてみた。食い込んだ糸のため引っ掻きたい欲望が多少満たされもしたが、何より糸で括られ幼虫の節々のようにだんだんに盛り上り変貌したその形態に私はそそられた。赤く糜爛《びらん》した皮膚がテグスで括られ節ごとにこんもり緊張を孕み、ぷるんぷるんと奇妙な生き物のようになるのだ。そこを舌先でその感触を楽しむのである。私は糸に巻かれ盛り上がった肌をべろべろと舐めてみた。不思議な感触だった。何時からか学校に上がるまでの間、蕁麻疹がおきると私は密かにこの遊びを楽しんだ。

やがて私は嫁ぎ、夫の家族と暮らし始めた。夫には絵がある。暮らしが何なのか知るにはまだ若く、次々に生まれる子等の世話をしながら自分は何処に向かっているのか…拠り所のない自意識やふつふつと湧き上がる焦燥感の中で私は息苦しく何かを探していたように思う。深夜夫を待ちながら膝の上で開く本が外界に続く小さな窓だった。目を見開いたまま動かない等身大に作られた人形の持つエロスが私を捉えた。人形の体のパーツはばらばらに組み合わされ、それが置かれた深い森。そこは湿った土の匂いの中、犯罪の気配すら潜んでいるように静まり返っていた。美に潜む腐敗…そんな二重構造の美があるようで、あの頃ハンス・ベルメールの危な気で均衡を欠いた変質的な作品に魅了されていた。片田舎に住み写真でしか見たことのないそれ等をなぞるように、私はばらばらに創られた体のパーツを卓袱台の上で創り始めた。しばらく経って手に入れた彼の写真集を見て驚いた。すでに見知っていた人形の作品の他に数枚、彼自身の手で恋人を釣り糸でぐるぐる巻きにした作品があったのだ。縛られ肉付きの良い彼女の身体はまるで芋虫の幼虫のように変貌しているのだ。すっかり忘れていた小さい頃のあの感触が突然甦った。魅惑の糸を手繰っていったらその先に子供時代の秘かな独り遊びが唐突にぶら下がっていたのである。蕁麻疹に掛かると私はこっそり隠れ、その立体地図のように盛り上がり広がる自分の皮膚を父の釣糸で巻き付けた。彼も糸で巻かれ幼虫のような恋人の肌を私と同じように舌で愛撫したのだろうか。フェティシズムとでもいうようなものが一体どんな風に形成されていくものなのか…世の中にはよく似た癖の人がいるらしい。

私は皮膚も弱く何かとすぐかぶれ、塗った薬にまたかぶれるのだから薬も容易に使えない。四歳ぐらいだろうか私は何時も近所の床屋さんでおかっぱにしてもらうのだが、その時額に汗疹でもあったのだろう、仕上げの時のかみそりに負けたらしい。夏だったから私の額中おできだらけになって母に連れられ病院に行った。蕁麻疹で通いなれた病院である。界隈に一つだけのこの病院をみんな陰でこっそり「藪じゃ。」と言いつつ大らかな先生のいるここに通っていた。その頃「お手々つないで」という童謡が唄われていた。大人たちのその軽口はすかさず子供達によって替え歌に仕立て上げられ、私達はこの替え歌を愛情込めて歌った。「お手々つんまげて（折って）Nどん（この医院の名前）に行けば…」と歌って遊んだ。その通いなれた病院の先生が私を見るなり今回ばかりは少し様子が違う。一瞬の沈黙に加えて先生の目が据わっている。注射ぐらいなら毎度のことで私も慣れていた。しかし今日はどうもそれでは収まらない何か…不安が広がる。私のひどくかぶれた額の処置に困った先生は夥しいおできを切開するための麻酔が必要だったのだ。このただならぬ気配を察したからだろう、私は素早く診察台を飛び降り診療室から逃げ出した。「捕まえて。」すぐさまこの医師の命令で待合のゴムの木の後ろに逃げ込んだ私は看護婦さんによって敢え無く捕まり診療室に連れ戻らされた。けれど何時もとは違う言いようのない恐怖から私は看護婦さんの腕の中で喚きながらばたばたと執拗に暴れ、思いっきり叫んで母に助けを求めた。けれど母は突っ立ったままハンカチを口に当てうっすら涙目で私を見るばかりでかばってくれない。子供ながら相当暴れたのだろう、奥の方から呼ばれた先生の奥さんまで一緒になって私を診察台に押さえ込んだ。三人がかりで手足をがっしり押さえ込まれて子供の私はもう身動きできない、それでも私は必死で叫んだ。これから先に何をされるのかその恐怖に幼い子供の精一杯の抵抗だった。そこへ看護婦が私の口に何かを押し当てた。ああ、これから自分はどうなるのだろう、何故母は助けてくれないのか…私のこの悲痛な叫びもやがて自分の耳にすら次第に遠のき、間もなく意識が霞んでいった。

「有難うございました。」母の声でぼんやり意識が戻った時はもう全て処置が終わったのだろう、私は抱かれた母の腕の中でその声を聞いた。気がついたのだが先ほど母さえも含めた彼らに欺かれたという怒りと、執拗に暴れた恥ずかしさで何故か私は気づかない振りを押し通そうと思った。それは微かな彼らへの復讐のつもりだった。病院を出ても母は私が抱かれたままぐったりしている哀れな子を演じているのにまだ気づいていない。「可哀想に。」母はそう呟くと額にぐるぐる包帯の巻かれた私の背中を愛しげに撫ぜた。その声を聞いた途端、助けてくれなかった母への恨みは一瞬で甘やかな感情になって溢れ、私はいっそう哀れな子供になりきって尚更母にしな垂れた。病院を出て角を曲がれば玉屋さんだ。お饅頭を蒸す匂いやカステラを焼く甘い匂いが何時も流れている。母は私を抱いたままその玉屋に入ったようだ。母は店の小母さんと何やら今日の顛末を話し始めた。それで私はその母の肩越しにわざとだらりと手を垂れながら薄目を開けてみた。ここが玉屋である事を見届けると今度はたちまち狡猾な欲がむくむくと湧きあがり、私はまだ麻酔から目のさめない哀れな子をそのまま演じる事にした。「この子が好きだから。」母は案の定めったに買ってもらえないカステラを買った。小躍りしたいほど嬉しかったがここが我慢のしどころである、私は完璧に哀れな子を演じきった。家に着いてからも「ほら、美味しいよ、Yちゃん。もっと食べたら？」と出されたカステラをわざと食欲なさげに食べたものだ。夫と喧嘩した時、こちらに勝ち目がないと見定めると私はこんな手を使うようになった。村芝居より下手な台詞と勿体つけた溜息に単純な彼は簡単に騙され、その都度詫びを入れている。暑い日は汗疹を掻き毟らぬよう母が夜通しうちわで扇いでくれた。くたびれた母が手を休めると私はきっと目を開け無言でそれを責めた。私は我儘で手の掛かる子供だった。小さな時分から勝気で生意気な私に父は厳しく、その分母が「この子は体が弱いから。」と甘かった。

五、六歳だっただろうか、左目の瞼に腫れ物ができた。それは日に日に大きくなり、そんな私を兄は「お岩さん、お岩さん。」と四谷怪談をもじってからかった。兄は母から叱られたが覗き込んだ鏡の中の自分に「なるほど。」と妙に納得したものだ。夜が明けると前日の大降りの雨が嘘のように収まって空はからりと晴れ上がっていた。雨に倒れた夏草が露をはらんで生気に溢れ何処もかも風呂上りのようにつやつやと甦った朝だった。小学校が休みだったのだろう、母は起き抜けの兄に「がらっぱ草を取っておいで。」と言いつけた。朝御飯を済ますと野山が好きな兄は喜び勇んで出て行った。この辺りでは毒だみの事をがらっぱ（河童）草と呼んだ。消毒液にすら炎症を起こす私にとってこの妖しい名前の草が何のかぶれもなく私の腫れ物を治すらしい。瞼はますます赤くはれ上がりほとんど片目を塞いだ。その先端は僅かにつんと尖がってはち切れんばかりにつるつるになっている。私はまるで異物の感触を楽しむかのようにそのとんがりを触るので母から叱られた。

家から程近い野原にがらっぱ草を取りに行ったはずの兄がもう昼前というのに朝出て行ったきり帰って来ない。母はてっきり兄がそのまま遊びに行ってしまったのだろうと怒っていた。しばらくして「ただいま！」と弾んだ兄の声がした。裏木戸ががらりと開くと同時に母は兄を叱るつもりで立ち上がりながら「何してたの。」ともう怒り出していた。それがたちまち「あら。」という声に変わってしまったのだ。私も急いで駆け寄るとそこにずぶ濡れの兄が見たこともないほど大きな鯉を自分のランニングに抱え込んでにかにか笑いながら立っていた。鯉は兄の腕の中で今にも飛び出しそうな勢いでまだばたばたと尾を上下に叩いている。「どうしたの？」矢継ぎ早に母が問う。兄は説明を始めた。確かに兄はがらっぱ草を取りにいく名目で家を出た。五十年以上も前の話である。当時は店の立ち並ぶ表通りからこの疎水沿いに真っ直ぐ小道を行くとやがて家もまばらになってくる。そのまま竹藪の続く小道を潜り抜ければ疎水の水源である湧き水が渦を巻き水藻が揺らいだ浅瀬になっていた。小さな疎水は昨日の大雨で生きもののように変貌していたらしい。兄にとって家を出てしまえばこっちのもの、少年に雨上がりの川は格好の遊び場だった。母の予想通り兄は言いつけを放り出してぷらぷら増水した川べりを登って行った。しばらく川の流れに竹を突っ込んだりして遊んでいたらしい。そこに昨夜からの雨で笹などが流れ溜まったその瀬に身動きの取れなくなったこの大きな鯉が跳ねていたと言うのだ。そしてその鯉と兄の格闘が始まった。一旦はその瀬で捕まえた鯉がするりと逃げ、もう一度捕まえる為に川中這いずり回る羽目になったと言うのだ。確かに七、八歳の少年には手ごわいほどの大きな鯉だった。その内ぴちぴち跳ねる鯉を両手に抱え込んで帰る兄の姿を見かけた近所の人がやって来る。道草が思わぬ拾い物で皆に褒められ兄は得意満面だ。何処から迷い込んできたのか主と呼ばれるほどの大きな鯉は敢え無く少年の手にかかり、間もなく移された行水用の金だらいの中で切なげに最後のあがきに跳ね回った。その日我が家では人が集まり当然早めの晩酌が始まった。文字通りまな板の鯉は釣り好きの父の手で大盛りの鯉の洗いと鯉こくになり、皆の座を盛り上げた。私のがらっぱ草はどうなったのか…その夜「てんがらもんじゃっど（お利口さんだ）。」と集まった皆に囃し立てられ、ご満悦の兄のお椀に大きな目玉の鯉の頭が入っていた。

翌日母が近くで摘んだがらっぱ草を練り潰し、私の腫れ上がった瞼に貼ってくれた。あれから膿が出て腫れが引いたのだろう、まもなく兄に「お岩さん」とからかわれた瞼の事は忘れてしまった。何時もは思い出す事さえないのだが覗いた鏡の中でふと気づく瞼の上の微かな傷跡がそれだった。

夏間近になると何処からか毒だみ特有の匂いが流れ、草陰に咲いた清楚な白い花に気づかされる事がある。陽の光を浴び退屈をついばむように風が遊ぶ…幼い頃頭上を通り過ぎる果てしない時間。まだ若い父や母がいて、戻れないと分かっているその何でもない日常が今は眩しく、光に縁どりされた幼い日々を思い出す。零れ花だろうか我が家の裏庭にその白い花が咲いて、草いきれの匂いと共にあの雨上がりの朝が鮮やかに甦ってきた。

紫水晶

ジブラルタル海峡を渡り赤茶けた大地を旅して、家々の分厚い扉の上に真鍮で出来た手が飾られているに気付いた。それが「ファーティマの手」である事を知った。イマームアリーの母であり、理想の女性ファーティマの慈悲深い手はイスラムの民のお守りなのだろう。そのふくよかでしなやかな手は私の記憶の中の母の手だ。

母はじっと手を眺めて「きれいだと言われていたのにねえ。」と呟いた。それでも私の前に揃えられた母の指はすんなりと長く豊かに思えた。今の私よりも若かったその時の母のため息を知る術はない。その頃幼い私は何故かしら母に集まる視線が疎ましく思えた。その人が美しい事が子供の私には分らなかった。そして人は私が父親似である事を残念とも言った。私を産んだ後母は体を壊し、季節の変わり目は何時も床に伏しがちだった。遠い昔を振り返れば消毒液の匂いと共に火鉢に掛けられた鉄瓶の湯気の向こうで母が笑っている。比較的元気な日、母は少し歩いて海辺まで行くのが好きだった。無骨な父ではあるけれど美しい母が自慢でもあったのだろう、父なりにそんな母を愛していたのだと思う。床についた母の代わりに父が台所に立ち、私たち兄弟にはそれが普通の暮らしだった。

五つの時だったと思う、父はその頃の商い先の招待でひとり京都へと旅をした。半世紀前、列車で一昼夜をかけて行く京都は雅という響きも美しい遠い古都だった。母と幼い兄と私の三人は店を除けば二間しかない小さな家で心もとない数日を過ごしたのだと思う。そして深い秋の冷気に包まれた朝、いきなり起こされた私の前に背広姿の父が笑っていた。父はまだ布団の中の私に顔ほどもある大きな土産の煎餅を手渡した。見上げると母は立ったまま何やら両手に包んで嬉しそうに笑っている。私は寝巻きのまま駆け寄り覗き込むと母の手に小箱がのっていた。覗き込んだ母の手のひらの上の透明なその小箱は当時まだ珍しいプラスティックで出来ていて、それはおとぎ話のガラスの靴のように繊細でそんな美しい小箱を私は初めて見た。その小箱の中に指輪があった。私はそれまで母の手に嵌められた指輪というものを見た事がなかった。母はその小箱の蓋をそっと開いて手に取った。金で縁取られた台座の上に紫色に澄んだ石、凛として気品に満ちた小さな指輪だった。

母はよほど嬉しかったのだろう、父の京都土産である指輪の入った小箱を訪ねて来る人ごとに見せていた。同じような暮らしぶりのこの界隈では誰もが「ほう。」と言ってその小箱までを褒めた。それから何処か出掛けるとなると母の手にその指輪がはめられた。紫水晶は安価な石でいわゆる宝石とは言えないのかもしれない。しかしその小さな石は母にも私にも唯一の宝石であったに違いない。それはいつも箪笥の小引き出しの奥に仕舞われた。

何時しか蝉の羽のようなプラスティックは量産されてあちこちに出回り、私たちの大切な宝石箱も色あせていった。そして年頃となった私に母のため息を思いやる余裕はなく、私は目の前に開かれた自分の世界をひた走っていた。

その傍らで母は命を縮めていたのだ。「こんな人の方が案外長生きするのかもね。」と言って笑う母に病弱とはいえ死の予感などなかった。けれど四十七の冬、わずか一週間ほど寝て母は逝った。その夜、事態の急変に母自身が別の医師に見て貰うよう要請した。掛かりつけだった町医者に代わって往診に来た専門医は「今夜が峠です。」と口重く言った。思いも掛けなかった。突然そう告げられ、それでも目の前の母がいなくなるなんて到底信じられなかった。いたたまれず私は泣きながら呼び出した友と凍える夜の道を歩き回った。友は黙って着いて来てくれた。泣いているそれ自体が何処か遠くの話のようで母がいなくなるなんて到底信じられなかった。その夜、付き添う母の布団の脇で何も言えず座る私に「Yちゃん、もう楽になったから、心配ないから。」と母は切れ切れにそう言い、私にも休むよう促した。私は病弱である母に慣れ過ぎていた。そうだ、そんな訳はない、今までもこんな事はあった…何処かで私も安心したのだろう、ふと睡魔が襲った。その時何かがぐいと私を引っ張ったのだ。母だった。はっとして抱き起した母はもう意識もなくぐったりしている。慌てて父を起こすと父は車にも乗らず裸足で家を飛び出し、病院まで凍てつく道を走って行った。独り残された私は母に「死なないで。」という言葉は恐ろしく、暗がりの中でただ泣きながら母の体を揺すった。間もなく私の腕の中でため息でもするようにふうと息をひとつして母はもう動かなかった。あの日、未明になって医師の予告通り急変した母は何も語らず逝ってしまった。昨日までの穏やか過ぎるほどささやかな私達の日常がこうしてぷつんと切れてしまった。

慌しく人が出入りし静かな日が戻ってくると小さな家はがらんと広かった。母の残したガーゼのハンカチにまだ消毒液の匂いが染み付いている。その母が二度と戻らないと言うのに日常が当たり前のように始まるのが不思議だった。母のいない家は寒ささえ感じられない無機質な空間となり抜け殻に思えた。父も兄も私達は互いに抱きあう術も知らず語らず、同じ家にいてそれぞれに悲しみを抱いた。何処にでもいる穏やかな人…何れ人々は母の事を忘れていくだろう、そんな痛いほどの哀しみが突き上げてくる。この世から人がいなくなる事を受け止めきらず、私はそこらにまだ落ちているはずの母の欠片を必死にかき集めた。包んだその指の間からそれが漏れないよう震え、名も無き普通の人が生きてきた意味を私は考え続けた。やがて当たり前のように再び春が訪れ私も泣き疲れたのだろう、ぽかんと空白の中に私はいた。そしてようやく温かく優しかったあの人の血が自分に流れているのに気付いたのだ。母の美徳がそこにあり、高慢な私の中にもあるだろうそれを大事にすることがこの世に母が生まれた意味になるのだと気付いたのだ。

あれから私も長い人生の時間に晒された。母への想いを行きつ戻りつしながらどれほど多くの人に出会っただろう。銀婚式に京都に行くのが楽しみと言いながらその年に果たせぬまま逝った母…それは本当にささやかな母の夢だった。上から見えているだろうか、今私はその母の年も超え、母の知らなかった世界を行き来する。そして母の会う事のなかった子供達を育て、今彼らがあの頃の私のように青春を駆け抜けている。

箪笥の隅にあの紫水晶の指輪が残されてそれは唯一の娘である私に渡された。無機質な石に母の匂いなど残ってはいないけれど、この石はあの秋の日の母の喜びを知っている。

時折私は鏡台の奥のその指輪をそっと指に滑らせて遠い日を懐かしむ。母の美しい手には似ていないけれど、揃えた指の上で鈍くなってしまった金冠の上の紫の石が涼しく澄んだ。

ラジオと真空管

まだ四つか五つ、あの頃の私はよく首に真綿を巻いていた。私は勘も気も強い子供であったが体は母に似てやや腺病質で、元気に外で跳ね回る日と微熱が続いて家で過ごす日とが交互に過ぎていった。熱が出ればしゅんしゅんと静かに蒸気を吐き出す鉄瓶の音を背に部屋に籠る。それでも気分の良い時はネルの寝巻きの上に千代紙模様のモスリンの綿入れを羽織り、障子に挟まれた板ガラスから表の通りを見ていたものだ。表の通りは旧街道で荷馬車も通ればバスも通る。朝まだきの豆売りのベルの音に始まって「竿竹ぇぇ竿竹っ。」といった長閑な物干し竿売りや金魚売の声、隣町から褐色に日焼けして野良着の胸をはだけたお婆さんの野菜売りに加え、もう今では見る事もなくなってしまったが当時は南の海辺の町から「枕崎の鰹節はいっやはんか？」と独特の訛りで頭の上に籠を載せた鰹節売りも来る。通りを行き過ぎる風景に飽きるとラジオと天井の節目の模様が私を遠くの世界に誘い出してくれた。夕方になるときまって熱が上がり、その発熱は周りの世界を朦朧と遮断した。部屋の片隅に置かれた火鉢の上の鉄瓶から蒸気が立ち上る部屋で私は布団の中から真上にある天井の節穴を見続ける。熱のためだろう、広がる節目の模様が幾変化もしてその度に慄いたり高揚したりで病気の日もそれなりに馴染んだ楽しみがあった。

小さく創られた物にはある魔力があるらしい。乳幼児がいない我が家にミルク缶があった。滋養を…と思ってだろう、母は病気で寝込んだ私にそれを飲ましてくれた。そのMミルクの丸い缶には紺色の服を着てにっこり微笑む少女が描かれていて、その手にまたこれと同じミルク缶を携えている。その缶に描かれたその少女もまた同じミルク缶を抱え、その缶にもまたその少女が描かれているのだ。私は目を凝らす。その連鎖は何処までも果てしなく続いているようだった。点に向かって何処までも続く少女達…そう思うとくらっと立ち眩みのような感覚に襲われ私はこの時初めて陶酔という概念を体感したのだと思う。

薄ら汗ばんだ体を拭いてもらい新しい真綿を首に巻いて気分がよければ起き上がって私はラジオを聴いた。当時まだテレビもない時代でラジオだけが住んでいる界隈の外の世界を伝えてくれた。父親は夜になると酒を飲みながら浪花節を聞いた。幼いながら押し潰れたような声で独特なそのうなりの主が虎造という名である事も覚えた。不思議だった。ニュースを伝えたかと思うと野球中継になったり、はたまた音楽番組となったり、こんな小さな箱の中にどんな世界があるのだろう…その内私の好奇心はラジオから流れてくる内容より、そのラジオという箱の中の未知の世界へと移っていった。

私は以前母に読んでもらった「小人の靴屋さん」という絵本が好きだった。靴屋を営む老夫婦の家に小人が隠れ住んでいる事に気づいたお婆さんがその小人達のために小さな服を作ってあげた。そのお礼にと二人が寝ている間に小人達がお爺さんに代わって洒落た靴を夜通し作って恩返しをするという話である。幾人かの小人達が大きな靴をせっせと作っているその挿絵に私はときめいた。自分の知っている世界の他に気づかれないようひっそり息を潜めてこちらを覗いている小人達がいるのではないか。私は二十日鼠ほどの彼らが着るだろう小さな服や背丈より大きな靴を槍のような針で縫う彼等を想像し、そんな小人達への憧憬は幼い私をわくわくさせた。私はどうしても彼らに会いたくなった。もしかして家の中にも彼等がいやしないかと夜中目を覚ましひとり起き出して彼等の潜んでいそうな台所を探したり、じっと隠れて待ったりした事もあった。何処かにいるはずの小人に会えぬまま、ある日私はラジオを聴きながらふと気づいたのだ。ラジオの中で確かに誰かが喋っている。きっとこの箱に収まる背丈の人々がいるのだ。この箱の中にこそあの小人達が潜んでいるのではないかと。小さな子供に電波などという仕組みなど分る筈もなく、それからは私の中でこのラジオが下界と秘密の世界を隔てる不思議な箱へと変貌していった。

私はラジオから流れてくる独唱の調べが好きだった。きっと米粒みたいな真珠の首飾りをして、何枚も重ねられ淡く透きとおった薄絹のドレスを身にまとった手のひらに乗るほど小さな女の人がうっとり目を閉じて歌っているのだろう。そしてその傍らで小さなグランドピアノの鍵盤の上で蝶ネクタイの紳士の細く白い指が踊っている。タフタの衣擦れの音もチェロの低いうねりも知らぬ幼子が知りうる限りの美の想像に酔いしれた。一旦そう思い込むとあの天井の節目の模様のように空想は湧いてきた。私はいよいよラジオの中こそが小人達の潜む住み処であると確信したのだ。どうやって彼等がそこに辿り着くのかは分からない。けれどその小人達は出番が来るとこのラジオの中にある舞台のマイクの前に立つのだ。今自分の前に置かれた四角な箱の中には秘密の世界がある。しかも大人たちは誰一人その事に気づいていない…目をちょっと斜に交差すれば私は現から夢の世界へと移行できた。そしてそう思い立った日からますます私は空想にのめり込んでいった。物語の中で暗躍する小人の悪党も小さな黒い紋付の着物に袖を通しタッタと机を叩きながら話す講談師の小父さんも皆この箱の中から私を相手に喋っている。そんな彼等を一度でいいからこの掌に乗っけてみたいと思った。けれど小人達は普段人に気づかれないよう隠れているものだ。もしかして私に見られたら二度と彼らは現れないかもしれない。そんな葛藤が私の中でしばらく続いた。

ある日、とうとう私はその誘惑を抑えられなくなってしまった。商いをしていた私の家ではいつも誰かが家にいた。それで両親が揃って出かけるのをじっと伺っていたのだがついにその日がやって来た。私は外出するには気だるく、家に独りいる事が何でもないよう子供ながら入念に振る舞った。母は微熱気味の私を残し出かけるのを躊躇いながらようやく出て行った。表の店の戸も立てられ、正午過ぎの家はうっすらと暗がりに包まれ私独りきりとなった。そしてあの事を決行するのにはこの日しかないと思われた。ラジオを聞くのが父母の、そして兄の楽しみであったのを知りつつ私は我が家にたった一つのラジオを解体し始めた。悪事に手を染める時何かが乗り移るのだろう、私はまるで憑かれたようにその事に夢中になっていった。覗いてはいけない世界をこの事で一瞬にして失うかもしれない、しかしそんな不安も踏みつけ今や真っ黒に染まった邪悪な欲望は暴走していった。見よう見まねでドライバーといった道具まで使えたのだろうか、四、五歳の幼子がどうやってそれを解体できたのか…気がついた時私の前には広げられたラジオの夥しい部品やコードが散乱していた。何より私がずっと恋焦がれた小人達は何処にもいなかった。掌に乗って歌う西欧の歌姫がそこに転がっているただのガラスの真空管だと言うのか…私は静まり返った昼下がりの家の中で呆然としていた。その後両親が帰ってきてからこの事をどう言ったかはもう覚えていない。それからまた新しいラジオが置かれたが私のラジオへの執着はあっけなく幕を閉じ、秘密の国への入り口であったはずのラジオは単に真空管の入った箱となってしまった。少なくともあの日以来私の小人の世界は消え失せた。この世には深追いして求めない方が幸福なことがある。覗かない方が良いと思いながらその欲望を振り切れず、私は信じていた夢の国を自ら壊してしまったのだ。

　あれからも私は小さなものが好きで割れた色ガラスの欠片や脱皮した乳色に透ける蝉の抜け殻、珍しい模様のビンの蓋や不思議な絵の描かれたマッチ箱など愛しき物を秘密の箱に集めて楽しんだ。時折、あの日ひとり壊れたラジオの前に座ったまま後悔とも狐に包まれたとも言えぬさめざめした感覚をふと思い出す時がある。

義父

― 夢 ―

　春になると何故かしらうきうきと生暖かい風に誘われて出かけてみたくなるものだ。何時だったかそんな頃義父と子供達と春の木市に出かけた事があった。義父は花の名前など知る人ではなかったが、木や草花を満載した市の賑わいが好きだったのだろう。私は木に咲く花や山野草が好きだったが、この木市にもうひとつの楽しみがあった。大勢の人の出足を見込んでの屋台のほかに、鳥、猫、犬、金魚などといった生き物を扱う店が決まって数件軒を並べた。もともと動物好きだった私はこの出店の独特な匂いが懐かしかった。私が育った家には何時も犬や猫、鳥もいた。母がそれらを愛した。穏やかで体の弱かった母の膝にはいつも猫がいてそれら生き物を母は慈しんだ。そんな母が何の予告もなしにある冬の日に亡くなり、暫らくして私は嫁ぎ彼の家族と暮らし始めた。嫁ぎ先の義母は生き物が好きではなく、私の周りからあの懐かしい身体をすり寄せて来る者達のいない日々がずっと続いた。秋と春の木市に行くとそんな店先には動物達の人の愛を請うような切なげな眼差しに出会った。大家族で暮らし始め嫁という立場に言われぬ憂いさ…彼等の頭を撫ぜてやるとそんな心のどこかが解けていくような和みで満たされた。ある店で私は珍しい生物を見つけた。フルーツ蝙蝠という名前らしい。どのような経緯でここにいるのかは分からないが小さな店の片隅にそれはいた。奇怪な姿ながら食べるものは果物という。林檎やバナナをぱくりと飲み込み、羽を広げると正に傘のようである。私も子供達も歓声を上げながらその姿に見入った。犬や猫はもちろん、ましてや蝙蝠など、口に出しただけで義母の悲鳴が聞こえてきそうである。この蝙蝠を飼いたいなどと本気で申し出る気持ちなどなかったが私は義父をちょっとからかってみたくなった。

義父の元へ駆け戻り「お父さん、飼いたいものがあるんです。蝙蝠なんです。南方の…でも果物しか食べない可愛い子なんです。」真顔で言ってみた。すると突然義父がキレた。「ええい。いい加減にしなさい。あんたが今朝私に言った事を考えてみなさい。あんたは懐からお父さん可愛いでしょうと蛇を出した。私は怒っている。」と、かんかんの剣幕である。が、私には蛇など出した覚えはない。義父は蛇が何より嫌いだった。

義母が義父の元へ嫁いで間もなく、二人で山道を歩いていた。当時の事だから若い義母は何歩か義父のあとを歩いていたのだろう。すると義父の足がすくんだまま止まってしまった。見ると一匹の蛇がまさに道路を横切ろうとしていたらしい。気丈な義母は義父の蛇嫌いを察するとすかさず前に進み出て、果敢にも下駄でその蛇を踏んづけたまま「お前さあ、(あなた)通りゃんせ。」と言ったという。義父は「ふむ。」と言い、そこを遠巻きに歩いて通り過ぎたという話だ。銘仙の着物を着た下駄履きのまだ若い義母が蛇を踏んづけている横を、威張って歩く義父の姿が目に浮かぶ。愉快な話である。そんないわく付きの義父だから私に怒った。昨夜の義父の夢に私が出て来てそう言ったというのだ。それで義父は義父なりにその不快さを我慢していたらしい。そこへ私がからかったつもりの蝙蝠である。「ええい、あんたなら言いかねない。」と義父は実にお冠である。私は「お父さんの夢にまで責任もてません。」と言い掛けて止めてしまった。義父はそんな人なのだ。夢だろうが現実だろうがお構いなしに義父が何時も正しい人なのである。

義父は六十半ばで逝ってしまった。あれから私達も海の近くへと越して行った。今、我が家には犬二匹、猫十三匹がそここに昼寝を楽しんでいる。天井の高い居間には揚羽もトンボも紛れ込んで飛び交い、蟹がごそごそ床を歩くこの家を見て義父は何と言うだろう。けれど写真立ての中の義父は何を思ってか笑っていた。

― ビールの泡 ―

私が嫁いで来た時、義父は今の私の年齢だった。見知らぬ人を父と呼ぶことになった時、以前読んだ小説の若い嫁と舅とのあえかなエロスの匂いが思い起こされた。私が二十三、義父が五十二であった。日常という現実はそんな他愛もない幻想をぴたぴたと踏んづけて歩いて行った。

門口でえほんと咳払いひとつ、定時に帰宅する義父の挨拶だった。いそいそと出迎える私にぎょろりと一瞥、義父はにこりともしなかった。男がむやみに笑うものではないという意味であろう、それを姑は「男は年に片笑」と言った。同じ屋根の元に生活する嫁と姑の関係も難しいが、また嫁と舅との関係も微妙である。夜勤の多かった夫に深夜まで付き合い、朝慌てて階下に駆け下りるとやおら義父が起きて来る。テレビならば国営、新聞ならばA紙と決まっていた。その新聞を一番先に取るのが義父の日課であった。暮らし始めて間もない頃、義父は私にその新聞をぬっと突き出した。「え、何でしょう?」一瞬どういう事か戸惑ったが説明などする義父ではない、これを見よという事らしい。そして「これは何か?」と口を一文字にして私に問う。指し示したのは四コマ漫画であった。何のことだか面食らいながらも何やら察し、私はその四コマの説明をしてその落ちを言った。すると義父は突然わははと顔を崩して笑い、そうかなるほどと頷いた。あのフジ三太郎の四コマの可笑しみがようやく伝わって来たのだった。それ以来、私がこの漫画の何が可笑しいのかを解説をするというのが朝の慣わしとなった。

途中から県の職員となったのだがもともと竹細工の職人であった義父は早めに役所を退職した後、庭先に小さな工房を建て黙々と竹細工に励んだ。細い籤(ひご)なった竹はシュルシュルと踊りながら義父の手元で美しい編模様を見せてくれた。勉学の好きだった義父は学を断念し長男として家業を継がざるを得ず、それを生業としていながらその無念さは未だに尾を引いていた。けれど義父の手は確かな職人の手であった。昼食後一時間ほど昼寝し目覚めたら私を相手に小一時間ほど雑談に興じ、また夕方まで仕事。それが終わると一汗流し、夕餉の支度に取り掛かる私の背の向こうで早めの晩酌に入る。これが義父の日課であった。やがてビールが私の好物だとわかると、小瓶のビールのコップ一杯だけを飲み、そのコップを栓代わりに蓋をした。「飲みきれんから、後はあんたが飲みなさい。」そう言って、毎晩義父は私にビールを残した。そしてそれを冷蔵庫に仕舞うよう言い、自分は焼酎を飲み始める。義母たちの手前私が後で公然とビールが飲めるよう口実を作ってくれたのだろう。と言うより、私のためにビールを口にしてくれたのかもしれなかった。

また義父が寝付くまでが私の言いつかった仕事だった。夕食後それぞれに家族が散った後の居間で、義父は私を相手に毎晩決まった量の酒を飲んだ。時折、業を煮やした夫が上の階から私を呼ぶと「ええい、あんな馬鹿は放って置きなさい。ところでだ、Y子さん…」義父の話は続いた。父を厳しく時には頑迷とさえ思ったが、好きな人だった。

ある日、何時もの夕食の支度にかかった私の背中越しに義父が「あはは。」と、いきなり笑いながら言った。振り向く私に「あんたは幸せでしょう。」と、唐突に義父は言う。てっきり義父は私が夫と結婚できた事を言ってるのだろうと思い「ええ。」と私は頷いた。すると「そうだろう、あんな父親ではねえ…やっぱりあんたは私のところへ来て幸せだ。」と、義父は言った。確かに私の父親は所謂がさつな人であった。寂れた商店街で小商いをやって、その界隈が全ての人であった。義父によれば私があんな父親に満足出来るわけもなく、ならば自分のことを父と呼べる今が幸せだろうという事らしい。私は呆れて可笑しくなった。私にとって男性と映るのは夫だけであって双方初老の二人の父親を比べてどちらがどうだなどと考えた事もなく、あえて言えばそもそも二人とも私にとって男性として存在してはいなかった。しかし私は次の言葉を飲み込んだ。義父はいたってご満悦でまた酒を飲み始めたからである。初夏の風はさわさわと義父の甚平の袖をゆすった。

― 義父の詫び状 ―

その頃結婚は私にとって思いもよらぬ大きな檻がいきなり覆い被さって来た様なものだった。青春の光に満たされた一本の道を新たな恋という馬車で逃げるように走り抜け、かい潜った門の中はしがらみで満ちていた。暮らしが何なのかも知らず請われるままに私は夫の家族と共に暮らし始めた途端、旧態依然とした暮らしが待っていた。気ままに過ごしてきた若い二人には言い様のないその軋轢、何も言えぬままただ鬱々とした長い時間が通り過ぎていった。やがて家を出た私達にその後も過干渉という鎖が私達を締め付け、ある出来事から思い余って初めて二人そろって義父に訴え出た事がある。夏の日は濃い緑の陰を落とし昼寝から目覚めた義父が独り家にいた。

一家の長として君臨していた義父はこの二人の思いもよらぬ反乱に戸惑いを隠しきれぬ

まま私に言い放った。「この十年、一日たりともあんたを信用した事はない。」強い言葉ではあったが、それは義父の何時もと違って何処か頼り気のない言い回しだったように思う。しかしあまりにも思いがけない義父の言葉に私の中で何かががらがらと崩れていった。若い私は一途だったと思う。新たなこの家族を愛していこう、そうすれば何時の日か私の事も分かってくれるだろうと私なりに誠意を尽くした十年だった。せめて義父だけは分かってくれるだろう…そう思っていた。けれど義父の言葉は容赦のない一撃だった。私の中で何処かが妙にしんと静まり返った。今まで私という個と格闘し幾つもの言葉を飲み込み積み上げてきたものがこれだったのか…井戸の底に落ちたような虚しさの後、しばらくして今度は怒りが込み上げてきた。

当時私達はしばらく前に夫の実家を出てその近くに住んでいた。夕暮れになって毎日の出来事を彼等に電話で報告するのが私の日課と課せられていたのだが、そんな事があって私は夫の実家に電話をする事を止めた。義父の言葉が何度も私の中で響いていた。もうどうでも良い…その言葉を打ち消すように私はしゃにむに働いた。あれから十日程たったそんなある日、義父が何の前触れもなく私達の家に独りふらりと現れたのだ。夫が勤めに行った後の昼下がりだった。えほんと咳払いの合図をして台所にいた私の出迎える間もなく、口を一文字にした義父がもう家に上がって来ていた。あんな事があった後だ、この唐突な義父の訪問に私は多分顔を引きつらせて挨拶したように思う。そういう心境だった。好きだった義父の言い放った言葉はいつまでも私の耳を離れずにいたのだった。

「布団を敷きなさい。」何の挨拶もなく義父はいきなり私にそう言った。この唐突な申し出に困惑で絶句したまま私は床をのべた。すると義父は「寝るっ。」と言うなりすぐさま私の敷いた布団に横になったのだ。義父のこの不可思議な行為にたちまち私の怒りは頂点に達した。だから布団の中の義父を背に台所に立った私は何も言わぬまま荒々しく茶碗を洗い始めた。一体この義父の行動は何だと言うのだ、あの日私がどんなに傷ついたか考えた事があるのか…私の怒りは次から次へと生まれて水と共に勢いよく排水口の中へ流れていった。小一時間もしただろうか、義父はむっくり起き上がるといきなりまた「帰る。」と一言残し、玄関から通りに続くはまなすの揺れる小道をすたすたと帰っていった。私はあっけに取られ小さくなる義父の後姿を見送った。見送りながら腹が立ってきた。義父に向かって馬鹿と大声で怒鳴りたかった。

可笑しなもので今までじめじめと巣くっていた言いようのない落胆や惨めさはあの日の義父の不可解な行動でからっとした怒りに変わった。やがてそれが可笑しくなった。そして日々が過ぎ、あの時の義父が愛しくなった。あの日義父は謝りに来たのだ。しかしそれは家長としての沽券に関わる…だから私のところで昼寝してやった事で義父は謝ったつもりだったのだ。それも「私は怒ってはいない。」という謝り方なのである。そんな人であった。それでもそれは紛れもなく義父の詫び状であったと思う。夏の日のやけにトンボの飛び交う夕暮れの思い出である。

— 白明 —

確かに義父は自分のことを良い男だと密かに自負していた。若い時分義父は誰かに当代きっての二枚目俳優に似ていると言われたのが自慢だった。「そうでしょうか。」私の気のない返事にある日義父はいきり立って「えぃ、私の昔の若い頃の写真を持ってこい。」と義妹に命じた。色あせた幾枚かの写真、そこに軍服姿の若い義父がいた。大きく目を見開いてまだ少年といってもいい程の可憐さだった。賢そうな小柄なその青年は人生がまだ何かも知らぬまま大人びた眼差しでそこにいた。すぐさま「ああ、私の好みじゃないですね。」私はわざと素っ気なく言った。私は義父をからかうのが面白かった。すると義父の怒りは頂点に達し「ええぃ、Tの何処がいい。あれは男らしくない。」と激高し、とばっちりは夫に跳ね返った。時にはつじつまの合わぬ事を言い放ちその激しさを見せる義父だったが、自分というものに誠実な人だった。厳しくもあったが家族の中で唯一私の体調を察してくれるのも義父であった。昼寝から目覚めた後、義父は私相手に小一時間ほどいろんな話をする…それは大家族の家事を担う私の仕事のひとつでもあり、義父の家で共に暮らしている間ずっと続いた。実の父親より会社勤めの夫より遥かに多くの話をしたと思う。暮らしが何なのかも知らず望まれるままに夫の家族と暮らし始め、その頃私は思いがけないしがらみに人知れず喘いでいた。個を抑えた「嫁」という立場…その軋轢は重かったけれど自分の中に仕舞い込み、それは夫にも話さなかった。彼はそれを分かっていただろう。けれどその夫もまだ若く、儘ならぬ家より気持ちは外へと向いていた。そんな頃だった。夫が帰宅しない夜があった。悲しかった。あの頃私は薄々夫が恋をしていると感じていた。そしてその夜夫は戻ってこなかった。思いもよらぬ嫉妬という感情と生活に明け暮れている惨めな自分とが頭の中を駆け巡り、まんじりとも出来ぬまま私はその日朝を迎えた。

「どうした?」私の様子を変に思ったのだろう、早すぎる朝の気配に義父が起きだしてそう私に聞いてきた。私は口重く言ったと思う。「Tが帰ってきませんでした。」「何故?」しばしの沈黙の後ようやく私は言った。「多分、恋をしたのだと思います。」一瞬義父の目が泳いだ。そう言った途端涙が溢れそうになり私は義父に背を向けた。このままここから逃げ出したくても私には何時もの朝の仕事が待っている、私は朝食の支度を始めた。水道の水を流すといっそう惨めさが突き上げてきた。重い沈黙の後ふと振り向くと茶の間に座ったまま黙っていた義父が突然座り直し私を前に手を着いた。「すまん。Tがあんたに辛い思いをさせた。Tの代わりに私が謝る。」そう言ってあの強い義父が私に頭を下げたのだ。途端に行き場のない悲しみがどっと溢れてきた。涙が滲んで何も言えぬまま、私はただ首を横に振ったと思う。やがて家族が起きだしてきて、その日義父も私も何時ものように暮らした。その後義父はその事に触れなかった。そして私もこの話を長い間夫に話はしなかった。

時が過ぎて義父は六十五の年に亡くなった。私はこの話を初めて夫に話した。夫は驚いた。「親父が頭を下げたのか。俺の代わりに…」夫は言葉を飲んだ。そして「ああっ」という言葉にならない深いため息をついた。あの日義父は私に頭を下げ夫の代わりに謝ったのだ。そしてその事を義父も息子に何も言わなかった。

あの朝の白明の湿りをこの光景と共に時折思い出す。切なさがふつふつと染み出す、ずいぶん昔の事だ。

― かき氷 ―

義父は酒が好きだった。竹細工の職人だった義父は、昼間もちょっと酒を飲む。夜も飲む。酒に飲まれないというのが義父の自慢だったが、アルコールはじわじわと義父の身体を侵食していた。やがて病院嫌いの義父が自らそこを訪ねた時はもうなす術はなく、医師からその事は義母と夫に伝えられた。酒を好きだと知っているから義母も止められぬまま、結局それが義父の命取りとなってしまった。家で今まで通りの生活の中で最後を迎える方が本人にとって幸福であろうと医師は言った。私たちも同じ気持ちであった。義母の希望で義父に告知される事はなく、その病は宣告通り三月で義父を遠いところへ連れて行った。義父はまだ六十五であった。

最後のひと月、痛みに耐えかねて義父は自ら希望し入院をした。が、思わぬ行き違いで義母と私達夫婦の間に重い空気が流れていた。七月の空はじりじりと焼け付けるように時間を止めていた。炎天下、私は子供達を連れて病院へ義父を見舞った。私はもう何も食べられぬ義父に好物のかき氷を持っていった。飲兵衛の義父が甘いものを食べる事はなかったが、唯一かき氷だけは甘い蜜と小倉餡を入れて一時の涼を楽しんだ。一緒に暮らしていた頃私は義父のためがらがらと氷を掻いたものだ。

病院の味気ない一室には苦痛にゆがむ義父がいた。気まずい沈黙の中で何も言えぬままかき氷を差し出す私に義母が「食べられないから。」とそれを制した。すると義父は荒々しい息づかいながら起きだしてそれを食べると言ったのだ。食べる気力などないほどに衰弱した義父のスプーンを持つ手は小刻みに震え、それでも二口、三口と口に運んだ。それからまた義父は苦し気に横たわり「後はあんたが食べなさい。」ときれぎれに私に言った。何時も私のために残してくれたビールのように、また残った後のかき氷を私に食べなさいと言うのだ。義母は横を向いたまま外を見ていた。重苦しい空気の中で私は残りのかき氷を口に運んだ。それは立場のない私のために精一杯の義父の優しさだった。あの夏の日、義父に言われるまま私は涙の滲んだ塩っぱいかき氷を食べた。

義父がなくなる数日前、夫宛に一通の手紙が届いた。差出人の名は義父であった。私達は震えるような思いでその封を開けた。「後の事は何も心配しなくていいから」と一行書かれてあった。達筆が自慢の義父の文字は悲しい程に乱れていた。それが悲しく夫も私も泣いた。そしてこんな時にこんな思いを義父にさせてしまった事が悔やまれた。けれどもう義父と語る事は出来なかった。

葬儀は自宅で執り行われその最中、晴天はにわかに掻き曇り落雷が轟きざっと雨が走った。参列者は皆慌ててテントや家屋へと駆け込んだが、叩き付けるような雨は十五分もすると嘘のようにからりと止み、やがて先ほどの青空が何事もなかったように真夏の日を伝えた。参列した誰もが口々にこの荒れ模様を生前の義父のようだと言った。不思議な日だった。本当に義父のような空模様だった。

亡くなる前、義父は入院中決して嫁の私に下の世話をさせぬよう義母に命じたらしい。「私のあそこが萎縮しているのは病気のせいであってそれをY子さんが勘違いをする。」というのが理由らしかった。私にとって義父は単に親であり、まして義父の大事なものへの関心などあろうはずもなかった。しかしながらそんな理由で、また折り悪く私が足を骨折していた事も重なってついに義父の面倒をみる事は出来なかった。かき氷とともに可笑しく切ない思い出である。

懐かしいと言う言葉はほろ苦く切なく…義父の為にあるような気がする。青空に湧き立つ雲を見ていると、あの夏の日を思い出す。

田んぼの婆ちゃん

私の祖母は九十の年で死んだ。初夏の美しい黄昏、夏みかんの木の下にしゃがみ込んで首を吊った。だが、それは悲愴な死とは無縁の眠るように穏やかな死であった。早くに夫も息子達もそしてとりわけ可愛がった私の母も送り出した後、そんな祖母の悲しみもやがて透明になり、残された無機質な時間を静かな田園で重ねていた。そしてそれが「もう、いいよ。」だったのだろう。その知らせを聞いて私はある物語を思い出した。それは年を取ってもなかなか黄泉の国に行けない…美しかった気丈な老婆がその長寿を恥じて石で前歯を折る話だった。

田んぼの婆ちゃん…母方の祖母を私達兄弟はそう呼んでいた。両親とも同じ在の出で夏休みともなると私達子供だけで山間の峠を超え、バスに揺られて婆ちゃんの家までやって来た。その村が大火に見舞われる以前は青田の合間に藁葺きの家が点在し、家々の間を透き通った疎水が渦を巻いて流れていた。父方の祖父母の瓦葺の家に比べ田んぼの婆ちゃんの家は子供の目にも慎ましい佇まいを見せ、木戸を潜ると燻された藁の匂いが迎えてくれた。ひんやりとした薄暗い叩きの土間の向こうの台所には水瓶や味噌瓶が並び、上がり框のすぐ傍の囲炉裏に煤で黒くなった自在鉤が下がっている。懐かしさと何処か侘しい切なさが胸に広がった。祖母は四十で寡婦となり、ひとりで六人の子供を育て農家を切り盛りした。薄暗い奥の納戸には機織機と糸車が置かれ、畑仕事の合間に繭を紡ぎ糸を染め機を織った。祖母はいわゆるしっかり者で寡黙で気丈な明治の女だった。秀でた祖母を惜しみ小学校の教師が祖母を上の学校に行かせたいと親を説得したが、こんな田舎のましてや女の子に教育は要らぬと彼等は突っぱねたと言う。そんな訳で周りの者がそうであるように祖母も産まれた在で嫁ぎ、田を耕す暮らし以外は知らなかった。それでも何故かしら近隣の者も祖母には一目置いているようだった。そんな祖母の近くにいると私達年端も行かぬ子供さえ家で気ままにいるようにはいかない雰囲気がそこにはあったように思う。

　モノクロームのフィルムのように私にある記憶が焼きついている。大火で焼け落ちる前の萱葺きの家の薄暗い台所でその祖母が幼い子供を逆さにして揺らしている恐ろしい図である。まだ私と同い年くらいの女の子の青白い頬、おかっぱに切りそろえた黒い髪がゆさゆさと揺れていた。私が二歳の夏の出来事だそうだ。親達は私がそれを覚えているわけがないと言い放った。しかし何が起こっているのか幼い私には分からないながらそれが凍りつくような光景であった事は鮮明に覚えている。

この在では祝い事や人が集まるときは餅をつく習慣があった。それでお盆だったその日、近隣から帰ってくる親族のため餅がつかれた。手前の座敷に大人達が陣取り宴は昼過ぎから始まっていた。一段上がった奥の座敷にも子供達のためそれぞれ一人膳が準備され、私達も畏まってご馳走と共に甘い餡にまぶされた餅を頬張っていたと思う。奥座敷にいた子供達の一番年かさは五歳の兄でまだ従兄弟達も小さかった。その中の一人の従妹が「うっ」と言う声を上げてもがき始めてもしばらくはみんな唯驚いて見ていたのだろう。三歳の女の子が餅を喉に詰まらせてしまったのだった。ようやく事の異変を兄が大人達に知らせると、たちまち血相を変えた大人達が駆け寄りその従妹を抱きかかえた。大人が幼子の背中を叩き口に指を差し入れても詰まった餅は取れなかったのだろう、従妹はもうぐったりとして動かなかい。すぐに一番若い叔父が自転車に飛び乗り町まで医者を呼びに走った。怒号が飛び交い大人達が右往左往する中で祖母はその子を逆さにして背を叩いた。それでも白目をむいたまま従妹は動かない。祖母も無我夢中だったのだろう、孫であるその従妹を抱えて台所で揺らしながら背を叩いた。けれど既にその子は息絶えていた。大人達はその場にへたり込んで…唯祖母に逆さに吊るされた従妹の子の青白い頬と黒い髪が不気味にゆさゆさと揺れていたのを覚えている。これが私の一番古い記憶である。そして私が覚えている一番若い日の祖母の姿でもある。

生まれた在を出て両親は町外れで暮らし始めた。そこで育った私は周りの子がそうであるように習い事などさせて貰い、流行りの服が自慢の気まぐれで我儘な子供だったと思う。夏休みともなると両親は商いで忙しい家から追いやるように兄と私をこの田舎に寄越した。当時はこの長閑な田園にも子供達の声が飛び交っていて兄と私は地元の子供達と女組、男組みに別れ、来る日も来る日も湧水の湧き出る川で泳いだ。畦道を驚くほどの蜻蛉が飛び交い傍らで労働馬が静かに草を食んでいる。実り間近な青田を渡る風の匂いや草を焚く匂いに混ざって家畜の餌を炊く匂い、時間はゆっくり過ぎるほど流れ、この退屈な休日を私は指折り数えて待っていた。バスに乗って子供二人、峠を超えてやって来た私達は父の実家と母の実家を代わる代わる泊まり歩いた。ある夏、十を行かぬ私に祖母は籠と鎌を手渡し草取りをするよう言い付けた。この口数の少ない祖母には決して嫌だと言えぬ何かがあり、私は教えられた田んぼの畦道で釜の使い方も分からぬまま草を刈った。嫌なものはいや…何時ものそんな我儘な私がその言葉を呑んで草を刈るしかなかった。籠一杯になるまで帰るわけにもいかない。汗ばんだ肌に草がちくちくと刺し、ごおっという川の流れの音と草いきれの中で見上げれば太陽が白く揺らいでいる。甘い母が恋しかった。他所のお婆ちゃんはもっと甘えさせてくれるのに…などと思ったりしたものだ。

そんな夏休みのある夕暮れ、父や母が迎えにくるまではまだ大分先の事で何時ものように祖母が薄暗い台所で夕飯に取り掛かっている。ここでの食事は毎日決まって味噌汁に野菜の煮物にお漬物、家にいるようにはいかないのは重々知っている。だから子供ながら文句も言わず黙って頂く。しかし今日は何かしら違うようだ。恐る恐る祖母に尋ねてみた。すると祖母が「今日はカレーをしてあげよう。」と言うではないか。驚きと喜びが一瞬に駆け抜けた。ここでカレーが食べられる…私は兄のところに大急ぎでこの事を告げに行った。私達は声を殺して驚喜した。戸板を開け放たれた縁側の外には夕闇が迫り、白い簡素なほやの裸電球が小さなちゃぶ台を照らしている。ようやく祖母が土間を上がって皿を二つ抱えてきた。その手元を見て私達は思わずあっと声を呑んだ。確かに皿にご飯がよそわれルーらしき物が掛けられている。しかしそのルーが白いのだ。おまけにその天辺に削られた鰹節がのっかっているのだ。この田舎でカレーライス…と夢見るように待ち望んだものがこれだと言うのか。「美味しいか？」「あ、うん、美味じい…。」それでも私達兄妹は祖母に何も言えぬままその祖母流カレーもどきを黙って食べたのである。テレビも冷蔵庫も車もない六十年近く前の話である。町中で育った私達がカレーを好きなのは祖母も知っていたのだろう、何かしらとろりとした物が掛かったのが祖母の中のカレーの概念でそんな田舎でカレーのルーなんて物が手に入る訳もなかった。ましてや肉はいくつかの部落を行き過ぎ、田舎町にある肉屋まで行かなければならなかった。片栗で閉じたとろりとした白いルーだけでは何か心もとない、それが肉代用の鰹節のトッピングだった。今思えばそれは祖母なりに町の暮らしに慣れた私達子供への心づくしだったのだろう。後で家に帰ってその話をしたら母が笑いながら「美味しかった？」と聞いたものだ。カレーと言うと今では様変わりしたあの頃の田舎の夜の匂いと相まって、あまり笑う事もまして笑われる事もなかった祖母の裸電球の下の白いカレーをシュールな絵のように思い出す。

私の母は祖母の五番目の子供で家の暮らしも楽になってきたからだろう、母は女学校に行かせて貰った。柔らかな巻き毛の人目を惹くほど美しい人だった。私を産んだ後身体を壊して床に就くようになったそんな母を祖母は取り分け慈しみ、早すぎる母の死は祖母にとって悲しみの深いものだったに違いない。生前母が寅年生まれの私によく言っていたものだ。母もその母、つまり祖母も同じ寅年生まれで家に三代寅の女がいると良いそうな。母の逝った後、私もまた寅の年に女の子を産んだ。

母がまだ健在の頃、身体の弱い母に替わって時たま田舎から町中の私の家まで祖母が手伝いにやって来た。そんな時など商いをしていた私達の家の暮らしに田舎しか知らぬ祖母も戸惑い、又我儘な父さえしっかり者の祖母の傍では始終恐縮していたように思う。私が思春期に入り横柄で居丈高な父親とは折り合いが悪く、ましてや進路については親子で始終ぶつかっていた。当時学園闘争が続き、学生達は雄たけびを挙げ学園にバリケードを築いた。それまでの既成概念を壊す勢いが連日報道され、端から跳ね返りの私に父親はそんな時代の不安を感じていたのだろう。ある日、田舎からその祖母が呼ばれた。女も男もあるものか、時代の相違…などと突っぱね言いたい事を言い放っていた私に手を焼いた両親が祖母ならばと説教を頼むつもりだった。その企みは分かっているものの小柄ながら凛として佇む祖母の前に仕方なく私は正座した。「Yはこれからどうしたいのか?」祖母は静かに口を開いた。田舎に住む年老いた祖母に私の夢が理解できるだろうかと思いつつも私は考えている事をぽつりぽつり、やがて熱く語りだした。何時もなら話の途中で父が怒鳴り始めるのだが祖母は黙って聞いている。それから祖母が短い二、三の質問を私にし、その率直な問いに私はたじろいだ。その様子を両親も黙って見守る。祖母の考えは至って簡単だった。「Yが思っているように世の中が上手く行くとは思えん。しかしYがそれを夢と言うなら仕方がない。唯親は反対しているのだからそれは自力でやり通せば良い。そうすれば親も反対はできんだろう。」そうなのだ、親はお金を出す以上当然干渉する、私の方も親からの援助は受けたいが干渉は拒否…何れも甘えの論理に乗っかっていた。父も私も私達親子は力なく頷くしかなかった。

あれから四年ほど経って私は母を亡くし間もなく嫁いだ。突然の母との別れと他家に入るという事の重みにひとり喘ぎ、子を失った祖母の悲しみから遠く暮らしていた。他家で暮らし嫁の立場で自由も効かず長い間祖母を訪ねる事もなく、私はあの懐かしい青田を渡る風の匂いも忘れていた。祖母は末子である叔父夫婦と共に私の忘れていた時間もずっとあの穏やかな田園に暮らしていた。単調なその長い日々はわが子を失った悲しみも次第に風化もさせていっただろう。祖母は華奢ながら何時までも健常で普通の女が持つ愚痴や弱さも吐かぬ代わりに女特有の甘やかな柔らかさも無駄も持ち合わせていなかった。母の死後も折り目正しく日は繰り返され、年老いた女達の持つささやかな愉しみも知らない祖母は寡黙にひとり遠くを見ていた。同じ世代の女達もとうに向こうの世界へ旅立って行った。

悲しみも歓びも多くを語らず、そんな祖母にとって日々を過ごすためだけに生きる事はもう良い…そう思えてきたのだろう。それがあの日だった。薔薇色に夕焼けが辺りを染め、夏蜜柑の黄色い実がゆさゆさと枝を揺らす幸福な黄昏時だった。祖母は低いその蜜柑の木の下で首に紐を巻いた。もう良いだろう…何の感慨もなくふと遠くを寂しさが過ぎったのかもしれない、きっと用事でも思いたったように祖母はあの木の下にしゃがみ込んだのだろう。祖母が逝ったその日…私が生まれて二十九歳を迎えた日だった。

中郡の界隈の人々

私の家は今ではすっかり様変わりした鹿児島の街外れ、中郡の界隈の旧街道に面した通りで商いをしていた。父は戦争が終って外地での捕虜生活のあと帰郷し、遠戚である母と結婚した。戦前大阪での暮らしを経験していたせいか父は復員後の僅かな年月実家のある川辺に留まったものの田舎暮らしを嫌い、生まれ育った土地を離れ母とまだ二歳の兄を連れてこの界隈に移り店を開いた。

その当時この界隈は自転車、バイク、三輪車に加えバスも通れば荷馬車も通る賑やかな通りだった。父はたまたま通り沿いに空いた小さな一軒の住宅を買ったものの資金に余裕がなかったのだろう、住まいの半分を父自身で店に作り直した。地元の人が殆どのこの界隈で他所から越してきて間もなく、雨戸を閉めたまま独り大工仕事をしている新参者のトントンと叩くその音を近所の人々はいぶかしげに聞いたらしい。田を耕すよりよほど血が合っていたのだろう、やがてまだ若く闊達な父はこの下町にすんなり馴染み生き生きと暮らし始めた。また美しかった母は近隣の評判になり、ずいぶん遠くから人が見に来たと言う。

それから間もなくして私は此処で生まれた。私が五歳の頃まで小さな敷地ながら普通の住宅だったこの家は格子戸の玄関に小さな池、そして大きな桃の木が植わっていた。その桃の木に袋がけして実の育つのを楽しみにしていたのを微かに覚えている。その後店のため手狭になった住居を僅かばかり広げるため小さな池は埋められ、桃の木も近所の植木屋が喜んで持っていった。思えばその頃から母は寝付くようになったように思う。私は好きだった桃の木に会いに近所にあるその植木屋を兄と訪ねて行った事をふと思い出した。騒音を撒き散らす車のほかに様々な物売りの声、この通りをいろんな人が通った。そしてまたいろんな人がこの界隈に住んでいた。

― やくざの民さん ―

まだ若い民さんがやくざである事は大人達の会話で何となく知っていた。家に来るきっかけはどうやら父との喧嘩らしい。その頃父は小柄ながら血の気も多く腕っ節も強かったのだろう、たまたま街に出ていた父とすれ違いざま、肩で風切るやくざとは言えまだ下っ端だった民さんが言い掛かりを付けてきたらしい。父も鼻っ柱が強い。そのうち二人は揉み合いとなり、父はその民さんを傍の川に投げ飛ばしたという。それから民さんは父のことを勝手に「兄貴」と慕い家にまでやって来ていたのである。普段の民さんは目がちょっと短気そうに見えたがひょうきんな人でもあった。幼い私を見かけると家の店先に集まる何人かを相手によく話していたものだ。子供好きな民さんが一日子守を申し出て、まだ生まれて間もない私を抱いて自分の家に連れて行った。するとしばらくして私が目を剥いて白目になったらしい。民さんは私が死ぬのではないかと思い、慌てふためいて息を切らしながら裸足で駆け戻って来たという。その時の様子を身振り手振り面白おかしく話すものだからみんな笑った。我が家は何かと人が集まり、店先でわっとそんな笑い声が弾けていった。たまには店に寄ったお巡りさんと民さんが鉢合わせて「この頃は真面目にしちょっか？」の問いに彼が苦笑いをしながらばつが悪そうにしていた事もある。本当に民さんはよく遊びに来ていた。今思えばあの頃父との事は口実で実は美しかった母に会いに来ていたのではないか…そう思えてきた。思い出す民さんの表情に母に向けられる視線がそわそわと落ち着かなかった気がする。民さんは母と目を合わせられなかったのだ。その母への思慕が私を格別可愛がる事になったのではないか。随分経って民さんも嫁を貰い、だんだん我が家から遠ざかって行った。それでもたまにふらりとやって来ては照れくさそうにしていたものだ。

あれからずいぶん経って私が十一歳くらいだっただろうか、私達が探検と称して遊び歩く学校近くの裏山も近年の開発で造成がなされようとしていた。丘の中腹辺りに私達は「秘密基地」を作っていた。四角く掘った穴の周りに笹竹を並べ、簡単な屋根を付けただけの小屋だったが四、五人だけの秘密という意識がそこを特別なものした。放課後何時ものように示し合わせ私達はその小屋に向かった。目印を頼りに雑草の生い茂る坂を分け入った辺りで雑草がなぎ倒され、赤茶けた土がむき出しになっている。私達の砦として作った小屋近くまでブルドーザーが迫っていた。子供たちは騒然となり、恐る恐るそのブルドーザーに乗った怖そうなお兄さんに声を掛けた。そしてその瞬間私ははっとした。それに乗っているのはあの民さんではないか。気づくと同時に私は動揺した。その頃、思春期に差し掛かった私に少女らしい気取りが出てきていたのだろう。私がやくざの民さんと知り合いなんてばれたらどうしよう、きっと何も知らない皆に民さんはまたあの話を得意げにするはずだ…恥ずかしさが体中を駆け巡った。それは絶対いやだと思った。暫らく会っていない民さんがその時私に気づいたかどうかは知らない。否、気づいたに違いない。一瞬だが民さんも何かを察し私から目をそらした。それでも罪な少女は俯いたまま民さんと目を合わさず素知らぬ顔で沈黙した。そんな私に民さんも声を掛けなかった。彼のような暮らしをしていたら時としてそういう場面に出会った事もあるのかもしれない。もしそうだったら私の態度をどんなに淋しく思っただろう。あの時目を伏せた私に投げられた視線を全身で感じながら、それでも私は「民さん」と声が掛けられなかったのだ。私が自分の意志で初めて人の気持ちを裏切った瞬間だった。何がそんなに恥ずかしかったのか…些細な見栄や気取りに萎えた自分の卑小さが悔恨となってあの日の事が何時までも心に掛かっていた。今度会ったらあの時の事をさらっと詫びよう、きっと民さんなら笑って許してくれるだろう…そう自分に言い聞かせた。

あれから民さんが人づてに遠くに越したとも、奥さんに逃げられたとも聞いた。あの日を境に再び民さんに会う事はなかった。

― 嫁に行かなかったよっこ姉ちゃん ―

四、五才だろうか私はひとりで遊びに行けるようになる頃から表通り沿いのいろんな店に気ままに立ち寄り、立ち働く大人達を見ているのが好きだった。

旧街道にある我が家から同じ通り沿いの五、六軒先にしもた屋があった。以前何屋だったかは分からないが一間半ほどの店構えの入り口に半分ほど白いカーテンが引かれ、その中でよっこ姉ちゃんが一日中ミシンを踏んでいた。姉ちゃん…と私達が呼ぶくらいだから若かったのだろうが、思い出す彼女の顔は私の母よりむしろ年をとっていた様に思う。子供等との遊びに飽きると私はその硝子戸を開けてふらりと独りそこに立ち寄り、ミシンを踏んでいるよっこ姉ちゃんに話しかけた。彼女は優しい人だった。「あら、いらっしゃい。」の声に私は子供らしい他愛ない話を始める。カタカタと足でペダルを踏みながらよっこ姉ちゃんが手を休めるは事はなく、そんな幼い私の話に相槌を打ち笑いながら「へぇ、そうなの。」などと驚いて見せてもくれた。たまによっこ姉ちゃんが頼まれた服の端切れを傍らで遊ぶ小さな私に「はい。」とくれる事もある。まだ終戦からようやく十年という時代で周りの暮らしぶりも慎ましく、衣服に限らず鍋釜にいたるまで中継ぎするほど物は大事に使われていた。そんな暮らしぶりだから私達子供にとっておはじきや面子札といった物の他には玩具らしい物はなく、それは欠けたお茶碗であったり壊れて使い物にならなくなった道具といった物だった。だからよっこ姉ちゃんから貰った様々な小さな布の端切れは私にとって大事な宝物で私はその美しい模様に見入ったものだ。ひんやりとした叩きの土間に続く上がり框に肘をつき足をぶらつかせながら私はとりとめのない話を続けた。彼女は年老いた母親と二人きりで暮らしていた。時折はそのお婆ちゃんが表に顔を出すこともあったが何時も白い割烹着を付けていたお婆ちゃんの顔はもう思い出せない。ただ小柄でふっくらとしたよっこ姉ちゃんが控えめな化粧の上に赤い紅を薄く引いていたのを覚えている。

あの頃子供心に女の人は大人になれば皆お嫁に行くものと思っていたのだろう、ある日私はこんな優しい人がどうしてお嫁に行かないのだろうとふと思った。「ねえ、どうしてお嫁に行かないの？」と言う他愛無い子供の問いに彼女のミシンのペダルを踏む足がぴたっと止まった。そして一瞬笑って見せようとしたその顔がぴくぴくと引きつったかと思うと大きく歪んでたちまち泣き顔になっていった。そして彼女の布を押さえた手が止ったまま肩が小刻みに震えていった。この思いがけない展開で目を見開いている私を前にそれでも懸命に体面を整えようとしたのだろう、けれどよっこ姉ちゃんの目に大きな涙が溢れ出て来た。そして遂にわっと泣きながら彼女は顔を手で覆った。私はただ驚いて立ちすくんでいたと思う。それからよっこ姉ちゃんは実にさめざめと泣いた。手で顔を覆ったまま泣きながら「よっこ姉ちゃんにはね、お婆ちゃんがいるでしょう？だからお嫁にいけないの。」

と言った。子供の私は単にああそうなのかと妙に納得した。それからまた何時もと同じ日々が過ぎ、よっこ姉ちゃんは相変らずミシンを踏んでいた。

そんな事があってしばらく経ったある日、よっこ姉ちゃんの家の表のガラス戸に「忌」と書かれた半紙が張られた。あのお婆ちゃんが亡くなり、その夜僅かばかりの身内で寂しい通夜が執り行われた。数日経って私は何時ものようによっこ姉ちゃんの所へ遊びに行った。仕事をしていた彼女はミシンの手を休め、夢見るように私に聞かした。「お婆ちゃん、そりゃあ、きれいだったよ。お姉ちゃんがお化粧してあげたの。口紅もさして…穏やかでいい顔してた。」しかし子供の私には年寄りも化粧をするのかとその事が不思議に思っただけで死がどんな事かも分かってはいなかった。それから間もなくよっこ姉ちゃんは何処へともなくこの界隈からいなくなった。時折仕事を頼みに来る人がいても誰もその行き先を知らなかった。少しばかりの家財も何時の間にか持ち出していたらしい、誰にも行き先を告げずよっこ姉ちゃんは消えた。何故こっそり出て行ってしまったのだろう。そこにどんな理由があったのか誰も知らなかった。

私の手元によっこ姉ちゃんから貰って何時の間にか箱いっぱいになった布の端切れが残された。その幾つもの布の欠片を見るたび私は消えてしまったよっこ姉ちゃんを思い出した。そして大きくなるにつれ、あの大人しいよっこ姉ちゃんがしゃくり上げ身を捩って泣いた日の事が不意に頭を過った。あの時のよっこ姉ちゃんの泣き方は尋常ではなかった。ひとり残して嫁ぐわけにはいかない親がいる…単にそれだけの理由が彼女をああまで泣かせてしまったのだろうか。他に理由があったのではないか、もしかして諦めなければならない恋をしていたのではないか。今となっては泣いた本当の理由も、そして黙って出て行かなければならなかった訳も遠い時間の中に埋もれてしまった。その後よっこ姉ちゃんの家は縁のない人に引き継がれ時計屋となり、もうあの家に私が足を踏み入れる事はなかった。

―　映画館を作った荷馬車引き　―

旧街道にある私の家から疎水を挟んだ通りの斜交いにAさんの家はあった。商店の賑わうその通り沿いでAさんの家だけが農家の造りのまま彼は荷馬車引きを生業としていた。もともと農家だったのだがAさんの母親が早くに亡くなり、その後父親も脳卒中で萎えてしまった。田畑を耕すには人手が足りず、また開発造成の進む中、当時はまだトラックが足らず荷馬車がその代わりをしていた事もあってAさんは荷馬車引きとなったらしい。長男だった彼は学校へも行かず親代わりに兄弟の面倒を見ていたからだろう、もういい年にも拘らずまだ独り者だった。小柄なAさんは口数が多い方ではなかったが荷馬車の上からいつも日焼けした顔を爽やかにほころばせていた。近所の人が彼の事を「感心じゃ…。」とも「ぐらしか。」（可哀想に）とも言っていたのを思い出す。

Aさんはこの通りの外で仕事をし、日が暮れるとまたねぐらとしてのこの通りへ帰ってくる。荷馬車は朝早くようやくアスファルトになった表通りを出て行った。私はそんなカポカポという長閑な蹄の音を寝床の中で聞いた。やがて行き交う車の音や物売りの声に通りの一日は明け暮れる。忙しない旧道沿いの一日が終わり赤い夕焼けの空が夕闇に染まろうとする頃、Aさんを乗せた馬車が戻って来る。何処かで一杯引っ掛けてきたらしく決まってAさんは荷台で眠りこけ、愛馬が彼を乗せたまま通いなれたこの通りまで帰って来た。もう同い年くらいの男達は当に所帯を持ち、仕事から帰ればまとわり付いて来る子供もいる。嫁のいないAさんには晩酌をするにも語って憂さを晴らす相手もなく、男が一日働いた金は弱った父親と大勢の兄弟のためだった。それでも幾人かは巣立ってあと二人ほどでそれも終わりだった。いつ頃かAさんは荷馬車を止めて途中の酒屋で飲んで来る。その頃は酒屋の片隅や店先でコップ酒をあおっている職人風な男達がいた。一日働いて彼等は家に帰り着くまで待ちきれなかったのだろう、店の女将さんが「違法なんだけど…。」としぶしぶコップに酒を注いでいたのを思い出す。飼い主が帰途の途中で飲んで眠っても、馬は毎日通いなれた道をちゃんと覚えていてAさんを乗せたまま連れ戻のだ。家まで辿り着くとその馬は勝手に厩に入る。そこでAさんがやおら起き出すのである。そんな繰り返しがAさんの日々だった。

ある朝早くまだ朝まだきだった。誰かがトントンと乱暴に私の家の表戸を叩く。何事かと慌てて父が店先に出て戸板を開けると真っ黒に日焼けしたAさんが片手に新聞を掴み笑って立っていた。「Yちゃんが新聞に出ちょ。絵で賞を貰たち書いちゃ…。」私が小学校に入った年の春だった。小さい頃から絵を描くことが好きで、入学したその日に私は母に連れられある先生のところまで絵を習うため訪ねて行った。小学校に通い始めてふた月とならないそんなある日、私の描いた絵が受賞し私の名が新聞に載ったのだ。私の親にしても初めての事で嬉しかったのだろう、朝方のその気配に小さな界隈の幾人かが起き出し、集まった皆にAさんが事の次第を話した。するとざわざわと集まった大人達が「Yちゃん、大したもんじゃっど。」とまだ寝巻きのままの私の頭を撫ぜ回した。後日母は私の描いた絵が飾られている街まで連れて行ってくれた。その日の夕方、私達が家に帰って来るとAさんも私の絵を見に行ったと言う。私はAさんが街まで荷馬車で行ったのだろうか、すると馬は何処で待っていたのだろう、はたまたAさんがあの地下足袋で街を歩いたのだろうか…そんな疑問が次々湧いてきて、手ぬぐいを首にかけ裾のたっぷり膨らんだズボンに地下足袋姿のAさんが百貨店のある辺りを闊歩する姿を想像したものだ。

それから間もなくしてこの通りに大きなニュースが飛び込んできた。Aさんの末弟のプロ野球入団が決まったという。その事は新聞紙上を大きく飾った。そしてその契約金に皆は驚いた。百万長者という言葉のある時代にその額は一千万円だという。孝行な兄を神様はちゃんと見ていたのだ…界隈はこの話で持ちきりだった。間もなくAさん一家はこの通りから新築の家へと越していった。しかも通りをいくつか隔てた隣の町内に映画館まで造ったのだ。球団のオーナーが映画会社だった事もあっての事だった。当時テレビのない時代で巷の娯楽は映画だった。この地区に映画館もない事もあって青いネオンの灯るその映画館はたちまち繁盛した。土曜の夜ともなれば近所中皆こぞってオールナイトに出かけて行った。大人達は一階の座席と言わず二階の桟敷まで鈴なりで、時代劇で早馬が駆ければ立ち上がり檄を飛ばし拍手喝采をした。あんな風に楽しそうに笑い泣いた大人達はいなかった。老いも若きもこの一時を銀幕に酔いしれた。その横で子供等はこの時だけは大人の邪魔をしないよう入り口の売店でお菓子を買ってもらった。私は毎週チョコレートをひとつ買って貰った。チョコレートの焦げ茶色のパッケージの裏に「純度が高いため25℃で溶け…」というような説明があった。それが子供心に如何にも高級に思えたのだろう、私はそれを母に毎回読んでもらうのが好きだった。この世にこんな美味しい物があるのかとため息をつきつつ、覚えてしまったその説明文をぶつぶつなぞりながら贅沢なチョコレートを少しずつ齧った。また映画に飽きると決まってその包み紙である銀紙を自分の歯形に合わせ、にっと笑いながら私は客席と売店を往復した。

一度入り口でAさんにばったり出くわした事があった。しかしもう地下足袋に手拭のAさんではなかった。荷馬車を引く必要もなくなった彼は今では立派な映画館のオーナーだった。けれど何となくそぐわない様子で照れていたような気がする。その後テレビが普及するまでT映画館の賑わいは続いた。けれど時代の波はこんな田舎町まで容赦なく洗っていった。あの耀かしかったネオン・サインも何時しか点滅を止め、寂れた映画館は外観はそのままに寄り合いマーケットに変わってしまった。あの頃の大人達の夢や歓声を包み込んでまた一軒の映画館が消えてしまった。中学生となった私は通り抜け出来るようになったそのマーケットを潜り抜け、防波堤近くの学校に通って行った。その後荷馬車引きのAさんが何処に行ったかも野球選手となった筈の彼の弟も泣かず飛ばずのうちに忘れられていった。

時折Aさんの引く馬車のカポカポという蹄の音で目覚めていた頃を思い出す事がある。荷馬車がトラックの代わりをしている長閑な時代だった。まだ父も母も若く、遠い日々は乳色の朝の湿りの中から聞こえる軽やかな蹄の音で始まった。

― 片目になった電気屋のHちゃん ―

Hちゃんは兄と同い年で私より三つ上だった。彼の家は私の家より数軒先で電気屋を営んでいた。変わり者の彼の父親は町内の人との交流を嫌い、その分母親が周りに気を使いながら暮らしていた。Hちゃんは男三人兄弟の末っ子だった。いつも身奇麗にしていた彼の母親はその界隈に珍しく教育熱心であり、また家族へのある理想を持った人だった。それに参加しない父親を省いて彼女と子供達は時折コーラスの大会に出たりした事もあった。舞台の上に立つ彼の母親が胸の前で手を組み目を閉じ陶酔して歌えば美しいソプラノが響き、その傍らできちんとした身なりの三人の子供たちが重唱した。幼い私はそんな彼等をあの頃のアメリカ映画に出てくるような理想的な家族だと思ったものだ。

Hちゃんが小学校の三年生の頃その事故は起きた。当時どの家も畳の部屋が二間か三間の暮らしだった。布団を上げると卓袱台を出し、そこが居間にもなる。当然子供部屋などというものはなく、その卓袱台の周りで子供たちは遊んだりしていた。Hちゃんもそこで寝転がって本を読んでいたらしい。そのうち寝転がったまま彼は鉛筆を研がし始めた。その頃の少年達は皆「肥後の守」という小刀を持っていて、それで木を細工して自ら玩具を作ったりもすれば鉛筆も砥がしていたのだった。Hちゃんはきっと明日の学校の準備をしていたのだろう、けれどちょっとした子供の横着から思わぬところでそれは起きてしまった。何かの弾みで手元が狂い、その小刀が彼の左目を突き刺してしまったのだ。傷自体は治ったものの彼の片目は失明し、白く濁ったままもう元へは戻らなかった。背丈が高く成績も良かったHちゃんにある凄みが加わった。中学に上がると彼のそんな容貌が不良だった少年達に恐れを抱かし、その所為なのかよく喧嘩を仕掛けられたのだという。彼は相手にしなくとも彼等は執拗にHちゃんを付け回した。一度向かえば彼は強かった。生意気な奴がいる…と噂はあちこちに尾ひれを付けて飛び火し、近隣の中学と言わず高校生までが彼を狙ってやって来る。決してHちゃんは悪くはなかったが払っても払ってもたかる蝿のように彼の周りに悪い噂が立っていった。

やがて高校入試が近づいていた。成績が上位の彼は間違いなく名門校に入れたはずだった。しかし彼にまつわる常日頃の噂がそういう高校まで届いていたらしい。受験間近になって名を重んじる伝統校は彼を拒否しそうだと伝わってきた。それでその年に開校する事になった新設の進学校ならば良いだろうと彼はそこを受験した。しかし結果は一緒だった。そこも彼を拒否したのだった。Hちゃんは諦めずまた次の年そこを受験した。当然ながら周囲の事には充分注意した一年だった。成績は充分、それにも拘らずその年も入学は叶わなかった。彼の上の兄の一人が何時の間にか不良グループに入っていた事も災いしたのかもしれない。周りの大人達にそれは分かっていたはずだ。彼はむしろ被害者であり、彼の所為ではないにも拘らず他に影響を及ぼすからという理由で彼は排除されていったのだった。

優秀で善意に溢れ男っぽい一人の少年が公の場所からこうして黒い烙印を付けられた。

行き場を失い失意し投げ槍になった彼の周りに今度は本当に様々な汚れた手が伸びてきた。彼等しかHちゃんを相手にしてはくれなかったのだ。そのうちに昼間っからバイクにまたがり疾走する彼を見受けるようになった。すると大人達はやっぱりあの噂は本当だったんだとそう確信した。こうして傷ついた少年は次第に社会の枠から外れていったのだった。

彼は子供ながらどこか堂々とした存在感があった。小さい頃は兄と一緒に彼と遊んだりしたものだ。彼が頭の良い少年で性根の真っ直ぐした優しい人である事は幼いながら私も分かっていた。やがて次第にやさぐれて行く彼を見るにつけ、周りのご都合主義の大人達に腹が立った。しかし一旦狂い始めた針は磁気の迷路の中で方向を失って行った。そして彼があれから再び本来の位置を指し示すことはなかった。あれから道を外した彼の兄が事件を起こし、それは新聞の片隅に載った。賢母と呼ばれた彼の母親もめっきりやつれた。小母さんは愛想の良い人だったがこの界隈で孤立したように近所の誰とも口を利なくなってしまった。歯車の狂ってしまった家庭でそんな母親の悩みは信仰へと頼る他なかったのかもしれない。そんな頃だった。風の噂であるやくざの親分が頭の切れるHちゃんを欲しがっているとも漏れ伝わった。家に寄り付かなくなっていた彼は相変わらず一匹狼だった。そんな彼がぶらりと家に返って来た時だったのだろう、私はばったりHちゃんに出くわした。その時、その間の悪さに戸惑い俯きかげんの彼に昔のままの優しさが漂っていた。高校生になっていた私は何か言って上げたかったのだが言葉にならずただ笑った。彼は今の自分が恥ずかしいとでも言うようにはにかみながら曖昧に笑って返した。

それからしばらくして彼の実家である電気屋はどこかへ越して行った。小父さんが倒れてもう仕事が出来なくなったのだ。あの日以来Hちゃんに会う事はなかった。あの時彼が悪かったのではないと一言言ってあげれば良かったと何時までも私の中に悔いが残った。誰も彼の傍に立ってやることが出来なかった。そしてあれから随分長い時間が過ぎて行った。もう彼も白髪交じりとなっただあろう…Hちゃんの白く濁ったままの片目には今何が映っているのだろうか。途切れてしまった縁であるけれど何処かで彼なりの幸せを見つけ出していて欲しいと思う。

― どもりの春雄さんと野球帽の昭雄さん ―

遠い昔、まだ私達が小さい頃は界隈で育った子供達はいつも群れて遊んでいた。男の子達は男同士、女の子達も同じようそれぞれに遊びは伝承され、大きな子が年下の面倒を見ながら育っていった。兄がいてお転婆な私は時折そんな男の子のグループにも顔を出すので彼等から疎まれたりしていた。

今は蓋が被せられ暗渠となってしまったがその当時私の家の横を疎水が流れていた。家の一キロほど上に湧水が沸き出ていて、その為その小さな疎水の水底には藻がゆらゆら揺れるほど下町には珍しい清流でもあった。私の家の裏の疎水沿いに春雄さんと昭雄さんの家が隣り合って住んでいた。春雄さんは兄と同じ年の屈託のない面白い人で何より彼は陽気な吃音の持ち主であった。邪気のない子供らは彼の機関銃のように飛び出してくる吃音を面白がり愛した。そんな目下の小さな子供にせがまれて春雄さんは何度も上手くつなげない言葉を大仰に言ってくれた。その度子供達は無邪気にお腹を抱えて笑い、何度もそれをおねだりしたものだ。夏休みにでもなると朝早くから小さい子供等で春雄さんの家まで出向いて外から声を掛ける。疎水の向こうから彼の家に向かって「春雄さーん、桜島って言ってみてぇん。」今考えるとずいぶん迷惑で心無い事だったと思うがそれでも彼は寝ぼけ眼で起き出して来て私達に「さ、さ、さ、さくじ、さくじらま。」と言ってくれるのである。腕っぷしは弱くともその吃音が彼にとってひょうきんな強みとなって、ある意味で私達界隈のアイドルだった。思い出す仲間達には随分いろいろな特徴があったように思う。小狡く立ち回る言い付け魔に何時も青っ洟が出ている坊主に何事にもとろく泣き虫な子まで、様々な個性が子供同士の中でぶつかったり和んだりしながら年嵩の子から年端のいかない幼い子供らまで彼等の社会の中で遊びを通して生き生きと結ばれていた。

そんな私達の傍に何時もひっそり佇む昭雄さんがいた。青白い昭雄さんは何故か何時も野球帽を被っていた。そして何より彼の背中は大きく湾曲し、彼の背丈は十やそこらの子等と変わらなかった。私達は彼が幾つか誰も知らなかった。ただゴム跳びやおはじきなど私達女の子が遊ぶすぐ傍らには何時もちょっと離れて半ズボンを履き、後ろ手にうっすら笑みを浮かべて立っている彼がいた。そんな彼も子供達の間に可笑しな事でもあれば声を立てて笑ったりする。また時たま私達に揉め事や怪我をした時など彼が走り寄って面倒を見てくれた。子供等にとって見慣れた彼の背中の大きな瘤は昭雄さんという個性のひとつに過ぎなかった。仕事に忙しい親達も彼がいるから安心して小さな子までその空き地に送り出せたのだろう。彼の内にある憂さなど測り知る由もなかったが、私達の傍に何時も彼がいるのが当たり前の事だった。一方彼の母親とすれば好奇な目に晒される外の世界へと彼を出すのが忍びなかったのだろう。こざっぱりした上下に相変わらず野球帽を被り、彼の居場所は何時まで経っても子供等の遊び場だった。そしてそんな背格好の変わらぬ彼は何の違和感もなく私達の仲間だった。彼もこの界隈にいる限り平穏だっただろう。しかし波風の立たないこの路地に遊ぶ彼の頭上をどれほどの長い時間が過ぎて行った事だろう。

ある日遊んでいる私達の傍をすり抜けて昭雄さんの家を出入りする若者の事を彼に訊ねたことがある。背広を着たその青年は一体昭雄さんの何なのか…ふとそんな素朴な疑問が湧いたのだった。その若者は昭雄さんと声を交わすでもなくまるで目に入っていないかのように彼の前を通り過ぎて行った。昭雄さんも何時もそれを黙って見送った。だから大人ならばいざ知らず小さな私達にはその関係が分からなかった。聞かれて「弟…。」彼は寂し気にそう呟いた。ほんの小さな子供だった私は「ふうん。」と少し不思議な気がしたものの、そうなのかと思ったきりであった。その頃彼の弟は既に高校を出て社会人となって働いていた。彼一人子供服のまま学校へも行かず、ずっと界隈の子供たちを相手に日を過ごしていたのである。母親の愛は時に酷かった。愛しさ余って彼を世の中の荒波に揉まれないよう何処へもやらず、自分の手の中で子供のままに留めて置いたのだ。しかし彼はもう子供ではなかった。この世に生を受けた者ならば人を愛し共に苦難を乗り越え、自分自身の力で幸福を探す…そんな人生を夢見たろう。だが彼の世界はこの小さな路地横の空き地が全てだった。周りの子供達は何時しか育って行く。そしてまた新たな小さな子に入れ替わり、この空き地で遊ぶようになる。来る日も来る日もそんな子供等の側に立ち続けた彼に一体何が去来していたのだろう。やがて私も大きくなってその界隈の外の世界を知るようになり、そんな昭雄さんの事も忘れていった。

私が高校生の頃だろうか、帰宅にはまだ早い時間だった。ふと気まぐれに昔遊んだ路地裏の抜け道を通ってみた。すると昔と同じように近所の子供等が空き地で遊んでいた。ついこの間まで自分もそこにいたような気さえする…そんな微笑ましい光景に私は和んだ。足を止めそんな感慨に耽っていて次の瞬間私ははっとした。少し離れてあの昭雄さんがまるでタイムスリップでもしたかのように昔と同じ格好のままそこに立っていたのだ。だがその時彼は私に気づきながらちらっと目をやったものの素知らぬ振りをした。私も何だかばつが悪くそのまま足を速めて家に帰った。私は彼に知らん振りにされたのが恥ずかしかったのだが今思えば恥ずかしかったのは昭雄さんだったのではないか。娘に育った私を前に未だに半ズボンと野球帽のままの自分がやり切れなかったのだろう。彼は私の事がまるで目に入らなかったかのように振舞った。家に帰り着いて、私はすっかり忘れていた昭雄さんの上を掠めた長い時間を想った。子供等は同じように日の暮れるまで無心に遊び、やがて何時かは育ってそこを去って行く。幾世代変わっても何時もその空き地に子供等がいた。そして彼はその傍らにずっと立ち続け、変わらぬのは彼独りだった。

やがて私も結婚しその界隈を離れた。家の横を流れる疎水に今では蓋が被り暗渠となってその姿を消してしまった。裏手の農家だった所にアパートが立ち並びあの空き地はなくなり、あの界隈の様子もずいぶん変わった。そして何より子供等もあの頃のように表では遊ばなくなってしまった。あれから昭雄さんはどう暮らしたのだろうか、彼もいい年になっている筈だった。子供等のいなくなった路地に彼の居場所はなく、家の中で嫁を貰った弟の子供をあやしていたのだろうか。あの日昭雄さんを見かけてからもう彼に会う事はなかった。

― 金物屋 ―

私の家の二、三軒先に金物屋があった。そこにちょうど私と同い年の八重ちゃんと言う女の子がいた。私の遠い記憶の底にその彼女が登場するほど私達は何時も一緒に遊んでいたものだ。町の外れのこの辺りではその金物屋の間口が一番広く、当時は近隣から自転車に道具を乗せた職人やバスに乗って農具を求めてやって来る農家の人などが出入りをしていた。店先には急須や湯のみに茶碗といった瀬戸物が並び、その奥には鋤鍬といった農具もあれば大小さまざまな釘が入った幾つもの樽が置かれている。またそれらに混ざって馬の置物や布袋さんといったものまでが雑多にひしめいていた。その奥はトタンやガラスといった建築資材へと移り、表の通りから裏の空き地まで店は続いていた。先代から受け継がれたその店の土間はひんやりとして間口の店先の明るさに比べ奥の方は昼でも光も届かず暗かったのを覚えている。そんな奥まった暗がりの柱に何故か古銭の数珠繋ぎになった物が幾重にも掛けられ、大きなドラム缶には切り落とされたガラスの破片が不思議な光を放っていた。階段を上がれば倉庫代りの二階に先代からの夥しい商品が雑然とほこりを被ったまま累々と置かれ幼い私達にとってその金物屋自体が未踏のジャングルのように思えたものだ。

八重ちゃんのお父さんはその頃は既に年配で痩せぎすで背が高く口数の少ない人だった。そして戦争で遣られ嵌め込まれたという片方の義眼が動かないまま店先に立ってよく空を見ていた。また八重ちゃんには二人の兄がいた。一人は成人し、次の兄は私の兄と同い年であった。そしてその兄二人ともそれぞれに母親が違い、また八重ちゃんを産んだ母親の子でもなかった。一番上の兄の母親は戦時中爆撃で命を落としたと言う。次に田舎の方から大人しい後妻さんが来た。兄と同い年のNちゃんの母親である。その人は優しい人だったらしいが体が弱く、彼がまだ小さい時に亡くなってしまった。そして三人目の奥さんとしてやって来たのが八重ちゃんの母親である。彼女にとって八重ちゃんが最初の子であり、その下に立て続きに更に四人の子を産んだ。けれど多くの兄妹を持ちながら何故かしら八重ちゃんだけは下の子の面倒を見るでもなく、一人っ子のような存在だった。店の一番奥に住居があり、私は毎日その暗がりの店内を抜けて八重ちゃんを遊びに誘った。母親は彼女だけを特別に可愛がり、次々と生まれたその下の子供達はその他大勢といった風情だった。また彼女のすぐ上の兄のNちゃんだけはまた他の誰ともくっきりと扱いが分かれていた。一番上の兄の方は家に寄り付かず、したがって子供の世話に追われる八重ちゃんの母親の憂さは全て彼に向けられた。兄と同い年の彼に遊ぶことは許されず、何時も小さな子等の世話や後から来た継母の手伝いをさせられていた。その母親にとって私は大事な八重ちゃんの遊び友達で、彼は忌まわしい先妻の子なのだ。Nちゃんはおどおどとして語らない子供だった。彼は何時も下の子供の子守役として目立たず影のように継母の家族に帰属しなければならなかった。何と言っても母親が一番可愛がっている八重ちゃんの機嫌を損ねさせることは許されなかった。父親はそんなNちゃんの事も彼の母親になった小母さんの幼い彼への仕打ちにも何の関心もないように見えた。少年だった彼は幼い頃から母の愛も知らず、大家族となった家でたった独りそうやって生きていくしかなかったのだろう。

ある日、私がお昼近くまで八重ちゃんと遊んでいた時の事である。「いいから一緒にご飯を食べていきなさい。」と小母さんが声を掛けてくれ、成り行きで私は彼女のまだ小さな妹弟と一緒に丸い卓袱台を囲んだ。すると背中に生まれて間もない子を背負った小母さんの指示でその配膳をNちゃんがするのである。彼もまだ二、三年生だったように思う。まだ覚束ない手付きで私達に土間にあった台所から彼がうどんをよそってくれた。その時小母さんにお椀を差し出す彼の手が震えた。彼が土間から手を伸ばしても届かないほど離れた卓袱台の上でそのお椀がゆらっと傾いた。その瞬間小母さんは熱い汁の入ったお椀を掴むとNちゃん目がけて投げつけたのだ。こんな事に馴れているのか、彼の方も反射的に屈み込み怯えた目のまま声も出さず手で顔を覆った。一瞬の出来事だった。すぐさま更に小母さんの容赦ない罵声が彼に浴びせられた。Nちゃんは泣きもせずまたよろよろと立ち上がり、割れた茶碗や零れ落ちたうどんを片づけ始めた。この一連の光景に私はただ驚いて声も出なかった。子供に向かって大人のこんな風な荒々しい行為を初めて見てしまったのだ。私は改めて何時もひとりっ子のような風情の八重ちゃんにこんなに小さな兄弟達がいた事も、また私に何時も親切な小母さんのその時見せた鬼面とも思える凍りつくような顔が焼きついた。そして何よりNちゃんの辛く惨めな立場を初めて垣間見たのであった。その日私はお昼に出されたうどんが喉を通らず家に帰ってから母にこの話をした。すると母は薄々いろんな事情を知っていたらしく深いため息をついて言った。「継母だからねえ、可哀想に。Nちゃんのお母さんは本当に優しい人だったのに…。」この時初めて私は「ままはは」という言葉を覚えた。子供らしい遊びも知らず何時もおどおどと感情を殺し、まるで鈍重な牛でもあるかのようにただひたすら継母の気に障らぬよう彼はひっそり生きていた。あんな事があってから私はあの暗い家に一人居残ってびくびくしながら掃除をさせられたりしている彼の事が頭を離れなかった。一方八重ちゃんはそんな空気を日常として育ち、小さな兄弟の世話をする事もなく屈託ない日々を過ごしていた。同じ手が愛撫といたぶりを使い分け、あの家で明と暗を分けたように子供達が育っている。私はあの時判然と分からぬまま女の内に潜む邪悪さを見たように思う。

そんな彼が近所の人の同情を買いながらも何も変わらぬまま時が過ぎて行った。私が小学校最後の夏休みが終わる頃だった。その頃になるとテレビが普及し、私の住む界隈の大人達はプロレスに夢中だった。その日も試合があり、その放映が終わる頃になって救急車のけたたましいサイレンの音がこの町内を響き渡った。翌朝になって昨日の救急車の止まった先が金物屋であり、あの小母さんが病院に運ばれた後そのまま亡くなったという話が通りを駆け抜けた。その年全国で何人かがプロレスの試合を見てショック死をしたと報道があったが、Nちゃんを苛め抜いた小母さんもテレビに興奮しそのまま倒れたのであった。母親を失った友人への同情がありながら、プロレス中継を見ながらのショック死という彼女の母親の突然の死は尋常ではない何かを思わせた。私の中に小さい頃垣間見た彼女のNちゃんへの不当な扱いが未消化のままずっと残っていたのだ。界隈では天罰とも神様はちゃんと見ているとも、またこれでNちゃんが楽になれる等と皆ひそひそ話した。その横で八重ちゃんはうっぷし身を捩って泣いた。もし自分の母親が亡くなったとしたら…と思うと彼女の辛さが身に染みたものの、皆の言うとおりNちゃんの自由を思えば複雑だった。次々と兄弟が生まれその一番下の女の子はまだ誕生前だった。八重ちゃんの下の妹弟達は健気にも幼いながら互いの面倒を見、四人ころころと子犬の塊のように群れ、死んだ母親が呼んだようにNと兄の名を呼び捨てしながら兄を慕った。哀れだった。Nちゃんも当惑の中で黙って彼らを抱きすくめた。こうして彼等もNちゃんと同じ母なしっ子になってしまった。

一年ほど経つと小さな子供の多い事情があってだろう、金物屋に間もなく四人目の後妻としてある年配の女性が入って来ていた。タバコをすぱすぱ吸いながら濁声で喋るその女性は子供達にとってむしろお婆ちゃんと呼べるほどの年齢だった。八重ちゃんの妹が「あの人がお母さんになった。」と私に耳打ちしてくれた。しかしあれから八重ちゃんは次第に変わってしまった。もう何処にも過保護なくらい可愛がってくれる母親はいない…我儘に育っていた彼女には下の子供たちの辛さは思いやれなかった。彼女は母を喪った悲しさに泣き尽くし、その涙の後はやるせなさしか残っていなかったのだろう。同い年でも私より学年がひとつ上だった彼女はまだ小学生だった私から次第に離れて行った。やがて不良グループに名を連ねるようになり中学を出るかそこらで八重ちゃんは家出してしまった。

あの年の夏休み、何時ものように私達は一緒にプールで遊んだ後家に帰った。その夜を境に八重ちゃんの人生はすっかり変わってしまったのだ。溺愛され甘やかされて育った彼女に母親を喪い事情の一変してしまった家は受け入れる事は出来なかったのだろう。ましてその彼女に情の通わない新たな継母の存在など考えられなかったに違いない。あの時の彼女には自分の小さな妹弟達の事も、また辛い日々を過ごした異母兄のNちゃんの事も考えられるほど余裕はなかったのだろう。埋めようもない喪失感と何処にも向けられない怒りが彼女を何かへと駆り立てて行った。それからしばらくして今度はNちゃんまでが家を出てしまった。継母の死でやっと自由になれた彼だったけれど、また新たな継母に気遣うのがもう嫌だったのかもしれない。

或る日、私は二十歳を前にして気まぐれにあの家へ帰って来た八重ちゃんと通りの角でばったり出会った。すらりと背が伸び大人びた彼女は眩しく、八重ちゃんはちょっと気まずそうにはにかんだ。「今ね、夜の勤めに出ていて私指名が多いんだよ。」と彼女はそう笑った。指名が何なのか分からないまま「へえ、すごいね。」と当惑しながら私も懐かしさに笑った。しかし後が続かなかった。あれから私達は互いにあまりにも違う世界で暮らしていた。「それじゃ、また会おうね。」と言ったものの彼女は実家にも泊まらずそのまままた何処かへ行ってしまったらしい。早くに家を出た彼女にしても子供の頃馴染んだこの界隈が懐かしかったに違いない。「八重ちゃんが遠くに行ってしまった…。」小さい頃、私は夢の中でそうさめざめ泣いてその自分の泣き声で目覚めた事がある。あの日ばったり出会ったのを最後に幼い頃いつも一緒だった八重ちゃんが今何処にいるのか誰も知らない。

あれから私も母を亡くした。その後嫁いで幾十年の時が流れ、久し振りに里帰りした時だった。今はすっかり変わってしまったあの金物屋の店先にあのNちゃんがいたのだ。彼は滅多に実家に帰らない私に気づかなかったのだろう、ただ何処かをぼうっと見つめて佇んでいた。その光景はあの頃の彼の父親そっくりで私は声を掛けるのを躊躇い、黙って通り過ぎた。今ではこの通りも寂れ、間口の小さくなった金物屋も白髪頭のNちゃんものんびり赤い夕映えに染まっていた。

― 防空壕に住んでいた黒人一家 ―

私達の住む旧街道の通りに何時の頃か黒人一家が物売りとして現れるようになった。戦争が終わって十年、私が五、六歳の頃の話である。ついこの間まで世界中を包み込んだその騒然とした時代の匂いがまだその辺りに燻っていて、それは小さな私にも感じられた。そんな戦争と関係があるのか、彼等は家もなく界隈の裏手に続く山の防空壕跡に住んでいた。どんな経緯でそうなったのかは分からない。何時の頃からか日本語の覚束ない両親と私と同い年くらいの男の子にその妹、乳飲み子まで入れて一家五人が戦時中作られたまま放置された防空壕をねぐらとして暮らし始めた。そこは当然ながら水道も電気もない真っ暗なただの穴倉である。彼等が何処からやってきたのか誰も知らなかった。窓明かりもない暗くじめじめしたねぐらで梅雨時の雨をしのぎ、吹きっ晒しの凍える冬の夜を互いの温もりで過ごしていたのだろう。復興に向けて生活が始まってはいても日本の誰もが貧しく、福祉という言葉などまだなきに等しい時代であった。

そんな中、何処で仕入れてくるのか知らないが彼らはセルロイドで出来た石鹸箱をこの辺りで売り歩き、どうにか食い繋いでいた。夕方が過ぎ店を閉めるにはまだ早い…一日中忙しない喧騒に溢れたこの通りにゆったりとした時が訪れる頃、あの一家がふらりと立ち寄るのである。彼等のことを皆が「…さん」と呼んでいたがもうその名は覚えていない。私の幼い頃、この辺りに黒い肌の異邦人を見た事はなく、ましてやそんな彼らが一家揃ってぞろぞろ歩く姿は人目を引いた。わけても母親は縮れた髪をスカーフに包み込んで頭の上で結び、耳には大きな輪のイヤリングが光っている。また襞（ひだ）のたっぷり入った長いスカートをはいているのだからその出で立ち自体目に付いたものだった。片言日本語のできる男の子がその両親に代わって「セッケンバコ、イリマセンカ？」と一軒一軒売り歩く。この辺りに英語など話せる者はなく、それでも町内のそれぞれがその男の子から漏れ聞いた話を寄せ集めると、彼らは戦時中も国に帰れぬままこの国にいたらしい。そして戦いも終わり平穏が訪れた今、生活も儘ならぬのに一家揃って帰国するための資金を貯めるつもりなのだと言う。その国が何処だったのか私は分からぬまま単に「そうか、くにに帰るのか。」と納得したように思う。それでこの界隈の人々は「ぐらしか…。」（可愛そうに）と言いながら彼らが訪れる度に石鹸箱を買う破目になる。私の家にも何個もの石鹸箱が重ねられていった。緑や白がマーブルに溶け合った石鹸箱が幼い女の子や赤子を抱いた母親から渡される時母は決まって「頑張りなさいよ、絶対国に帰れるから…。」と言葉も分からぬのに励まし、そこらに在ったお菓子や野菜など新聞紙に包んで手渡していた。「アリガト、オクサン。」ぎこちない言葉で彼らは何度も何度も頭を下げてまた次の家へと出て行った。何時の間にかそうして歩く内、各家から貰ったらしい様々なものが父親や男の子の両手いっぱいに抱えこまれ、彼は嬉しそうに白い歯を見せて笑っていた。通りの端まで廻った所でようやくあの子は真っ暗な防空壕に帰って行く。私は同じ年端のあの男の子が帰る防空壕の家を想像した。辿り着いたらお父さんが真っ暗な洞穴に蝋燭を点してくれるだろう。そしてぼうっと明るくなった洞穴で彼は貰ったお菓子を妹に分けながら頬張るのだろう。セルロイドの石鹸箱が増える度私はそんな事を思い巡らした。あの暗闇の中、聞きなれぬ異国の言葉で彼らは何を話しているのだろう。国に帰る日の大きな船の事だろうか、それとも今日会った人々についてだろうか。また彼らの国はどれほど遠く、これからどんな暮らしが待っているのだろう、何より彼らは国へ帰れるのだろうか…それは生まれ育ったこの界隈が全ての大人達にも分からなかった。しかし自分の暮らしで精一杯の人々がそれでも雨露をしのげる自分たちの幸せを思い、彼らを励まし続けたのだ。

やがて何時かしらあの黒人一家が現れなくなった頃、通りの人々の間に噂が流れた。どうやらかなりのお金を貯めて一家そろって無事国に帰れたらしいとも、こんな田舎じゃ埒が明かないから都会へ行ったとも噂されたが真相は誰も知らなかった。私は彼等がいなくなった後一度だけ近所の友達とあの防空壕を恐る恐る探検に行った事がある。夏の日のひんやりとした穴の中にはテーブル代わりのりんご箱や幾枚かの皿、地面に敷いていた破れたマットに芯だけになった蝋燭などが彼らの抜け殻のように残されていた。ある時を境に彼らは姿を消し、セルロイドの石鹸箱を買い続けたこの通りのどの家でも幾つもの石鹸箱を持て余した。それは子供の玩具として払い下げになったり用を足さないまま埃を被っていった。私の家でもあのマーブルの石鹸箱が随分長いことあったように思う。

あの男の子も私と同じようにとうに五十を過ぎている筈である。今何処で暮らしを立てているのか知る由もないが彼はあの坊空壕での暮らしを思い出す事もあるだろう。そしてあの暗い防空壕までの道すがら、石鹸箱を風呂敷に包んでこの通りを売り歩いた日々を覚えているだろうか。彼の古いそんな記憶の中の人々に混ざって今は亡き私の母の若く元気な笑顔もあるだろうか。今ではセルロイドで作られた物などなくなってしまった。石鹸箱を見るとあの頃私達の前を行きすぎた黒人の一家を思い出すのである。

― ブラジル帰りの魚屋 ―

同じ通りに軒を並べて魚屋があった。女性にしては上背もありがっしりとした女房に小柄で赤ら顔の如何にも頑丈そうな亭主、その働き者の夫婦には私より一つ年下の女の子を頭にその弟、妹と三人の子供があった。復興という名の下で日本中がまだ貧しい時代、当時の食事と言えばほとんど野菜と魚が主たるもので肉などたまの贅沢だった。それで夕方ともなるとその魚屋の店先にせり出した棚にはとろ箱が並び、近所の女将さんたちが集まった。あの頃魚屋には杉や笹の葉の上に溢れるように青魚はもちろんのこと鯨といったものまで種々雑多な魚介類が店頭に並び、お客との威勢のいい言葉が飛び交いながら夫婦の手は次から次へと魚を捌いていった。

夕刻ともなると客足は途絶えることなく続く。そんな中やがてお腹を空かした彼等の子供達が遊び疲れて忙しげなお店まで帰って来る。私はこの魚屋の長女のTちゃんの遊び仲間の一人だったが、発育の良い彼女は遙かに私の背丈を追い越していた。時折彼女は私達子供仲間に見知らぬ国の話をしてくれた。彼女とその両親は数年前までブラジルに住んでいたのだった。両親二人とも東北の生まれで遠い異国への移住に夢をかけ渡航したのだが苦難続きだった。やがて一人娘が生まれても一向に生活は楽にならず、とうとう夢を捨て帰国の途に着いたのだった。ようやく自国に辿り着いたというのに流れ着いた先がなぜ見知らぬこの南の地だったのかは分からない。ブラジル時代の事について夫婦はあまり語りたがらなかった。しかし遊びに飽きると娘のTちゃんが思い出したように遠い異国の話を私達に教えてくれた。何より彼女は近所の誰も持っていないような一張羅のドレスを持っていて、親の出払った一間きりの小さな家でそれを見せてくれた事がある。たっぷり襞の寄せられたそのワンピースに小さな私達は海の向こうの見知らぬ国に思いを馳せたものだった。ブラジルを発つと決まってから日本に帰るために両親が買ってくれたのだという。彼女はそれを来て乗船し、まだ見ぬ両親の故郷へと長い航海に出たのだった。夢破れやっとの思いで降り立った日本の港で彼等は故郷とは反対の南へと向かった。そして鹿児島のこの小さな界隈に住み着いたのである。

二人は懸命に働き、ようやく小さいながら店を持った。彼女の父親は朝まだきの中を自転車で市場に通い、頑丈なその荷台に幾層にも重なったとろ箱を積んで帰って来た。近所の大人達は「あんなに頑張る衆でもブラジルは続かんじゃったのだろう、よっぽど苦労をしたたっが。」そう言って陰ながら二人を労った。この暖かな地に彼等の知人もなく、一旦旅立った故郷へは何某かの錦を飾るまでと夫婦はがむしゃらに働いていたのだろう。ここで生まれたTちゃんの弟、妹はその異国を知らず、また両親の故郷も知らず育った。とっぷり日が落ちても母親は仕事の手が外れず、何時も子供達は客の待つ傍らの縁台に腰掛けてご飯を食べていた。三人は決まって丼飯だった。大盛りの白ご飯の上にただ一尾、焼き魚か煮魚がでんと乗った丼飯なのだ。まだ貧しい時代とはいえ彼らの食事はいつも同じだった。しかし彼らは見事に成長していった。小学校に上がると弟のY坊は肥満になった体を揺すって歩いた。あの時代は周りに肥満児など見あたらず、何年か経つ内には彼の巨漢はたちまち大人達の関心を惹いていった。

ある時その噂を聞いたのだろう、相撲部屋から郷土出身の元力士が彼を見にやって来ると言う。界隈はたちまち騒然となった。この通りから力士が誕生するかもしれないのである。魚屋の主人も珍しく店を閉め、息子がスカウトに値するか否か東京からその打診に来た一行に高揚した面もちで着いて回った。一行はその魚屋脇で丼飯をかっこむY坊の食べ振りに唸った。彼らは既に小学高学年になっていた彼の体を入念に調べた。体格は問題がなかった。問題はその資質だった。勝ち気で辛抱強い彼の両親に似ず彼は弱虫だったのである。彼は気の強い姉のTちゃんがいて初めて大手を振って歩けるほどの意気地なしだった。喧嘩が起きると彼は「姉ちゃんに言い付けるからねぇ。」と何時も泣きながら帰っていた子供である。東京からやって来た元力士は近所の体格の良い子等を集め近くの神社の境内に作られた土俵でその彼等とY坊の取り組みをさせる事にした。彼の相撲力士としての資質を試そうと言うのである。ただし彼等にどんな期待があったとしても相手に突進していく程の勇気は彼にはなかった。取り組の最中、土俵の上で泣きながらY坊は何度も逃げだそうとしたらしい。その様子にスカウト陣はあきれて帰って行った。そんな訳で通りを沸騰させた「相撲部屋入り」の出世物語はあっけなくその序幕も引かぬ内に幕を閉じた。

ブラジルでの成功を掴み損なった両親が思わぬ成り行きから一瞬夢を見た時であったかもしれない。あの働き者の魚屋の小父さんがしばらく気落ちしてぽつんと椅子に座っていたのを思い出す。成功するまではと頑張り続けた緊張の糸がぷつんと切れてしまったのかもしれない、あれから間もなく夫婦は店を閉めて故郷に子供等を連れて帰った。子供達は初めての旅行に大喜びで再び界隈に帰って来て、遠い北国に住むお爺ちゃん達の話を嬉しそうにしてくれた。

やがて時代も大きく変わりスーパーマーケットの出現で小さな商いの寄合である通り会は揺らいだ。その魚屋もようやくこの地に根を張って築いた店を手放し、その大型店の中の出店へと転換した。彼等には大きな賭けだった。しかしそれは上手くいかなかった。しばらくして出資した資金までも失い、その後隣町の魚屋に雇われとして働く事になり、彼等一家も長年住み慣れたこの通りから引っ越して行った。あの頃、夕方の忙しく両親が立ち働く時間になると彼等は姉弟揃って毎日銭湯に行く。そんな時Tちゃんがまだ何処かで遊びに没頭している妹の名を「イクヨ、行くよぉ。」そう呼びながら探す大声が路地に響き渡った。子供心にも言葉遊びのようなそんな音を可笑しく感じていたものだ。こうして彼等はこの界隈を離れて行った。

あれから時が流れ街中で偶然成人したY坊に出会った事があった。子供時代群を抜いて大きかった彼の成長はあれっきり止まったと見え、普通よりはやや太めといった風情で、あの頃とはうって変わってこざっぱりした彼に声を掛けられたのである。「良く私と分かったわね。」そう言った私にあの弱虫だった彼が今は某旅行代理店に勤めていると得意げに言った。白いワイシャツにネクタイを締めた彼はその後の彼等一家の動静を都会風に気取って話し始めた。私は何時も金切り声をあげて泣いていた彼のその変貌ぶりに戸惑いながら、頭の中に昔彼等が店脇で食べていた魚一尾の丼飯が抽象画のように浮かんでいた。姉弟それぞれ結婚をして両親も皆元気で地元に暮らしていると言う。北国生まれの夫婦があのままこの南の地に錨を降ろしていたのだ。今ではブラジルから持ち帰ったというTちゃんの大事なワンピースなど無くなってしまっただろう。そして彼等の両親が遠い異国での成功を夢見て海を渡ったと言う事実もやがて時間の中に埋もれてしまうのだろう。私は止めどなく流れる彼のお喋りを聞きながら小さい頃彼の家の店先に並んだ海ほおずきを思い出していた。

― 自動車理修理工場と裁判官 ―

私の家から少し離れて同じ通りの向かい側に自動車修理工場があった。当時自家用車を持っている家など無く、街道沿いのそこにはトラックや三輪車の他、単車と呼ばれていたオートバイクが持ち込まれた。そのバイクすらまだまだ庶民には手の届かない物だった。

その修理工場の主人は少し風変わりな人だった。近所の誰ともつき合わず、かと言って無愛想な訳でもない。いつも倉庫前の堆く積まれたタイヤにもたれる様に腰を掛け涼やかに一人笑っている。そして長身の彼の気晴らしの遊び相手は犬のジョンだった。その辺りでは珍しく大型の洋犬ジョンは利口な犬で当時和犬しか見た事がない私はその細長く手足が伸び、黒い短毛のジョンの真っ赤な口が怖かったのを覚えている。彼はその犬を上手く調教していた。夕方ともなるとそのジョンが籠をくわえ、その頃出来た近くの寄り合いマーケットに現れた。まず肉屋に立ち寄ると店主が籠の中のメモを見る。書かれた注文の品を揃えるまで他の客に混ざってジョンは大人しく座って待っていた。そこに居合わせた客が口々にその犬の利口さを褒めた。そこで用を足すと次は八百屋といった具合にジョンはお釣りを籠の中に入れて貰い、次第に重くなっていく籠をくわえながら幾つかの店を回って帰って行った。それで買い物に出て来ないそこの修理工場の女将さんを見ることは滅多になかった。

飄々として西部劇にも出てきそうなダンデイな主人とその女将さんはあまりにかけ離れていた。彼女はばっさり切り込んだ頭にタオルのねじり鉢巻きで男物の白い肌着をシャツ代わりに着ていた。大きなギャザースカートは両端をパンツに挟んだまま前にT自動車修理工場と染め抜いた大きな黒い前垂れを掛け、男達に檄を飛ばしながら自ら油まみれになって働いた。彼女は典型的な男勝りでその修理工場は殆ど彼女一人で切り盛りしていたのだった。この界隈の誰ともつき合わず忙しい女主人は夜となれば酒をあおった。何時ものんびりと犬と戯れている無口な主人とは対照的な二人だった。それでこのちぐはぐな彼等がどこで結びついているのか誰も分からなかった。またこの夫婦には名犬ジョンの他に娘が一人いた。彼女は私より一つ上で私と同じ名前のこの娘はどうやら女将さんの連れ子であるらしい。

その娘も変わっていた。何故か意味のない嘘をつく女の子で、その娘も近所の子供達とあまり遊ばなかった。またその母親にも似ず妙にねっとりとして何処か大人の女性の意味あり気なそんな目つきで子供同士の間であの子は嘘つきと言われていた。このちぐはぐな彼等の家族らしい団らんを誰も見た事はなく、ますますこの一家が不思議な存在だった。その不可思議な家に何度か遊びに行った事がある。ある時Yちゃんがこっそり私に耳打ちしたのである。隣の小父さんが真っ裸で庭をうろつくと言うのだ。私達は知ってはならない大変な秘密を打ち明けられたと思った。Yちゃんはそれが本当かどうか疑うなら見せてあげるというのだ。半信半疑ながら子供の好奇心で二、三人の遊び仲間と一緒に彼女の家の板塀の隙間からこっそり息を殺して隣をのぞき込む羽目になった。

隣りはこの辺りの住人とは違い、お偉い裁判官の家だった。穴から覗けば大きく板塀で囲われている隣家の広い庭は手入れされる事もなくぼうぼうと草が生い茂り、いろんな物がそこらに転がるまま放置されている。この家の住人の無頓着さが子供ながら感じ取られた。じっと覗いているとそこの家にも珍しい大きな犬がいた。毛むくじゃらの見た事もないようなむく犬だった。その犬でさえこの家の無頓着さの産物に見えたものだ。それから長い時間私達は大人に言えぬような秘密を持って目を凝らしながらじっと板塀に張り付いて覗いていたが何も起こらなかった。遠く表の工場の方で鉢巻きを巻いた小母さんの容赦ない罵声が飛び交っている。覗いてる間にも私はこのYちゃんの話はまた嘘なのではと疑った。

それでも子供達が身動きもせずじっと塀にしがみついていると突然隣りの家から声がした。あの裁判官の小父さんが帰って来たのである。私達は今覗き見という悪い事をしている、しかも相手は裁判官であるという罪悪感に凍り付いた。誰も身じろぎ一つしなかった。私達が節穴から覗いている事も知らず、その裁判官の小父さんは明け放たれた部屋にいる。その内奥にいる誰かと何やら話しながら瞬く間にまるで投げ捨てるように服を脱ぎ始めた。そして褌一つになるとこっちの塀の方に顔を向けた。しかし潜んでいる私達に気づかず、ついにその褌すら脱ぎ捨て本当に真っ裸になって庭に降りて来た。そして裸のまま、まるで鼻歌でも歌うように彼は草ぼうぼうの庭に水を撒きだしたのである。その周りであのむく犬がじゃれて走り回っていた。その様子は重い責務から解き放たれた人が全てを脱ぎ捨て、あのむく犬のように無邪気に我が庭を歩き回っているのに他ならなかった。私は立派な大人がこんな風に天真爛漫に振る舞っているのを初めて見た。私達が恐る恐る覗いたその秘密はたったそれだけの事だった。しばらくすると誰からともなく塀から離れて帰って行った。それからたまにあの小父さんを表で見かける事があった。この近所の人は彼の事を先生と呼び丁寧にお辞儀を交わし、彼も如何にもそれらしく返した。Yちゃんは今度は嘘つきではなかった。しかし裁判官の小父さんのあの伸び伸びとした行為を覗いたという後ろめたさは誰にも告げられず、立派と言われる人の不思議な知られざる生活を垣間見たように思ったものだ。

あれから間もなくT自動車修理工場は車の多い隣町へと越して行った。堆く積まれたタイヤも跡形もなく片づけられ、彼等の家も取り壊された。その後あのYちゃんが児童相談所に入れられたと言う噂を聞いた。「あの娘はねえ…」理由が分からずとも大人達も頷いた。子供心にもYちゃんのあの含み笑いには底の知れない何かが潜んでいたように思えたものだ。そしてあの不思議な夫婦にどんな物語があったのか、その後彼等がどうなっていったのかは分からない。あの日滅多に遊ばないYちゃんが奇妙な目で含み笑いをしながら耳元にささやいた秘密を思い出す。夏の終わりのトンボが飛び交う夕暮れだった。

―　市ノ瀬と花屋　―

私の生まれ育った界隈に二軒の洋品店があった。繁華街で洋服を調達することなど滅多にない頃のことで、地元にある洋品店がまだ成り立っていた時代である。花屋という屋号の一軒は間口も広く何人もの店員を雇い繁盛していた。かたや市ノ瀬の方はもともと呉服屋だったらしい。けれど今はタバコも扱っているので人の出入りはあるものの、当時でも旧態依然とした店構えで反物から針や糸、はては野良着まで扱うという何でも屋の体だった。私の家の並びにあるその市ノ瀬の主人は女形の歌舞伎役者に似ていた。ほっそりと小柄で何時も小股で歩く。細面の顔には弧を引いたような眉にくっきりとした目元、鼻筋が通り形の良い小さな薄い口元はまさしく美しい女形を思わせた。加えてなだらかに落ちた肩にいつも着物姿、前垂れを着けていたのだから幼心にも舞台の上の女形歌右衛門を彷彿とさせたのだろう。だが連れ合いの女房は至極庶民的なその辺の女将さんといった風情でがさがさと喋り、そんな二人は不釣合いに見えたものだ。彼女の方はもともと古くからある呉服屋の一人娘でどういう縁か女形のように華奢なそのご亭主が婿養子として入ってきたのだった。二人には既に成人した美しい長女の他に彼等が四十を過ぎて授かったもうひとり娘がいた。私より一つ下のその娘も小父さんに似てやはり端正な面立ちの子供だった。夫婦は歳がいってからの子供であるそのよっこちゃんを溺愛し、界隈の裸足で駆け回るような子供達と遊ばせるのを嫌った。それで箱入り娘の彼女はその両親にも似ずこの界隈でおっとりと育っていった。

私が子供の頃、時たまその市ノ瀬にお使いでタバコや針といった小間物の使いに行かされる事があった。私は大人しいよっこちゃんに悪いと思いつつその店に行くのが好きではなかった。彼女の両親が苦手だったのだ。小母さんはどこか意地悪そうで何時もくたびれて愛想がなく、一方小父さんは美しい顔のこめかみに神経質そうな苛立ちを走らせ何時も忙しなかった。まして私みたいな子供の客が行くといらいらがいっそう募り「何ね、何が欲しかとね。はい、はよ（はやく）言わんね。」と着物の襟を指で忙しなく直しながら女言葉で畳み掛けるのだ。そして私からお金を慌ただしく受け取ると「はい、有難うね。」まだ客もいるというのにくるりと踵を返して奥に引っ込んだ。私は損でもするかのように笑い顔ひとつせず小股でちょこちょこ歩くそんな女小父さんが苦手だった。けれどたまにその娘のよっこちゃんに呼ばれて遊んだ事があった。ある日彼女の家の裏庭で一緒に遊んでいると私はいきなりそこの神経質な犬に追われ、逃げ場もなく低い庭木によじ登った。それでも執拗に犬はほえ続け、ついに飛び上がったその犬に私は足を噛まれてしまった。私は泣きながら店にいる小父さんにそれを訴えた。すると彼は「何ね、あんたが遊びに来るからよ。」とにべもなく言い放ち、何やらぶつぶつと言いながらはたきで辺りをぱたぱたと叩き始めたのである。夫婦ともそんな風だったから店も繁盛することはなく古くなってしまった商品がうっすら黄ばんだまま累々と重ねられ、店内は何時もしんねりとした空気が漂っていた。その市ノ瀬が唯一度だけ晴れがましい日があった。当時まだ百貨店でしか見た事がないマネキン人形を購入したというので近所の人々も珍しがり、そのマネキンを見に行った覚えがある。あの日小父さんは呉服屋の店構えらしく一段高い畳敷きに乗せられたマネキン人形の横に座り何時になく上機嫌だった。前垂れの下に手を差込んだまま口をすぼめ「ほほほ。」と笑っている。私は小父さんの笑っている顔を初めて見た。市ノ瀬が一番賑わった日であった。

一方私の家の斜交いにあった「花屋」の方は何時も誰かしら客があり店員の朗らかな笑い声に満ちていた。年に数回の大売出しの旗を掲げた日ともなれば近隣から人が押し寄せるほどであった。ここの店主はつい近年まで銀行で働き、その後親の家業であった店を継いだ。こちらの夫婦は穏やかだった。何時も静かな笑みを漂わせおっとりとした風情はおよそ商売とは無縁のようにも見えた。先代の時から残った店員たちがてきぱきと働きお店を盛り立て繁盛していたように思う。唯この気質の良い夫婦には子供がなかった。それでその頃既に四十を過ぎた夫婦は養子をとる事にした。私が五つの頃、もう名前は忘れてしまったが私と同い年の男の子が遠縁から貰われて来た。

ある日の事、日頃あまり馴染みのないそこの小母さんに頼まれ私は花屋へ遊びに行く事になり、店員さんに手を引かれ店を潜り抜けて行った。奥に続く瀟洒な住宅の方には急遽子供部屋が設えられていた。その広すぎる部屋にぽつんと男の子が座っていた。私はその部屋にひとり置き去りにされた。その部屋のドアの向こうから花屋の小父さん、小母さんに加え古くからいる店員さんまで私とその男の子が遊びだすのを目を輝かせながら覗き込んでいる。私は彼等の前に突然現れた王子様の遊び相手として呼ばれたのだった。

大人達が盗み見するかのようにドアの空いた子供部屋の前をうろうろし、私と彼の一挙手一投足を見守っている。子供が自分の部屋など持てるような時代ではない頃、その子供部屋は見た事もない玩具で溢れていた。輸入物の汽車が部屋に敷かれたレールを走り、分けても私はプラスティックの積み木に惹かれた。その積み木で店員さんが大きな橋を造ってくれた。赤い三角や四角のブロックでできた橋はガラス細工のように光が透いて床に赤い影を落とした。家に帰ってからもずっとその赤く透ける美しい積み木が頭から離れなかった。

大人が嬉しそうに見守る中での遊びはぎこちないものである。二人とも唯黙ったまま遊んだ。しばらくすると小母さんがお菓子を二人に運んでくれた。何時もと違い私はお行儀よく滅多に食べられないお菓子を食べた。その後私はその子の午後の昼寝までお相手をし、またあくる日になると店員さんが私を迎えにやって来る。そんな日がしばらくの間続いたように思う。私は小さいながら子供らしい打算で満ちていた。遊びが面白いと言うより、あの盗んで持ち帰りたい程美しい積み木と美味しいおやつ食べたさにお相手になっていたのだった。人柄の良い夫婦は初めて出来た我が子に言いようのない幸福を感じていたのだろう、近所の誰もがあの子はあの家に養子で貰われてきて幸せだ…と噂した。

やがてその子と同じくらいの年頃の男の子の友達が見つかったのだろう。何時しか私にお呼びが掛からなくなり、あれからその積み木を見る機会はなくなってしまった。学齢時になるとその男の子はこの地域の小学校ではなく制服のある大学の付属小学校へと通い始め、私達界隈の子供との縁は薄らいでいった。裏木戸を出入りする彼と出会う事は滅多になかった。時折偶然出くわすと昔一緒に遊んだ気恥ずかしさで唯お互い曖昧な笑顔だけを交わした。私達が思春期に入る頃には彼の両親はめっきり歳を取っていた。あれから賑わっていた店も閉じ、何処か近くに新しい家を建てたらしく越して行った。

その頃になると一方の市ノ瀬も看板だけをそのまま据え置き、タバコ屋のみを残して後はしもた屋となっていた。長女の入り婿はこの店に当に見切りをつけ跡を継がず勤めに出て行った。あれからこんな界隈にすらマネキンなど珍しい物ではなくなってしまった。あの晴れがましかった市ノ瀬の古びたマネキンもそんな時代の流れの中で夥しい商品の中に埋もれていったのだろう。何時だったか、小さく開けられたタバコ屋の硝子戸の前にいる年取った小父さんを見掛けた事がある。あの時も着物姿で不機嫌そうにぺたんと座っていた。あれから私も嫁ぎ、長い時間が過ぎていった。賑わった表通りも今はすっかり寂れ、あの店の跡にはアパートが建っていた。その脇にあの市ノ瀬があった証とでもいうようにタバコの自動販売機がひとつぽつんと据えられていた。

級友

戦争が終わって十年余り、復興への活気は私の育った田舎町の旧道界隈にも押し寄せた。狭い表通りを朝靄の中チリンチリンという豆売りの鳴らす鈴の音に始まって、バスやバイクに加えて荷馬車が行き交い、その路地裏では地から虫でも湧くように子供達が溢れていた。とっぷり日が暮れるまでそこには暮らしに忙しい大人達とは隔絶した子供の世界があった。四、五歳の頃にもなると私は空き地での遊びに飽きた年かさの子供達に混ざって家の近くにあった神社の境内まで出かけるようになった。黒揚羽蝶の文様が染め抜かれた白い昇り旗がはためく神社の境内奥、ひとむら深い緑の陰を落としている木立の中に弥生時代の遺跡が策で囲まれていた。そこが竪穴式住居跡であったとの立て看板がひとつあるだけでひっそりと訪れる者もなく、小さな私達にはそこは格好の遊び場だった。柵周りの固く湿った土をほんの少し掘れば赤い土器の欠片が出てくる。当然ながら弥生式土器が何なのか遺跡の貴重さなど子供等の誰も知らなかった。私達はその土器の欠片を石で擦り水に溶かしてはせっせと赤い色水のジュースを作った。また住居跡の真ん中にある炉跡が和式便器も似ていたのだろう、催せばわざわざ柵を乗り越えて発掘されたその住居跡の炉にしゃがんで用を足した。

嫋やかな母に似ず無骨な父の面差しから勝気な気質まで父親に似た私はどうやら病弱な体質だけを母から受け継いだらしい。元気な日は他の子供達と表を駆け回り、微熱の続く日は障子を隔て通りの気配の聞こえる奥の部屋でひとり、首に真綿を巻いてもらってラジオを聞きながら過ごした。

六歳になって私は近くの神社の境内にある幼稚園へ入園した。その園舎は垣根を隔て地域の小学校の古い校舎に隣接していた。その日満開の桜の老木を背景に私達園児と先生が勢揃いし、晴れがましい気持ちで記念写真を撮ったのを覚えている。並んだみんなの肩に薄葉紙のような淡い花びらがはらはらと舞い落ち、私は思わず大きく枝を張った桜の木を仰ぎ見た。枝に咲いた花々の間からモザイクのような空が広がっていた。その時突然すぐ後ろの小学校の校舎からオルガンの音に合わせて子供等の合唱が聞こえてきたのだ。「春の小川」だった。鈍いその風琴の音と子供等の緩やかな歌声に乗って青い空から薄桃色の花びらが舞っている。夢のような美しい瞬間だった。私は子供心に春というものを刻み込んだ。それから一年後の昭和三十二年春、私は地元の小学校の門を潜った。

母の手から路地へそして界隈へとその枠は少しずつ広がり、その度いろんな人が私の前を通り過ぎて行った。あれから半世紀余り、幾人の人と出会ったのだろう。私の記憶の断片に色褪せた古い写真のように名前も思い出せない級友達が子供のまま封じ込められている。

― 寺師富士子先生 ―

幼稚園で身体の小さな私は赤組と組み分けされていたにも拘らず絵の時間の教室だけを渡り歩いて一年が過ぎた。絵を描いていたい、だから絵をやっている組に潜り込む…そんな他愛ない理由で私は何時も勝手に組を移動していってしまう。その度に怒られるのだが父の雷に比べれば幼稚園の先生の叱り方など何処吹く風の体で一向に堪えない、それより絵が描ければいいのだ。何時の間にか先生達の方がそんな私にあきらめて怒らなくなってしまった。小学校に上がっても私はどうやらそれが通用すると高をくっていたのだろう。いろんなものを教えてくれる学校は楽しかった。「今日は何処に行こうか。」などと私は幼稚園の時のように自分の教室から他所の教室の空いている席に勝手に滑り込む。当時は団塊の世代らしく児童も一組が五十人余りと多かった。まだ授業も始まったばかりで生徒はもちろん先生の方も紛れ込んだ私にすぐには気が付かなかったのだろう。やがて授業が始まり他の教室で私が「はい、はい。」と手を挙げるのだから当然その組の教師は叱り、私は本来の教室へ追い返される。何処か私に欠落したものがあるのだろう、怒られるという事が他人事のように頭の上を通り過ぎた。一向に堪えないのである。だから朝になると私はまた今日は何処に行こうかと相変わらず気ままに移動を始める。ある日、何時ものように他の組に入ろうとすると入り口で男子児童らが箒で私の侵入を阻止、バケツをがんがん叩きながら「お前は違う組だろう、帰れ、帰れ。」そんな追い返しが始まった。不思議だった。私にはそれが納得いかなかった。

「先生のお父さんが遠い所に出張した時、汽車の窓からそれは美しい富士山が見えたんだって…その日、家で女の子が生まれたのを知ってお父さんは先生に富士子と名前をつけてくれたの。」担任の教師は寺師富士子先生と言った。若く美しい先生は凛とした人だった。皆この先生が大好きで休み時間は大勢の子供達が先生にとまとわりついた。小学校に上がって初めての通知表に「生活習慣ができていない」と注意書きが書き込まれた私は今で言う問題児だったのかもしれない。気の向いた教室に潜り込み、授業で平然と手を上げ追い出される…性懲りなくそんな調子だから堪り兼ねた他の組の先生から校庭の真ん中に立たされた事がある。他の生徒らが立たされた子を見に来るのに私にはこの注目が嬉しく、さも得意げに笑っていたのだと思う。こんな出来事はすぐ兄の口から母親に告げ口された。学校が楽しい…当の私がそんな風だから母に諭され他の教師から怒られても合点が行かない。私は相変わらず気ままな生徒だったが担任の寺師先生から怒られた記憶はない。そんな私に辛抱強く接して下さったのだろう。ある不思議な日を思い出す。国語の時間だったか授業中富士子先生が質問し、私ひとりが手を挙げ答えた。何かについての感想だったのだろう、それがどんな質問で私がどう答えたかはもう覚えていない。ただあの時私は立ったまま長い間話していたように思う。話し終わると先生は突然駆け寄り私を抱き上げたのだ。そして教卓に飾られた花の一輪を私の髪にかざし、私を抱き上げたまま先生は笑いながら教室をぐるりと回ったのだ。皆もぽかんとその様子を見つめていた。あれはどういう事だったのだろう、先生がこんな事をしたことは後にも先にもなかった。当の私自身、何故か判らないのだけれど抱かれたまま嬉しそうな先生の顔を見て次第に私も嬉しくなったのを覚えている。あの時先生には風来坊然とした私がようやく「組」に定着したと思えたからだろうか。その嬉しかった気持ちがそうさせていったのか判らないが、あの辺りから私はようやく自分の「組」という認識を持ったように思う。

その頃病弱な私は学校をよく休んだ。けれどどうしても遠足に行きたかったのだろう、長い間休んで私は遠足前日という日になって登校した。ようやく熱も引いて私は前から皆と遠足に行くのをずっと楽しみにしていたのだ。それで朝礼が終わると私は弾むように先生の机まで遠足のバス代を持って行った。すると先生が困惑気味に顔を曇らせた。しばし逡巡して「Yちゃん、ごめんね。今度の遠足はYちゃんには無理だから…先生、キャラメルをお土産に持って行くから。」昨日まで熱の為に休んでいた児童には当然の結果だった。しかし幼い私には優しい先生の思いもかけない答えだった。あの時私は声なく「うん。」と頷くのが精一杯だった。たちまち目に涙がうるうると溢れどうにか我慢して自分の席まで帰って来たものの、椅子に座るやいなや堪えきれず私は初めて学校でうっぷして泣いた。何があんなに哀しかったのだろう、先生は私の席までやって来て黙って私の頭を撫でてくれた。するといっそう哀しさがこみ上げ、私はまた声を上げて泣いた。約束どおり遠足の日の夕方、先生が家に訪ねて来て真綿をまいて寝巻き姿の私の手にお土産のキャラメルを握らせてくれた。嬉しいのか悲しいのか私の目にまた涙が滲んだ。私はその夜富士子先生の夢を見た。

― ブラジルからの人形 ―

一年と同じ担任、組ごと持ち上がりで私は二年生になっていた。ベビーブームの煽りで私達世代の学年は一学年が十クラスにも膨れ上がり、講堂をベニヤの壁で仕切った仮設の教室まで増設された。一組に５６名がひしめき合う中、同じ組のＳさんは目立たない大人しい少女だった。短すぎるほど刈り上げたおかっぱ頭の彼女は何度も水を潜って色褪せた如何にもお下がりらしい粗末な服を何時も着ていた。休み時間でさえ誰と交わるでもなく教室の隅でひとり、小動物のように何時も目をおどおどさせている。また彼女は授業中当てられても何も答えないまま先生が良いよと言うまで俯いて立っていた。同じ組とはいえそれまで学校を挟んで大通り向こうに住むそんな内気な彼女とお転婆な私に接点はなかった。そのSさんがある時突然私に近寄り、手を私の耳元に寄せ囁いた。「この間ブラジルから伯父さんが帰って来てお土産にYちゃんくらいの大きな人形をもろた。」気を引くために嘘をつく子もいる。だから私はこの唐突な話をそんな類の嘘だと思った。子供心にブラジルという遠いその異国も、また見たこともないほどの大きな人形も彼女とは結びつかなかったからだ。するとすぐさま彼女は「嘘だと思ってるんでしょう。」とでも言いたげな目で私の顔を覗いた。自分の気持ちを見透かされたばつの悪さと、もしそれが本当だったら…という思いが相まって私の心が揺らいだ。その頃日々の暮らしが精一杯の大人たちの傍らで、子供達は日が暮れるまで裏の空き地や路地で石蹴りや陣取り遊びに熱中したものだ。女の子達は庭先に御座を敷いてままごとに興じる。時たま私もそんな遊びに加わって、母から貰った欠けたお茶碗のその欠け口に小枝を差し込み竈に見立てて刻んだ花の御飯を炊いた。私の周りには立派な玩具など持っている子供はいなかった。

「もしそれを見たいのだったらYちゃんだけに見せてあげる…。」彼女は優位を持ってそう言い、私の好奇心を突いてきた。それで私達は何故か秘密ごとのようにこそこそ約束を交わし、その日の放課後私が彼女の家を訪ねて行く事になった。まだ八歳の子供にとって学校を挟み違う区域に住んでいる彼女の家は随分遠く、大通りを渡った遙か向こうだった。私は家に急いで帰りランドセルを放り出すと再び取って返し小学校の前を通り過ぎた。たった一人で大通りを超えたのは初めてだった。通りを渡ると見慣れない家並みに冒険でもしているように眺め歩いたのを覚えている。教えられたとおり彼女の家の近くまで来ると曲がり角で待っていたSさんが笑った。私は此処まで迷うことなく来れた事にほっとした。住宅地の開発が進む中、その辺りになると家は途切れ途切れとなってまだ畑が点在している。二人とも黙ったまま私は彼女の後について行った。路地を曲がって畑脇の一軒の家に着いた。彼女の家はこの辺りでぽつんと残されたその農家だった。その小さな中庭に井戸に取り付けられた手押しポンプがあり、むしろが敷かれ何か干してある。厩らしい囲いにもう馬はいなかったが田舎の祖母の家と同じ匂いがした。家族は畑にでも行っているのだろう、昼下がりの彼女の家には誰もいなかった。木戸をくぐるとたたき越しに昔ながらの田の字の造りの部屋が一望できた。「ちょっと待ってて。」彼女は上がり框を上がって奥に消え、私はひとり土間に待たされた。見渡せば家具らしい何もなく薄暗いがらんとした家は物哀しいほど静かで柱時計の時を刻む音だけが鈍く響いている。心細く待っているると彼女は奥の仄暗い部屋から「ほら、嘘じゃなかったでしょう。」と言わんばかりに満面の笑みを浮かべ大きな人形を引きずるように抱いて現れた。やっぱり本当だったんだ…

今更ながらその事に私は驚いた。はじめて見る異国の人形だった。人形全体が薄い肌色のゴムで覆われているからだろう、中綿の入った手足はまるで皮膚のように柔らかく私はその触感にたじろいだ。Ｓさんとその時どんな話をしたかはもう思い出せない。家に帰り着いた後もシュールな絵のように彼女の家にあった手押しポンプや何もない部屋、そして唐突に大きな人形が頭の中を駆け巡った。「伯父さんがブラジルから帰って来た事は誰にも言ったらいけないんだって…。」と彼女が私に念を押した。それで私も何故だか判らないままこの事を口外してはいけないと誰にも言わなかった。ただそれがどうして秘密だったのか、あの時彼女自身も判ってなかっただろう。今思えば夢を携え遥かな中南米へ移民となって渡った人々が現地で随分苦労しているらしいとあの頃大人たちの会話に上っていた。はるばる遠い国から帰ってきた彼女の伯父さんの事をなぜ家族が秘密にしなければならなかったのか、彼がどんな形の帰国だったのか知る由もないが、その彼も同じように遙か地球の裏の大地で夢に頓挫し、失意のまま故郷に舞い戻ったその一人だったのかもしれない。そして姪の為にせめてものお土産があの大きな人形だったのではないか。あれっきり私は遠すぎる彼女の家を訪ねる事はなく、まして私と彼女は共有の秘密のためにあれから妙によそよそしくなってしまった。そして何時の間にか私はその事も忘れ、再び彼女は遠くにぼんやりいる大人しい級友になってしまった。

正月帰省した子供達が私の古いアルバムを広げていた。彼等の後ろからそれを覗き込みながら、私は小学校の修学旅行の一枚の写真に目が留まった。大部屋に敷き詰められた布団の上で同じ組の少女達が寝巻き姿で並んで笑っている。その中にあのSさんがいた。私は六年生の時も彼女と同じクラスだったのだ。それすら忘れていた。中学校は互いに校区が違い彼女とはそれっきりになってしまい、私の記憶から彼女は消えてしまっていたのだ。その頃の染みのように薄らぎ忘れられていた時間が今鮮やかに思い出された。あの頃流行り出したネグリジェを着て華やいだ少女達の中、端っこにSさんひとりだけ色あせた短い浴衣の寝巻きで同じおかっぱ頭のまま口をすぼめてこちらを見ている。あれから五十年という時間を彼女はどう過ごしていったのだろう、ぎこちなく浴衣姿で佇んでいるSさんの人生を思う。

― Hさんの事 ―

三年になって組替えがあり、また多くの新しい級友達に出会った。進級間もなく私はそんな彼等と連れ立って帰ることになり、途中で一人減り二人減って最後はHさんと二人だけになった。

彼女は何処となく大人びた女の子だった。まだ少年のような細い身体つきの女の子達に混ざって彼女ひとりが丸みを帯び胸元さえ少し膨らんで見えた。額の生え際からびっしりと生え揃った髪を重たげに首の後ろで結わき、鼻の周りに噴出した汗を何時もハンカチで押さえていた。静かな女の子だったが彼女が笑うと黄色の歯が目立った。私はそれに気づいている事に後ろめたさを感じながらまた口元を見てしまった。勉強は余り得意ではないらしく教室で彼女はだんまりを通し、男の子達からも何となく疎んじられていたようだった。ある日私は同じ組の数人と校門を出たのだが途中で帰る方向が同じだった彼女だけが残った。そんなちょっとしたきっかけだった。

次の日から帰り際になると何時も友達に囲まれた私をじっと見つめるHさんの視線を感

じるようになった。彼女と目が合った途端「まだ？」彼女の暗黙の催促が私を待っているのだ。ひたすらじっと待っている。彼女と一緒に帰る約束をしたわけではない。しかし何時の間にかそのねっとりとした視線に私もそわそわし始める。もう逃れるわけにはいかない、まして逃げるその理由もない。私が帰ろうとするとHさんは嬉しそうに何でもないようわざとゆっくりと近づいてきた。目が「待ってたの。」と語る。有無を言わせないよう虫がねっとりと蜘蛛の糸に絡まって行くように私は観念した。こうしてしばらくの間私は彼女と帰る事になった。そしてこれだけの事が私には次第に重くなっていった。彼女が何か悪いわけではない、ただ彼女が鬱陶しいのである。

彼女は表通りから外れ、疎水沿いを登って行って畑が広がる少し手前の藪のある小さな家に住んでいた。お爺さんの家だという。道々の話から彼女が鳥取という遠い所から越して来たらしい事がわかった。「前の家はそりゃ大きかったのよ。お父さんが仕事で失敗しなきゃね、向こうではね…」彼女は大きく手を広げ鳥取では裕福だったという自慢話をした。「Hという字はアイダだって書いてハザマって読むのよ、そんな読み方知ってた？」教室では見られない得意気な話がしんねりと続く。けれど学校では相変わらず質問に答えられず黙って突っ立っている。最初こそ好奇心も手伝って面白く聞けたものの、帰り道私だけに繰り広げられるそんな自慢話を毎日じっと聴かなければならなかった。何時の間にかそんな彼女を鬱陶しいと私は感じ始めていた。そんな気持ちは返って自分の負い目となり、逃げ出したいと思う気持ちと逃げては悪いという気持ちの狭間で、私から下校時の伸びやかなあの開放感は遠のいてしまった。帰る頃になると彼女をどう撒くかという思いから気持ちが落ち着かなくなる。更に自分が悪いわけじゃないという言い訳が頭の中を駆け巡る。上手い具合に用事ができて彼女を撒けた日、今度は安堵と罪悪感が交互に過ぎった。もうこうなるとのっぺりとした彼女の顔が威圧そのもののように私の前に立ちはだかる。この感情の繰り返しは自分自身を追い込み、私は逃げ場を失った。

同じ組のある女子に遂に私は「Hさんに勝手に待たれている。」と告げ口してしまった。女の子は小さな時から「女」である。彼女達にとって仮想敵を作る事は美味しい餌なのかもしれない、内緒と念を押したはずのこの話はすぐさま他の女の子達に伝わった。翌日になると一斉に皆が私に同情の眼を向ける。そんな筈じゃなかったと思ってももう遅い、彼女達は私を被害者扱いで取り囲むとじろりと大人しいHさんを睨んだ。彼女が固まった。下校時になるとぱっと女子が私を囲み「Yちゃん、一緒に帰ろう。」と促す。こんな時の女子の仕草も親切ごかしで意地悪く如何にも女なのだ。それから何くれと当て付けのように私の世話をしたがる。後に引けなくなった私はその日後ろめたさの中でされるがまま、押されるように彼女達に囲まれて帰った。私はもう後に残されたHさんの顔を見る勇気はなかった。

子供達は他愛もないものでゲームのように仲間外しの「ごっこ」を数日楽しんだ後はもう忘れてしまっている。しかし疎外された側はどうだったのか。もともと友達らしい誰もいなかったHさんは黙って独り帰って行くようになった。誰も彼女を責めはしなかったし何も言わなかった。しかし無言の圧力より大きいものはない。彼女は私の事をようやくできた友達と思って喜んでいただろう、しかし私は酷い仕打ちで返してしまったのだ。あの薮までの道を彼女はひとり帰って行くのだ…お爺さんと二人っきりの生活は寂しかったに違いない。何故私はあんなことを言ってしまったのだろう、何があんなに厭だったのだろう。独り帰るその後姿を見ながら私の中で裏切りという文字がちりちりと攻め立てた。授業中また彼女が質問され答えられず俯いたまま黙って立っている。彼女の沈黙に改めてこの出来事を責められているような居住まいの悪さを私は感じていた。しかしあれから私は彼女に謝る事もないまま彼女から遠ざかってしまった。夏休みも終わってしばらく彼女が欠席を続けた。その後彼女の家の事情でそのまま鳥取に帰ったという。お別れ会もないまま彼女は転校してしまった。彼女がこの教室にいたことさえ皆思い出しもしないだろう、寂しい転校だった。

私達が五年になった時彼女は再びこの学校に舞い戻っていた。この小学校を行ったり来たり…あの頃彼女にどんな事情が降りかかっていたのか分からなかったが、彼女についてある噂が流れてそれを漏れ聞いた。同じ学年とはいえ彼女の組とは棟が違い、その噂で私は再び彼女が転校してここに戻って来ていた事を知ったのだった。彼女は鮮烈な形で初潮を迎えた。教室で椅子に座ったまま床を血で真っ赤に染めたらしい。誰かがそれに気がついた時教室中騒然となった。男の子達が大怪我だと騒いだ。そしてそれが怪我ではなかったと判って後はひややかな中傷となってしまった。思春期に入った女の子ならば誰しも初潮を迎えた時の後ろめたさと恥ずかしさで意味もなく消え入りたくなるものだ。彼女には早くもそれが訪れ、それを思いやるに周りはあまりに子供過ぎた。ましてあの日、クラス中の皆がそれを知る事になったのだ。その状況を考えると彼女はどんな思いだったのだろう。陰口のように流れついた噂を聞きながら私は彼女の漆黒で重たげに結わいた髪を思い出していた。あれから彼女と話した事はなかったが、下校時ぞろぞろと校門を出る子供達に混ざって石段を降りる彼女を見かけた事がある。独りだった。胸の膨らんだ彼女の背中でランドセルが窮屈そうに揺れていた。小学校を終える前にHさんは再び転校して行ったらしい。

父親

春父が逝った。もう惜しまれるほどの年齢も過ぎて最後に僅かな間の苦しみがあったものの極めて元気で愉快に過ごせた人生だったと思う。我侭なこの人に私はついに娘らしい優しさを見せぬまま終わった。父は父なりに人並みのわが子への愛情はあったのだろうが、彼にとって子は親に服従するものであり理解しようなどという対象ではなかったのだろう。父には自分に反目する私が理解できなかった。土地の気風も重なり父にとって勝気な私は女のくせに反逆的であり、穏やかな兄は意気地なしだった。そしてそういう言葉を子供等に浴びせることに何の衒いもなく私達の思春期を踏みにじりながら当の父は若い日を勝手気ままに闊歩していた。それでも美しかった母への愛情は別だったと思う。季節ごとの発作で床に就いた母の代わりに台所に立ち、父がその事を疎んじた事はなかった。嫁ぐまで私は子供じみて父を嫌い、私は平然とそんな父への愛情など持ち合わせないかのように振る舞った。

田舎を嫌って鹿児島市の外れの旧道沿いに移り住んで来た父にはその土地が性に合っていたのだろう、小さな店を商いながら釣りや囲碁にと何時も能天気に遊んでいたものだ。確かに父には地道な田園生活は合わなかっただろう、父には遊び人の持つある華やぎのような何かがあった。昔ながらの界隈でそんな新参者の父の周りには不思議といろんな人が集まってきた。通りの端から端まで向かい合わせに畳屋から金物屋もあれば豆腐、床屋、板金屋まで様々な小さな商店が軒を並べ、互いに売ったり買ったりしながら暮らしが成り立っていた。半世紀前、当時はこんな小さな店にも中学を出ると田舎から住み込みで働きに来る小僧さんがいたものだ。仕事はそんな小僧さん任せでそれぞれの店主である親父さん達近所の仲間がみんな私の家にたむろする。父が釣りに凝りだすと町内の彼等も商いはうわの空で釣り棹を競って買い揃え、一斉に海釣り夜釣りと明け暮れる。父が囲碁を始めるとたちまち我が家は碁会所の体をなし、時折そんな碁会所と間違って入って来た人までがまた仲間になっていった。通り沿いの女将さん達が父の所為で夫に遊び癖がついたと嘆けば当の父は冗談でそれを茶化す。女将さん達もそれに乗せられて笑いながら諦め顔で「仕方ないねえ。」それで父は許された。「ただいま。」と学校から家に帰れば店には何時ものように近所の父の仲間達が陣取り笑いさんざめいている。そこは私の家ではなく集会所だった。そんな界隈を横目に育ちながら私は遠く向こうの世界の扉を開こうとしていた。その中で思春期を迎えた私の憂さなどお構いなしに彼らは父を筆頭に何かしら彼等の遊びに興じながら日がな一日を暮らしていた。私に気付けば一斉に「いよっYちゃん、お帰り。」と彼等から声が飛ぶ。その声が背伸びを始めた少女には鬱陶しいのだ。私は眉根に皺を寄せ無愛想にその大人達の間を縫って家の上がり框をすり抜けて行った。

集う彼等の中には町内の仲間の他にやくざの下っ端からお巡りさんまでいた。「この頃はどげんしちょっか。(どうしてるか)真面目にやっちょっか?」遊びに来た若い衆に立ち寄ったお巡りが声を掛ければ母はそんな彼等ににこやかに笑いながら「お茶をどうぞ。」と湯呑に入ったビールを出した。「は、どうも…。」勤務中の巡査にである。幼い私はそれが世の中の慣わしだと思って育っていった。地元の消防団に入った父は火事だと半鐘がなれば寝床から飛び出し、枕元に掛けてある石綿入りの半纏を引っ掛けるや否や駆け出して行く。消防自動車の運転が父の役割だった。小さな頃からそんな暮らしの中で「かんかん」と闇夜不穏に響く半鐘の音に血が騒ぎ、私も根っからの野次馬となって早って現場に駆け付けると父が近隣の消防団とホース争いの喧嘩をしていた事もあった。またあの頃はお出張《でば》いといって季節ごとに近所こぞってお花見などに出かけたものだ。町内の消防団の家族とお花見に行った時だった。そこへ隣町の犬猿の仲の消防団とたまたま出くわし一触即発、些細な事で喧嘩になって土産物屋の店先でいい大人の男達が取っ組み合いとなってしまった。満開の桜の下、笊《ざる》に広げられた小さな餅が花びらのように宙を舞ったのを覚えている。戦争が終わって皆同じように貧しく屈託なく…そんな時代であり私達一家はそんな界隈に住んでいた。

私が八才の時だった。お盆の日、里帰りする父のバイクと大型バスが衝突し、その事故で父は一年もの入院を余儀なくされる程の大怪我を覆ったのだ。峠を過ぎた辺りの曲がりくねった砂利を敷いただけの山道だった。複雑骨折した骨は父のズボンを突き破り、それを目の当たりにしたバスの運転手は青ざめ動けなくなったらしい。あの頃だから周りに電話もなければましてや救急車など走っては来ない。父は震える乗客にバケツを持ってこさせそれに片足を突っ込み、バスに乗り込むと病院のある麓の町まで自分で向かったのだ。若い頃血気盛んだった父のそんな武勇伝はよく話されたものだ。父のそんな交友が幸いしたのだろう、それなりに羽振りの良い頃もあったが商売に身が入らず幾つもの人任せの小さな店を出しては潰していった。人生の大半を遊んで過ごした父に面白おかしい逸話は事欠かないが、その父の人生半ばで母が僅か一週間寝て突然逝ってしまった。病弱ではあったがまだ四十七才だった。葬儀の日、間もなく出棺という時になってあの父が母の写真の前で座り込んだまま「悪い夫だった。」と泣きじゃくった。けれど私は若く、身を裂くような父の悲しみよりも取り残された自分の哀しみの方を憐れんだ。母との突然の別れは父も私も兄も互いに声掛ける術を知らぬまま、がらんとした家でそれぞれに悲しみを掻き抱いた。翌年私は結婚し、その事で思いもよらぬ軋轢の中に立たされた。結婚して間もなく私達は夫の家族と暮らし始め、それまで我儘に暮らしていた私は求められる嫁という役を懸命にこなしながら言いようのない閉塞感に喘いでいた。突然目の前に敷かれた先の見えぬ線路をただひた走る他はなく、後ろを振り返る余裕など私にはなかった。何時もにこやかに笑っていた母を失い、私が嫁いだ後父は独りあの家でどんなに寂しく暮らしたろう。そんな父を見かねたのだろう、あれから間もなく周りの世話で父は再婚をする事になり、私はもう父のことを気に掛ける必要がなくなった事にむしろほっとした。他家へ嫁ぐというしがらみの中で初めて私も人並みにいろんな機微が分かるようになったのだと思う。だからこれまで母にできなかった孝行を後から来た継母へと望んだが、彼女の方は私に前妻の影を感じたのだろう、私にはもう帰る家はなかった。あの頃自分を支えるのが精一杯で私は父の想いまで察せられる余裕も優しさも持ち合わせていなかった。私に自由な時間もなくやがて実家とは間遠くなり、母が亡くなった後は時折会う父に親切にはしたがそれは愛情と言えるものではなかった。父はそれを寂しく思っていたのだろうが親子で交わす言葉もないままに私達はお互いそれぞれの生活をした。

夫も自分の実家でありながら親の望むよう努めて従順に暮らした。そんな夫にも不満が溜まるのだろう、日頃従順だった分それは爆発という形になる。たまさか些細な事が発端で親子の言い争いになると後日彼の両親は私の実家に出向き私の父を諫めた。素直であったはずの息子のそんな反抗は嫁の責任だ、どう娘を教育したのかという事だったらしい。しかしその都度父は手をついて「すんもはんでした。」と何も言わず詫びてくれたそうだ。そんな事が数回あったそうだ。父は心通わぬ私のため頭を下げその事を私に一言も漏らさなかった。随分後になって継母からそれを知り、有難くそして父に辛い思いをさせた事が悲しかった。また私も結婚前の父との約束どおり嫁ぎ先への愚痴は言わなかった。共に聞かず語らず、世間のしがらみに飲まれそうな時もその約束が私に弱音を吐かせてくれなかった。若く亡くなった母への想いと父とのその約束は重かったけれど、たまの里帰りにもお互い何事もなかったように振舞った。前にも後ろにも行き場のない…あの頃一度口を開けば止め処もなく溢れそうな悲しみや怒りを私は独り飲み込み人生に向かう他なく、そう生きてきたように思う。気が付けば何時の間にかそんな長いトンネルを抜けていた。父のお蔭で私の口から醜い言葉を吐かなくて済んだ…これで良かったのだと思う。これは人生観など持たぬ父が私にもたらした唯一の美徳だった。思えば父は私の前で二度泣いた。母の葬儀の日と私が嫁に行く日だった。嫁ぐ朝、武骨な父は臆面もなくタオルを顔に当て泣いた。父の愛を寂しさをどうして私は分かってやれなかったのだろう。

後から父に嫁いできた継母もまだ若く前妻の匂いがする私が疎ましかったのだろう、母と呼んでも遠い人だった。実母の死で残された私達家族はそれぞれの哀しみを包んでやる術を知らず、心虚ろなままそれぞれに前を歩いた。私が生まれ育ちまだ父のいる実家や、あれから間もなく家を出て家庭を持った兄とも長い間深い係わりのないまま此処までやってきた。早く逝ってしまった母の事を封印し互いに語れぬまま私たち家族の上を三十年という時が流れ、そして今その父を見送る事になった。時代に取り残されたようなそんな界隈で父はあの頃の仲間達と共に老いるまま愉快に連れ立って過ごせた。それは幸せな事だったと思う。今振り返る私の後ろには匂い立つように父の母のそして幼かった私達の思い出が其処此処に毀れ落ちている。私は小石を拾うようにそれらを一つ一つ手に包んだ。すると鮮やかに思い出は蘇えり、小さな界隈の路地が現れ、早朝の朝顔の絡まった格子戸や豆売りの声、立ち上る湯気の向こうに父や母の笑い声までが聞こえてくる。我儘でどうしようもない父、でもそこには紛れもなく華やいで腕白な父が楽しげに笑っている。若い頃私があの父に似ているなどと思える筈もなく、けれど私の中にそんな彼の血が脈々と流れ、今私は元気だったあの頃の父のように気ままに人生を堪能している。歪で愛すべき友人達が私の育った家と同じく、我が家をうろうろ出入りする。私の中の父から貰った気質に気づいた時、父の無垢な我儘さが愛しくなった。子供達はそんな元気で腕白坊主のような父を面白がり愛した。また父も素直に彼のやり方で孫を可愛がった。私に埋め合わせできない何かを子供達が繋いでくれたように思う。もしかするとその子供達を産んだ事、それは私が父に出来たたった一つの孝行だったのかもしれない。

母は父と一緒で幸福だったのか、それを知る術はもうないが少なくとも父にとって母は大事な人だったに違いない。晩年になって大病での術後、継母に気遣うことも忘れて、若き日のまだ少女のような母の写真に見入っていた父…私が抱きしめた人生のその傍らで継母と父に老いは否応もなく訪れていた。そんな老人二人だけの暮らしはあまりに寂しく慎ましく、私はこの家の賑わっていた日々の欠片を探し見渡してみた。

もう座ったまま動けなくなった父はそれでも茄子の苗を箱に並べ、それを炬燵の中に入れていた。近所に借りた畑に行く事が叶わないからと手元のその箱を引き寄せ水をやるのである。若いころ畑仕事が嫌いで家を出た人が今この瀬戸際で畑の夢にまどろんでいる。そんな姿は何度も不死身のように蘇っては憎まれ口をきいていた人から程遠く悲しい光景だった。脆く小さな塊になった父が私が育ったその家の傾くままに終わりを迎えようとしていた。あの時私自身も重い持病に伏せっていた。母の最期の症状にも似て、その頃夫は私の父が先か私を見送るのが先かと思っていたらしい。それでもせめて最後は光溢れた場所で…ともう時間のない父のため私自身で手配し、ようやく入れたホスピスに移った日に父は逝ってしまった。父を看取らねば…私の中で使命のようにそんな生き抜く力みたいなものがリセットされたのだろう、父の最後を見送る事で私は立ち直れた。

父が亡くなる四、五日前、私の代わりに付き添っている娘に父が夢か現か「皆が迎えに来とる。向こうは怖くはないて…。」と言ったという。父が逝ってから何日か経って父の妹である叔母も夢を見た。夢の中でしきりに父が家に寄って行けと言ったらしい。それで叔母が立ち寄った家には亡くなった私の母がいて食事を出されたそうだ。二人一緒に洒落た洋館に住んでいて嬉しそうに笑っていたという。同じ頃娘も夢を見ていた。最後の看病をした娘の夢の中で「お礼を言いたかったから。」と父が微笑んで言ったらしい。白いポロシャツを着てこざっぱりとして…それは娘も知らない四十代まで若返った父の姿だったという。そしてその周りには十人ほどの見知らぬ、けれど何故かしら親戚に違いないと思える人々が光に包まれて笑っていたという。これら一連の事から「お爺ちゃんは向こうで若返ってお婆ちゃんと暮らせて今幸せなんだ。だからお婆ちゃんも嬉しいんだ…。」と子供達が言い始めた。我が家でも夫が「何故だろう、お義母さんの写真が嬉しそうに若やいでいる。」と言い出した。私は秘かにそれに気付いていた。父が逝って間もなく、飾った母の写真が何故かしら嬉しそうで若やいだように私は感じていたのだ。けれどそれは私の勝手な思い込みに違いないと思っていたのだ。夫に続いて子供達も口々に同じ事を言い始める。「ママ嬉しいでしょう。」家族のそんな声に涙が滲んできた。私をこの世に送ってくれた二人が今向こうの世界で幸せに暮らしているという。私が出来なかった父への慈しみ、それをみんな帳消しにして全てを「死」は優しさで包み込んでくれたのだろう。

そして父の四十九日の日、朝から何回となく誰も触らぬ受話器からダイヤル設定の無機質な声で「お爺ちゃん…」と漏れ聞こえてくるのだ。確かに私が実家の電話番号を登録し、向こうが電話を掛けてくればその設定音が「お爺ちゃん」と告げるようにしてある。父が亡くなった今そんな事があろうはずもなかった。だから設定音が鳴る度家族の誰もが「あっ、また。」と小さな声を上げた。夕暮れになってただ一回だけ私は堪らず「もしもし？」と受話器を取ってみた。しかし天国からの父の声が聞こえるわけもなく「ツーン」という機会音だけが耳に飛び込んで来ただけだった。そしてその深夜を境に設定音は消えた。そんな不思議な日を私は言いようのない切なさとある温かさで見送った。

海風

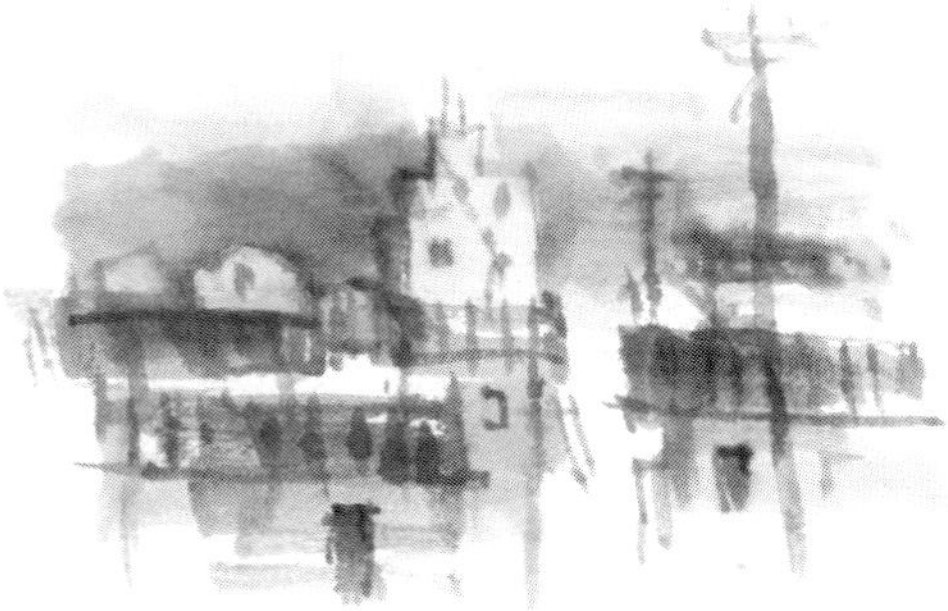

Rの恋

クリスマスを控えどの街も浮き足立った人で溢れる中、二か月余りの滞在となったイタリアのある街から夜汽車で私はパリへと向かった。帰国前フランスにいるRが会いたいから寄ってほしいと言う。私は彼女に会うためチェコ行きを取止め出国をパリに変更し、パリのサクレクール近く猥雑な界隈に住むRを再び訪ねた。彼女がその街に住むようになって三年が経とうとしていた。

Rに出会ったのはもう十年も前になろうか、私達家族が海辺の家に越して暫らく経った頃だった。遠浅の海がなだらかに広がり連なる山も海も空の青に溶け込むようで私達は潮の香の漂うこの干潟を愛した。ある日、夫と何時ものように浜辺に出ると、砂浜に座って二人連れがお弁当を広げている。松林には風がそうそうと吹き渡り、のんびりとした午後だった。傍らの中年の男性は話す言葉からどうやらフランス人らしい。その彼と一緒にいた私より少し若いと思われる日本女性…それがRとの出会いだった。挨拶をする私に彼女は笑みを返すでもなく、一言二言交わした話から彼等が夫婦であり、この浜辺のすぐ裏の住まいで夫がカヌーを作り暮らしている事が分かった。その頃フランス留学を考えていた娘のために私の方から彼女にフランス語を教えて貰いたいと申し出たのが彼らとの縁の始まりだった。時折地方紙などで彼等の事が話題にはなっていたものの手作りの高価なカヌーが売れる事はめったになく、Rが語学を教えどうにか暮らしを立てているらしい。やがて娘も彼女に教えてもらう事になり、家の近い私達はお互い行き来をするようになった。彼女の夫であるマティスは気難しい異邦人であった。ここに住み始めて六年と言う月日の中でこの国の慣習を愛せぬまま馴染まず、まして彼がこの国の言葉を片言でも話す事などなかった。常にこの国への不満があるのだろう、会う度彼は母国語で顔をしかめたまま吐き捨てるよう詰る。すると傍らのRが何ら感想もなく淡々とそれを私達に通訳する。そんな彼女の殆ど感情を忘れたような表情はどこか投げやりにすら見えたものだ。ある誇りとこの国への侮蔑が彼らを周りから孤立させ、またそれがお互いを支えているようでもあった。垣間見る二人の暮らしはあまりに慎ましく、思う事はあるものの私達は彼らに扉を開いた。何度か我が家に脚を運ぶうち次第に私達に馴染んだRがぽつぽつと想いを語り始め、やがて二人の関係は私達が感じていた以上に重いものである事がわかった。彼女は殆ど憎むように夫と暮らし、それでも彼の中に何らかの才能を信じているようにも見えた。彼女の勤務となったパリで二人は出会った。頑ななマティスとの結婚は彼女の実家とも縁を断たせ、Rは意地でも彼との暮らしを続けていたのだ。そして工房立ち上げに作った負債がいっそう二人の暮らしを追い詰め、それは定期収入のあるR独りの肩に掛かっていた。切迫したそんな暮らしのその陰で夫はこっそり贅沢をしていた。彼は理に合わぬ理屈で妻の知らぬ間に高価なカメラ機材やアウトドア用の備品、衣服、靴を買い込む。それらがまた新たな借金として次々と膨らみ貧しいのはRひとりだった。子供を望むにはもう若くはなく、それでも彼の子供ならばほしくないと彼女は言い切る。淡々と表情すら変えず侮蔑と誇りが交互に二人の口に上る…そんな暮らしの彼等に柔らかな時間が行き交うなど感じられる事はなかった。自分しか愛せず身勝手な理屈だけの男、その人に幾度も裏切られRは失意と意地の中で心底疲れていたのだろう、何時しか彼女だけが怒りを鎮めたまま束の間の休息を求めて家にやって来た。彼女の訪れる我が家には犬も猫も子供達もいる。年頃になった子供達と戯れる彼女は屈託なく如何にも楽しげで私とさほど年も変わらぬ彼女が不憫だった。私と夫は彼女に彼と一緒にいて憎む人生ならば別れて人生を愛するよう薦めたものだ。しかし別れるには余りにも長い間Rは暮らしそのものに疲れていたのだろう、何より憎みながらも独りになるのが怖いと言う彼女が哀れだった。それから二年が過ぎた。

私が福岡で展示会をしていた時だった。その最終日、私は一週間ぶりの帰宅のためもう画廊を出ようとしていた。そんな時思いがけずRが現れ、いきなり私に今夜付き合ってくれと言う。この日仏語検定試験がこの街であり、そのために彼女も出て来ていたのだった。家では夫が私の帰宅を心待ちにしているはずだ。急なことで戸惑う私にとにかく今夜自分に「おめでとう」と言って乾杯してほしいと言う。やっと離婚に決心がついた、だから今夜は一緒に祝ってほしいのだと言う。彼女の母性からだろう、あの頃心通わぬ生活の中で拾った一匹の子猫に彼女は温もりを見出していた。可愛がっていたその子猫をマティスが気づかず踏んづけて死なせてしまったのだ。その哀しみが何処か麻痺してしまったような彼女の感情を揺り動かしたのかもしれない、長かった低迷にそれがきっかけとなって踏ん切りがついたのだと言う。彼女の顔は何時になく晴れやかに弾んでいた。「今夜だけは私に奢らせて…」Rは席に着くなりそう言った。そんな気分だったのだろう、決して余裕などないはずの彼女が今夜はどうしても奢らせてほしいと言って譲らなかった。そしてその夜私たちは彼女の新たな門出に祝杯をあげた。人生を恨んでいたというRがグラスを傾けながら何度も笑い転げた。その日夜私達は夜が更けるまで飲んで、ようやく最終の長距離バスに乗り込み、明け方住み慣れた街に着いたのだった。

あれから様々な整理がなされ一年後に二人は別れた。夫に異国でのお金の調達は無理だろうと殆どの負債をRが背負い、彼の帰国の為にまとまったお金さえ彼女は用意した。それでも彼女は伸びやかな人生を取り戻した。海辺から街に移り独り暮らしを始めた後もRは我が家を訪れた。海辺の小さな駅に着いて私達の家に向かう時スキップしたくなるんだと言う彼女が愛しかった。また彼女は度々故郷にも帰り、実家との和解は母と娘の束の間の優しい時間を取り戻していた。十年のわだかまりを埋めるように母と娘は和んだ時間を過ごした後、暫らくして彼女の母親は静かに逝ってしまった。彼女もわずかな間であったが帰るたび母親と枕を並べ夜を過ごし、そんな思い出を作れた事に安堵した。あれから久し振りに訪れたパリで懐かしい友も待っていた。十年の重い闇を抜けるとそこには軽やかな独りの暮らしがあった。やがて粗方の返済も終えるとそんな穏やかな生活に何処か心許ないものを彼女は感じ始めたらしい。様々な想いを乗り越えた今また誰かを愛したい、愛に出会いたいのだという。そして女として残されたわずかな時間の中で自分の子供を産み柔らかなミルクの匂いに満ちた小さな者を掻き抱いてみたい、そんな衝動にも似た想いが彼女を駆け巡っていた。彼女の傷が本当に癒えた事を私達は喜んだ。間もなくRから新たな人生を見つけるためにもう一度留学するつもりだと連絡があり、私達は再び祝杯を上げた。出発間近、彼女から独り住まいの部屋のベランダにあった鉢植えの木を私に貰ってほしいと電話があった。何処にでもある小さな薔薇、それは彼女の実家の庭に咲いていた花だった。そして母の思い出にと彼女が育てていた花だった。

数年前、旅の途中でチュニジアを経由した後、Rの住まいを訪れるため私はパリを訪れた。北駅近くにあるというその界隈は異種民族の吹きだまりのように様々な人種が行き交う。そんな通りにあるアパートの屋根裏の部屋で「ここが私のお城…。」と言ってRは笑った。空に向かった窓からは下町の屋根々々の煙突が続いて、遠くサクレクール寺院が望める。一年分の留学の費用を切り詰め、もう三年目の暮らしに入った彼女の部屋はひっそりと慎ましさに満ちていた。同世代の女性が持つささやかな贅沢も彼女は知らなかった。そんな部屋で硝子のコップに入れられたアボカド種から芽がすくすくと伸び、そんな営みが今Rの喜びになっていた。見渡した彼女の部屋の本棚の上に小さく私の末娘の写真が飾られているのに気付いた。彼女と親子ほどの年の差の娘の写真…あれから時が過ぎてついに子供を産む機会を失った彼女にとってそれは生まれなかった自分の子供への静かなオマージュにも思えた。あの日浜辺で出会ってからいろんな事が通り過ぎていった。私達は懐かしさに止めどもなく語りながらパリの街を歩き回ったものだ。とっぷり陽が落ちて初秋の川辺に灯りが燈りパリの街が揺らめき始めた頃、セーヌの河岸で行き交うグラスボートを見下ろしながら「この辺りを何時も散歩しながら今の幸福をしみじみ思うの、だから…お金はないけど心配しないで。」と彼女は呟いた。川面を走る風が心地よく、幾つものしがらみから解き放たれて彼女はこの街で優しさに包まれていた。Rがこの国に着て一年も経った頃、旅先で出会ったアメリカ人が彼女に恋をし、二人パリとニューヨークを行ったり来たりした時もあった。彼女に恋焦がれたその中年男の愛の中で嬉しそうにころころと笑いながらそんな自慢話を私にした。良い男性に出会い、愛される喜びの中で彼女はゆったりと二年目を過ごしたのだった。唯それはどこか彼女の求めていたものとは違ったのだろう、やがて彼女はやはりこれは自分の恋ではないと彼に別れを告げた。残念がる私達に「でも今なら人を愛していけると思うの。」と柔らかな笑みを漂わせ彼女は言った。このかりそめの恋が彼女に女としての自信を取り戻させ、彼女はこの街で再び青春の日々を歩いていた。

あれからしばらく経ってRは今度こそ本当の恋にめぐり合っていた。思えば彼女が留学したばかりの頃、気になる男性がいるけど相手が若すぎるのと笑って言った事があった。何時しか私もその事は忘れていた。彼女自身叶わぬ恋と思い、年相応の男性と付き合ってみたものの彼への思慕は消せなかったのだろう。

彼はアルジェリア系フランス人でGという。Rよりも十も年下の青年だった。アルジェリアの戦いでフランス側に付いた父親と共に一家は独立した自国から追われるようにこちらへ渡って来たのだった。Gはこの国で生まれ籍もフランスだった。しかし移民であった十一人兄弟の彼等の生活は偏見と貧しさに満ちたものだった。少年だった彼はそこから抜け出す手立てを持てなかったように勉学に励んだという。Rは「私の好きな人は坊さん…。」とふざけて笑いながらそう言った。ストイックで脇目も振らず人と付き合う事もない、はにかみ家で初心《うぶ》でそんなところが可愛いのと言ってまた笑った。彼は苦学して一旦社会に出たのだが飽き足らずまた大学へ復学した。それも終了した今、更に高度な資格を取るため不眠不休の日々だった。当然何処からも援助はなくアルバイトをする時間さえない、数年働いた間の僅かな年金を頼りに生活を切り詰め、それ以外の人生はないかのようにひたすら勉強だけの日々を送っていたのだ。Rは年下のそんな彼に恋をしたのだった。

出会った頃からずっと少女のようにひとり片思いをした挙句、この秋ついにRは彼にこの気持ちを打ち明けたのだ。実は彼の方もRに惹かれていたという。私が再びパリの彼女を訪れた時、彼等はまさしくその蜜の時間を過ごしていた。

慎ましく暮らしているその彼女でさえ彼の暮らしぶりに驚いたと言う。初めて彼の住まいに招待された夜、彼は夕食に嬉しそうに缶詰を開けた。毎日パンと湯がいただけのパスタが彼の食事であり、彼にはその缶詰さえ贅沢なもてなしだったのだろう。質素を通り越し清潔なだけの貧しさが今の彼の生活だった。おそらく人と付き合うのが嫌いなのではなく、友とカフェ一杯を飲み語る余裕すらなかったのだろう。彼の部屋には本以外殆ど家具らしい何もなかったという。そして長い間のそんな暮らしが彼を頑なにしていったのだろう。それから彼は徐々に彼の貧しかった生い立ちを話し始めたという。節約のため他人と共同で暮らしている彼は時折訪れるRのこの屋根裏部屋を愛した。誰に気遣うことなく彼はここでふたり蜜の時間を過ごす。キッチンの傍らで彼女の作る簡単な手料理に喜び、床の染み取りは僕の仕事と言ってそれすら楽しんだ。切ないほどささやかな幸福だった。彼がこれまでこんなに温かな時間に浸った事があったろうか、頑なGの喜びを肌で感じRの小さな部屋は幸福で満たされていた。そして彼女は「私は今とても幸せと伝えて。」日本にいる私の夫にそう伝えて欲しいと言った。幾つものコップに植えられたあのアボカドの葉がゆらゆらと大きく育っていた。

イタリアからパリに着いて私が電話を入れると「ねえ四、五日何処かで潰して貰えない?」何時になく甘ったるいRの声が受話器の向こうから囁いた。「あなたが来いと言うから…」チェコ行きを変更までして来たのにである。「実はね、あの彼といい感じになって…今彼が部屋にいるの。」そういう事か…私は旅の終わりで所持金も乏しくリオン駅近くの安宿に荷を置いて彼女からの連絡待ちで冬のパリをほっつき歩く羽目になってしまった。さて今日は何処へ行こう…地下鉄のホームにぼんやり立っていると目の前で滑り込んだ電車のドアが開いた。するとその車両の入り口にRが立っているのではないか。一瞬ポカンと間があり、私達は互いにこのあまりな偶然を笑い出した。笑いながら「何処行くの?」互いの笑いと呼びかけを残したまま電車は走り出した。指定通り四、五日たってRから「もう、良いよ。」との電話があった。

私がRを訪ねた日、彼から移されたという風邪による熱の為に彼女はベッドに身を横たえていた。そしてその甘い吐息でそんな恋の話を私に聞かせたのだった。何日かRの部屋に滞在して帰国前日、私は独り街をうろついた後二人への贈り物を携え彼女のアパートに帰った。小さなクリスマスツリーだった。切り詰めた暮らしだったのだろう、「大丈夫よ。」パリのこの季節に暖房も使わないRの部屋で私はそう言いながら外套を着たまま震え、暮れなずんでなお灯りの燈らないそんな部屋でそのツリーはひときわ色鮮やかに輝いた。ベッドの中の彼女がぽつりと言った。「生まれて初めて…。」田舎とはいえ裕福だった彼女の家にツリーを飾る習慣はなく、やがて暮らし始めた前の結婚でもそんな心の余裕もなかったのだろう。寝込んでいるRのため温かな雑炊を作ると彼女は子供のように私に甘えた。机の上に亡くなった郷里の母親の写真が飾られていた。

帰国した私を追いかけるようにRからの電話があった。クリスマスツリーはモスリムの彼にとっても初めてだった。そんな彼等が今あの部屋で二人だけのパーティなのだという。くすくすという含み笑いは彼女の幸せを伝え私達もそれが嬉しかった。飽食と言われるこの時代に切ないほど慎ましい暮らしの中で見つけた二人の恋だった。それから間もなく一通の封書が届いた。Rからだった。あれからGが突然別れようと言ってきたという。今まで誰も彼の生活を乱す者はなかった。彼はこの幸福に戸惑い高揚し、変化する生活を恐れ始めたのだ。ふと気付いた時Rは彼にとって幸福という名の侵略者になっていたのだ。そしてそれは彼にとって挫折への道と思えたのだろう、彼は頑なに全てを排除することで何かを守ろうとした。彼の唐突で矛盾に満ちたこの結論にRは泣いた。彼女は良く分かっている筈だった。難関を突破しさえすれば彼には約束された未来が待ち、彼の生活も一変するだろう。そして十も年下の彼は望めばいずれ子供の産める若い女性へと離れていく、何時かそんな日も来るだろう。今という時を超えた向こうに安らぎがあるだろうか…不安を数えれば進まぬ方が良い恋だった。しかしそれでもいい、今この愛を確かめられたら…と始まった恋だった。巡って来た幸せを深追いして彼を苦しめる事はすまいと覚悟していたはずだった。しかしそれは余りにも突然すぎた。何の前触れもなく幸せから突き落とされた彼女の打撃は大きく、Rにはその準備も悲しみの量も量れてなかった。ついこの間までの蜜の部屋はこの冬空の下でひと夜で凍てつき、底冷えのする街で彼女は失恋をした少女のように泣いた。泣き尽くし、やがて大きすぎる年の差に納得をしようとしていた。

一月余りが経ちRもようやく元の生活を取り戻しつつあった。そんな中またGから連絡があったという。今度は別れが苦しく勉強が身に付かないと訴えてきたのだ。もはや自分が何をしているのか分からぬほどに彼も混乱し、結局Rに泣きついたのだ。ようやく失意から立ち上がった彼女の前に再び彼が現れた。愛を請う彼にまた味わうだろう悲しみへの不安が彼女の中を駆け巡る。しかしやっと掴んだRの恋だった。やがて彼女は想いを入れ過ぎずたおやかに彼を受け入れよう、そして何処に辿り着くのか分からぬ小船に身を任せる事にした。人生の中で人を好きになり愛に巡りあう事はそう何度もあるまい。そんな愛のひとつならば愛しく抱きしめればいい、歪でも切なくとも遠く離れた街でRは恋を見つけた。

自分の恋に戸惑い動揺する彼は今でも迷う。彼女と向き合いながら尚子供じみた出入りを幾度も繰り返しているらしい。愛にぎこちない二人が恋に出会ってしまったのだ。この先の行方は二人にも分からない。それでもそんな彼をRはゆっくり愛す、それが彼女の見つけた恋だから。今もパリの片隅で彼に振り回されながらRは愛を紡いでいる。

この春も我が家の裏庭でRの薔薇が咲いた。彼女の恋の行方も知らず仄かな朱の花びらは夕焼けの空に溶けていった。

春にはまだ早く私達夫婦が友人夫婦に誘われて出かけたベトナムから帰国した日だった。二月の冷たい風の吹き抜ける早朝の空港から始発の地下鉄に多くの旅行者が乗り込んでいた。私たちは空港のある福岡から長距離バスに乗って帰るつもりだった。幾つか駅を過ぎ、時差もあって殆ど睡眠の取れなかった私はぼんやり車両に乗り合わせた人々を眺めていた。そして何とはなしにリュックを背負ったある外国人に目が留まった。すぐ次の駅に着いて扉が開くと彼は出口に向かった。その彼の背を見ながら私の中でいきなり記憶がバタバタと音を立てあのマティスと重なった。年は取っていたが間違いなく彼だ、そう思った瞬間「マティス。」と私は彼の名を呼んでいた。その途端にドアが閉まった。聞こえなかったのだろうか、彼は振り向きもせず立ち去った。走り出した電車の中、様ざまな事が私の中を瞬時に駆け巡って行く。いろいろあった人だがもう亡くなったかもしれない…Rも私達もマティスの事をそう思っていた。そうだ、あれは間違いなくマティスだった。

あれから十年近い日が流れた。Rもフランスを引きあげて四年になる。結局Gとの恋も実る事がないまま日が流れた。その後恋とは呼べないまでもそんな出会いが無くはなかったが彼女の中に虚しさが漂ってきたのだろうか、パリの屋根裏部屋のアパートを引き払い彼女は帰って来た。年老いた父親が心細さに末娘であるRに帰ってくるよう頼んだのがきっかけだった。幾人かの友達もでき本音はそのままパリでの暮らしを続けたかった。しかしキャリアがあっても良い職につけず、日々をどうにか繋ぐ浮遊民のような今の暮らし…彼女はフランスにいる事を諦めた。郷里に帰ったものの以前から燻っていた父との確執もあって結局Rは東京に移り住んだ。そして彼女はアフリカの小さな国の大使館に仕事を見つけ「淋しいから…。」と東京に住む私の娘の近くに部屋を借りた。学生時代の古い友人達との付き合いも再開しそれなりにRも東京での暮らしに馴染んだようだった。私もあれから新たな仕事を始め東京と地元を往復するようになり彼女とも時折会った。

「マティスが癌になったって…。」ある時彼女が呟いた。知り合いになったフランス大使館勤務の女性が以前電話で医療の問合せをしてきた人があなたの夫のマティスではないかと言ったらしい。お金も無く困った様子の電話だったという。もう大分前の話だった。そしてその後彼から連絡もなくどうしたかは分からないという。Rの気持ちは複雑だった。愛憎で過ぎた十年、そして何より最後の彼の裏切り。二人が別れた直後にマティスは見習いとして彼の仕事を手伝っていた駒子を伴いフランスに帰っていたのだ。彼女は結婚に失敗し独り身だった。二人の離婚で工房を閉じ、それを機にフランスへ留学したいとその駒子が申し出たらしい。その別れ際、彼女の留学手続きをマティスから頼まれて何の疑いも持たずRがしてあげたのだと言う。あの時一切の債務をRが負い、異国で身動きが取れないだろうとRは車や機械など売却して残ったお金は全て彼に渡したのだ。その後Rは一通の手紙を彼に書き送っていた。「これからは良い友人として…」一旦そう決心すると彼女は根深く絡み合った愛憎さえも解き放して彼に温かな手を差し伸べて別れて行った。それから一月経たないパリにマティスは助手だった駒子を連れて帰っていたのだ。その頃パリに住んでいた私の娘が偶然にもカフェで彼らを見かけ驚いた。娘もRがどんな想いで彼と別れたのか…彼ら夫婦の事情は良く知っていた。その時マティスと彼女はまるで若い恋人のように寄り添って楽しげだったという。長い不在で頼る友人もいなかったのだろうがマティスは帰国後すぐに駒子を伴い、よりによってRのフランス人の友人の家に身を寄せたのだという。ついこの間まで友人の夫だった男が新たな恋人を伴って行き場がないからと頼ってきた…その友人も困っただろう。娘が彼等を見かけた事も二人がRの友人宅に転がり込んだ事もRの気持ちを思えば誰しもその事は彼女に言えなかった。

それから一年ほど経って彼女も休暇でフランスを訪れた。マティスと別れた後彼女は仕事に恵まれ語学教師として幾つもの大学や短大、高校まで掛け持ちしながら精力的にこなした。考えられないほど慎ましく暮らしながら彼女は夫が作った負債を返し続けていた。あれから目途がつき少し余裕もできたのだろう、フランスへの旅行は夫と出逢ったあの若い日々以来だった。それは長かった苦渋から解き放たれ晴れ晴れとした来訪だった。Rも当然ながら懐かしいその友人一家を訪ねたのだ。その友人夫妻もマティス達二人の事はR

に伏せるつもりだった。けれど異国で東洋人は皆似て見えるのだろう、Rとの出会いがしら、彼等の子供が彼女の事を駒子と呼んでしまった。今ならば古風な名前…異国の子がそんな名前を知るはずもなく呼ぶ訳が無い。今思えばRにも別れる前から二人の態度に思い当たる節がない訳ではなかった。やはりそうだったのか…全てを自分で引き受け握手までして新たな人生を踏み出したつもりの彼女を再び苦い惨めなものがひたひたと包んだ。「知ってた？ああ、そうだったの…。」言葉少なに彼女は私にそう問いかけ、言葉を呑んだ。あの時知らぬとは言え、今となれば二人一緒に渡航するため彼女は駒子の長期滞在のための手続きまでしてあげたのだ。その上今もRひとりが負債を返し続けているなんて…ひどい裏切りだった。Rの中に今さら惨めな思いが走る。「馬鹿だねえ…。」彼女は自嘲めいて笑った。「ああ、それもこれも全部過ぎた事、そうよね。」自分自身に納得させるように彼女は再び苦いものを飲み込んだ。

あれからマティス達二人がフランスでも太刀打ちできなくなり、再び彼らが彼女の故郷に戻っているのは風の噂でRも知っていた。そしてそれ以来の彼の便りだった。一緒に暮らした月日は苦い思い出と共に否が応でも甦る。「もしかしたら彼、もう生きてないかもね。」彼女がため息でもつくかのように淋しげに呟いた。男と女が過ごした時間と言うのは他からは図れない何かがあるのだろう。もしかして彼女はまだ何処かで彼に惚れているのだろうか、案外そんなものかもしれない。あんな苦い思いをさせられながら未だに一緒に暮らした男への煩悩とも思えるような愛情を匂わすRが不憫だった。

「マティスが生きている。」地下鉄を降りてすぐ私はRに電話した。二人が別れてから十年が経っていた。しばしの絶句の後、電話の向こうで「…独りだった？」とくぐもった声で彼女が聞いた。思いがけない言葉に私は一瞬戸惑い、「うん、独りだった。」間を置いてそう答えた。一緒に暮らした女の切ない問いだった。

バスターミナルに着いたものの週末のため混んでいるらしく長距離バスは満杯で私達は一時間遅れの次の便に乗る事になった。しばらくバスを待つ間私達は友人夫妻に彼等二人の事を話していた。定時のバスに乗り込み、夫と離れた指定の座席に座ると私は目を閉じた。彼は生きていたのだ…旅行帰りの鈍い疲れの中で妙に胸がざわめき立っていた。つい数時間前まで身を置いていた異国の風景や先程垣間見たひと回りも小さくなったマティスにRの顔が浮かんだ。車は高速道路を一時間余り走って間もなく、サービスエリアで休憩とアナウンスがありバスは停車した。乗客たちがぞろぞろ降り始める。私もしばしの休憩へと立ち上がった。そして驚いた。何と私の後ろの席にあのマティスが座っていたのだ。

すぐさま私は「驚いた。マティス、私よ、覚えてる？」と言った。彼は私に気付いていたのかもしれない「もちろん。」と静かに答えた。それから私達は前後に座ったまま身を乗り出して話し込んだ。畳み掛けるように彼から英語が飛び出し、何かをごまかすように矢継ぎ早にマティスは仕事の話を続けた。彼はシンガポールからの帰りで、仕事の依頼で写真を撮りに行っていたという。昔からそうだったが本当に彼にそんな仕事があったのか、彼は虚勢の人だった。大病を患った所為だろう、見紛うほどにマティスは小さくなって深い皺が刻まれ草臥れているように見えた。ひとしきり彼が喋り終わって私はRが今は日本に帰って来ている事、彼が重い病気と風の便りに聞いた事、あれからRも幾つかの恋をして今は独りという事を話した。二十年近い日が経っていた。「Y、幾つになった？」と彼は唐突に私に聞いた。そしてすぐ「ああ、僕と一緒だったね。」彼が笑った。昔彼らと出合った頃、その日が彼の誕生日と聞いて私は古い蒔絵の独り膳に花を添えて贈った。思いがけなかったのだろう、気難しい彼の目に涙が滲んだ。それからしばらくして私はひと月、それも初めての異国に独り旅立った。そこが北アフリカという事もあって彼は心配してくれたらしい。それからいろんな事があった。何時しか私の中で彼のRにした仕打ちも遠い話になっていた。けれどマティスにとって私は当時からRの側に立つ疎ましい存在だったのだろう。もしかしたらあの時彼は電車の中で私を見かけて避けるように途中で降りたのではないか。それでもまた偶然私達は同じバスに乗り合わせたのだ。過ぎていった時間は音もなく降り注ぐ雨のように柔らかく私たちを包んだ。マティスの気持ちが和らいだのか私の子ども達の話題へと及んだ後「まだ犬猫をたくさん飼っているのか…」と話が続く。懐かしさが強張りを溶かし彼は次第に打ち解け楽しげに笑った。マティスが前の結婚で出来たひとり息子と私たちの長女は同い年だった。彼は母親の再婚で新しい父親と折り合いが合わず祖母の家で暮らしていた。その年若い息子があの頃日本にいる父の愛を求めて訪ねて来た事があった。だが彼は息子に冷ややかだった。そのマティスの息子もまた父と同じように浮遊民なのだろうか、その彼が今アフリカを旅しているとも彼は語った。そしてマティスがあれからずっとこの国に暮らしながら相変わらず母国語以外英語しか話さないのも変わらなかった。

マティスはやはり十年前癌になって今はすっかり完治したという。いわれなき自負と頑迷とも思えるこだわりの中で彼は未だ馴染まないままこの国に根を下ろしたのだろう、自ら招いた事だが淋しい男だった。休憩で降りたサービスエリアで後ろめたさからだろう彼は言い訳のようにRの事を私に誇しった。先ほど耳にした彼女のマティスへの想いとその彼女を誇る彼…この温度差が哀しかった。そしてそれが何よりマティスという男の幅なのかもしれない。今彼は山里に暮らしているらしい。もしかしたらそこが駒子の故郷なのかもしれない。もう良いだろう「駒子さんは元気？」私がそう聞くと彼の目が一瞬泳ぎ「イエス。」と彼は曖昧に答えた。今幸福なのか幸福でないのか、落ち窪んだ灰色の彼の瞳からそれは分からなかった。ひとしきり話し込んだ後私は少し疲れて前を向き直し、やがて目を閉じた。彼はそれから後も何度も話した気に私の方を覗き込んでいたという。彼の後ろに座っていた友人がそれを見ていた。私達も彼も同じ停留所で降りた。そこから彼が今住んでいる山里までバスが出ていた。人生にはいろんな巡り合わせが用意されている、彼とも縁があったのだろう。別れ際「今日あなたに会えて嬉しかった、元気でね。そして身体にはくれぐれも気をつけて…ね。」私が手を差し出すと彼が握り返した。屈強だった彼の手だけはまだごつごつとしていた。

甲突川遠景

四十年も前、私達二人が恋に落ちて程なくこの橋を渡るのが日課になってしまった。彼が勤め始めてまだ半年だった。街で落ち合い、彼はお茶一杯ももどかしく繁華街を抜けると二人歩いて此処までやって来る。夏の日は長くこの辺りでようやく陽が沈み、灯りの揺らめく川面を見ながら私達はこの橋を渡った。この橋の向こうに彼の学生の頃から行きつけの飲み屋、赤提灯があった。四、五人も座ればいっぱいのカウンターと奥に向かい合わせに二人座れる一畳の畳に小さな卓袱台がひとつきり…戦後間もなく建てられたまま映画のセットのような傾いた店の上にもまた他の住人の暮らしがあった。地元の大学が近いこの店は中年のサラリーマンに混ざって学生達も多く、階下では夜更けまで馴染の客が酒を飲み交わす。時折二階の住人がその煩さに苛立ち床を叩く。その途端「しっ。」と誰もが人差し指を口に当てそのまま上の階を指す。「分かった…。」暗黙の了解があり、その一瞬の沈黙の後はまた何時ものざわめきに変わる。その二階ともいえないほどの部屋には家族連れが住んでいたはずだった。夜ごと繰り返される饗宴は堪ったものではなかっただろう。若かった夫もそこで気炎を上げ映画を熱く語ったものだ。彼の青春に絡んだ人々の間に私も座り、出会った日から結婚するまで此処でそんな夜を過ごした。

女将はこの店の主人であった夫に先立たれ、その後ここに立つようになった。ここの主を馴染の客はおいちゃんと呼んでいて、後を引き継いだ彼女の事もその成り行きから皆「おばちゃん」と呼んだ。けれどその頃彼女はまだ四十半ばだった。彼女は韓国引き上げでこの土地に身寄りもないまま年の離れたご主人と知り合っての遅い結婚だったらしい。二人の間に子供はなく、マンドリンを弾き語るこの店の名物主だったその夫も早く逝ってしまった。慣れないながらこの店を引き継いだ彼女は酔うと気分に任せ、住み親しんだ外地を懐かしみ「アリラン、アリラン」と韓国語で歌ったらしい。それが何処か物悲しくって味があるんだよ…私は夫からそんな話を聞いていた。そもそも義父に似て呑兵衛の気質を継いだのだろう、大学に入った夫は酒を覚えて間もなくこの赤提灯に通い詰め卒業する頃は若いながらその居酒屋の主のようになっていた。授業の空いてる時間は看板描きのアルバイトをし、夕方になると彼はおばちゃんの飼い犬の散歩を済ませてカウンターに座る。

実家にいるよりこの店にいる方が長かった。彼女の方もまだ学生の夫を可愛がった。彼はそれまで付き合った女の子達をその店に伴っている。今度は私がおばちゃんの熱く痛い視線に晒される番だった。そんな事など気付きもしない彼は私と付き合い始めてすぐに喫茶店で落ち合って気もそぞろに珈琲を飲み干すと、すたすたと二十分余り歩いて何時ものこの赤提灯に向かう。そして酩酊するまで語り唄い此処で飲み続ける、その酔いっぷりが私には可笑しく愛しかったのだが、ある意味でこの橋を渡るまでが私の逢引きだった。この橋の上で私が逡巡した想いなど彼は知らない。幾つかの恋がこの店で生まれ消えて行った。そしてこの居酒屋のおばちゃんも恋に出会ってしまった。あの日の出来事は今でもはっきり思い出す。

カウンターの隅が彼の定席でその夜も奥田は酒を飲んでいた。年かさに見える彼はまだ大学に席はあるものの留年を重ね、卒業できないまま実家からの仕送りも止まりアルバイトで食いつないでいた。店の賑わいの中、何時もの片隅に陣取ると誰と話すでもなしに独りぶつぶつ小理屈を言っている…そんな疎まれ気味の彼が恋を失った夜だった。小さな飲み屋で繰り広げられるこんなドラマをカウンターの向こうからおばちゃんは気付いていたのだろう、あの夜彼女は母親のように彼を両手で抱きすくめた。けれどそれが二人にとって思わぬ方向へと流れ始める事になる。

その夜私達はおばちゃんの呼びかけで早めに店を閉め何時もの常連連れだって繁華街へと飲みに出かけたのだった。奥田が由利ちゃんの事を好きなのは皆気づいていた。由利ちゃんは近くにある勤め先から何時もは店に独りでやって来る。けれどその頃彼女にまだ学生の恋人がいて、彼が東京から帰省すると嬉しそうに二人この店に通って来る。彼は小さいながら建設会社の跡取りだった。一方、由利ちゃんは複雑な家庭の背景に加えて心臓が思わしくないという健康上の問題を抱えていた。その恋人は彼女と長く付き合ってはいても結婚までは望まない男だと周りの誰しも感じていた。彼女自身、そんな想いは過っていただろう。そんな中で彼の卒業間近のある日、彼にその事をはっきり告げられ彼女は長い付き合いに終止符を打たざるを得なかったのだった。由利ちゃんが悪い訳ではない、ただ自分では越えられないものもある。分かっていながら彼女はその恋人にあるかもしれない男気というものに薄い期待をずっと持ち続けていたのだろう。けれど彼は学生生活を終わるその日まで彼女に気を持たせるかのように何も言わず、春まだ浅い日にいきなり彼女を切り捨てたのだ。身寄りが祖母独りきりという彼女はこの店のおばちゃんを母のように慕い、あの夜も由利ちゃんはこの店に来て泣いていた。その様子をカウンターの隅から奥田が心配げにちらちら見ていた。

時折おばちゃんは気分が乗れば「えいっ、飲みに行くよ。」と彼女の奢りで店に集まる若者を引き連れて繁華街へ繰り出す。由利ちゃんのためにその夜がそうだった。一緒に付いて来た若者の中にまだ学生の高良がいた。この青年も時折独り訪れては店の片隅で周りの賑わいに交じるともなしに笑っていた。地味で気立ての良さそうな高良も彼女の事が好きだった。あの夜、繁華街に出た由利ちゃんは何かを吹っ切るようにはしゃいだ。その夜、彼女ははしゃぎながら包むように温かい視線を送る高良の想いに気付き心が和んだのだろう。この人ならば自分の様々なしがらみも受け止めてくれるかもしれない…その夜由利ちゃんの気持ちは大きく高良に流れた。彼女にとってある男への傷心がようやく癒えた夜だった。高良の爪弾くギターで私達も歌い、何時の間にかそんな彼に寄りかかり幸せそうな由利ちゃんの笑い声がからからと甘く響いた。

そしてその同じ夜、その傍らで奥田は恋を失った事を悟った。やっと掴んだ二人の幸せの邪魔にならぬよう片隅でその奥田を慰めているおばちゃんが私の視野に入っている。失恋に泣いていたはずの由利ちゃんに少なからず彼は微かな期待もしただろう。けれど目の前で彼女の気持ちが店の出入りする別の男へ移って行くのを見てしまったのだ。奥田は私達の歌に交じらず悟られないよう顔を背けて泣いていた。ある者は愛に出会いある者は失った。その夜何軒か梯子をし、繁華街からぞろぞろと流れ歩いて最後に私達は川沿いにできた喫茶店に入った。二人が幸せの予感をくれたのだろう、そこに居合わせた誰もが心地よさに笑っていた。暗がりが甲突川を包み何処からか春の甘い香りが流れていた。別れ際、浮き上がった灯りの下で細いおばちゃんが奥田の肩を抱えるように抱いていたのを覚えている。私は三人の気持ちの流れに気づかない素振りでそれぞれに別れた。それからその夜がどう更けていったかは知らない。その夜を境におばちゃんの様子が微妙に変わってきた。相変わらず店の片隅に奥田がいて二人はぎこちなく言葉を交わさなかった。夫には思い当たるはずもなく、ある日私はそんな二人の関係に気付かされ驚いた。まだ店は開いてない時刻で私はおばちゃんに届け物をするため裏手にある彼女の住まいを訪ねた。一瞬の間があり奥田が出て来た。その時は何とも思わず「あら、遊びに来てたの？」と私は声を掛けたのだが彼は俯いたまま足早に出て行った。その不思議な間の違和感が私の中で漠然と引っ掛かっていたのだ。その夜、何時ものように夫と共に店で飲んだのだがその事が過る。やがてそういう事か…と私が気づいても彼女は何もない振りを押し通した。親子ほど年の違う若者との恋愛が通る訳もない、そんな分別に彼女は首を振るしかなかったのだろう。しかしあの夜夫に先立たれ子供もない独りきりの女が思いがけなく掴んだ温もりだった。掴んでみると彼女はもう元の寂しさに立ち戻る事は出来なかったのだろう。奥田とおばちゃん…一瞬互いを走る視線までは隠せないものだ。気取られまいと押し殺した想いがその分熱く絡み合う。ああ、そうだったのか…やはりあの夜だ。おばちゃん自身狼狽している事だろう、私は何も気づかない振りをするしかなかった。

あれから私達は結婚し、時折夫一人だけで赤提灯を訪れた。昔馴染みの常連を前に彼女の立つ瀬がなかったのだろう、次第に夫にさえ何処かよそよそしい会話になっていく。薄らと二人に違和感を持ち始めた夫にその事を告げた。そしておばちゃんがそれを望むなら皆知らぬ振りをしてあげようという事にした。そんな頃に降って湧いたような店の立ち退き話だった。戦後すぐに建てられごみごみしたこの一角を一掃し、駅周辺らしく大きなビルを建てる計画らしい…そんな話があるのを夫はおばちゃんから聞いていた。けれどそれは何れという事でまだ先の話だと彼は思っていた。その後間もなくこんな傾いた店でも小さな店ならまた出せるほどの立ち退き料が出たらしい。それを握ってある日その青年奥田とおばちゃんは忽然とこの街から消えてしまったのだ。夫は二人が消える前の日も飲みに行っている。その夜もおばちゃんは何も告げず何時ものように別れたと言う。後日出かけて行って店を閉じたのを夫は張り紙で知った。何処でも良いから誰も知らない所へ…と二人の間では話はまとまっていたのだろう、借りていた裏の住まいも既に引き払われていた。言いにくい事もあるだろう、しかしどうして僕に一言…あの頃夫は随分落胆していた。けれど彼だったからこそ言えなかった彼女の心情が女の私には分かる。可愛がると言う範囲ならばと自分自身言い聞かせ、店に居着いたまだ学生の彼に溺愛の息子か若い恋人とでもいうようなそんな淡い恋愛に近い感情が彼女にはあったのだろう。だからこそ彼が気づかなくとも私はおばちゃんの女としての熱い視線を感じていたのだ。そこに彼女自身思ってもみない時に恋に出会ったなど、深い馴染の夫には話せなかったのだろう…私はそう彼を慰めた。学生時代からアルバイトの大半はこの店の付け払いで消え、彼の青春はこの店の土間に染み付いていていた。彼の青春の日々はこうしてあの店と共に消えていった。

あれから十年の月日が流れた。あの頃ほぼ毎日あの店で飲んでいた夫の存在は客の中でも別格だったからだろう、「二人が街に舞い戻っているのをTちゃん知ってるの？」とおばちゃんと同年輩の常連客だった女性が電話をしてきた。あの頃、彼女も家庭のある事情で憂さを晴らしに出入りしていた一人だった。何処にも行く当てもなかったのだろう、彼女の家に突然おばちゃんが小銭を借りに来たと言う。明日のお米にも困った様子だったらしい。寒い朝だった。その様子から彼等には所帯道具さえ満足にはないだろうと夫の休みを待って私達は当座必要と思われる日常品を友人の軽トラに積み込み、少しまとまった金を添えて彼等を訪ねた。込み入った路地裏の住居をようやく訪ね出し、二人が住むという陽の射さない長屋の戸を叩いた。訪ねて来たのが私達であった事におばちゃんは驚いた。狼狽を隠せなかったのだろう、次の瞬間彼女は私達に背中を向けると戸口から逃げるようによろよろと歩き出した。けれど「おばちゃん。」と呼びかけた夫の声に観念したかのように立ち止まり、そして彼女は振り返った。「もう良いから、分かってるから…。」掠れた声で夫がそう言うとおばちゃんはうんと頷き、依れた服の前を手で重ねるようにしながら力なく曖昧に笑った。悲しく笑った口元からたった一本だけになってしまった前歯が白くこぼれた。十年の重みはすっかり彼女を老女にしていた。

あれは思わぬ成り行きで生まれた愛だった。あの日、奥田もおばちゃんも二人とも寂しくやり切れない夜だったのだろう。あのまま二人帰って行った。偶然の温もり…それでも彼女はそれにしがみ付いたのだ。それが恋だったのか愛だったのか不惑という年齢になって彼女は迷路に走り出し、そして出口を失い再びここに辿り着いた。奥田はあの年に八年目の大学を除籍になってしまった。実家とも絶縁して遁走した二人は小さな店ならば持てるほどの立ち退き料も使い果たしたらしい。流れ彷徨っていればお金なんてすぐ尽きる。それでも彼の母親ほどの年嵩のおばちゃんが周りに気兼ねなく、女として若い男の愛に浸るには常識という枠から逃げ続けなければ居たたまれなかったのだろう。

戸口を開ければ小さな土間の前に一間きりのがらんとした部屋、奥田はまだ布団の中にいた。彼はこの暗くじめじめと火の気のない六畳の部屋からずっと何処にも出ないらしい。突然現れた私達二人に一瞬彼は驚いたようではあった。しかし訪れたのが私達と分かっても悪びれる風はなく、彼は布団の上に座り直すとこの間合いで唐突に「香辛料はですね…」と私達を前に昔のように意味のない小理屈を滔々と述べ始めた。布団を背に掛けたままで浅黒い肌は妙に肉付きよく目だけがぎょろりと光っている。「この人、詳しいから。」とおばちゃんが慌ててそれをきまり悪そうに取り成して言えば、奥田はその横でしたり顔で済ましている。世間とかみ合う事が出来ないまま、彼はこの街を出てから十年の間一度も働かなかったらしい。お金が尽きてからは彼女が厨房の洗い場などで働き、この屈強な引き籠り男を食べさせてきたのだという。社会と断絶し家に籠ったまま年を重ねた彼のその変貌も異様な光景に思えた。私は家財道具らしい何ひとつない殺風景な部屋で布団にくるまったままの彼を前に二人過ごしてきた時間を思い巡らしていた。

あれから様々な事があった。人の勧めでようやく奥田がレストランの厨房で働き始めたらしい。僅かながら給料をもらい二人の暮らしがそれなりに落ち着いた事に私達も安堵していた。奥田は自分達二人の事をどう言っていたのだろう、今までの事情を知らない職場で彼は親子ほどの年の離れた女との暮らしに同情を買ったらしい。今やおばちゃんは彼のお荷物となったのだ。ある日突然彼の同僚がやって来て何も言わずそのおばちゃんの見ている前で家財道具のあらかたを運び出した。彼の同意を得ての事だった。奥田は再びがらんとなった家を出て行った。何時か…とその懸念はおばちゃんの中に初めからずっとあっただろう。引き籠ったまま働かない男、重荷となってはいたがそれでも傍らに感じる確かな人の温もりだった。それを失ってしばらく彼女はその落胆から放心したかに見えた。我が家に遊びに来るように言っても虚ろな返事しか返ってこない。ある時街に出かけて、私は街角に置かれたベンチにぼんやり座っているおばちゃんを見かけ声を掛けた事があった。それが私と分かっても反応すら薄い。生活にも困っているだろうと私は持ち合わせたお札を紙に包むとそっと手渡した。おばちゃんはぺこんとお辞儀をしてその紙包みを握るとまた虚ろに戻った。意味もなくこうして街の雑踏の中にぼんやり座っているのだろう、そんな事が二、三度あった。彼女はお金など貰う事に平気な人ではなかった。新婚間もない頃、あの居酒屋に集まっていた仲間達を何度か我が家に呼んでいる。私の手料理で皆が楽しむ中、おばちゃんは台所に立ってひとり洗い物をしようとする。「お客様なんだから向こうで一緒に楽しんで…」と私が固辞しても「お願いだからさせて。」と身の置き所がないように彼女は言った。店の中では男達の間に入って喧嘩の仲裁すらした彼女が一歩外に出れば卑屈なほど気を遣う…甘える事に馴れない人だった。私達の励ましもどこか虚ろなまま、そんな彼女が抜け殻のように変わってしまった。夫と二人そんな彼女を寂しく思い、何時かしら電話もなく連絡のないまま彼女とも次第に遠ざかっていった。

やがておばちゃんは気を取り直しようやく独りの暮らしを始めたらしい。その頃夫の絵の展示会が近くなって彼女にも葉書でその案内をしていた。「案内状を受け取った…私もどうにかやっていくから。」夫の会社にあった彼女からの電話が懐かしく彼も喜んだ。一年ほど経っておばちゃんは夫の会社を訪ね、彼に封筒を無理やり握らせた。その中には霜柱の降りたあの寒い冬の日、私達が包んでいったものと同額のお金が入っていた。あれは見舞いだ、返されるものではないと夫は何度も固辞したが彼女はどうしても納めてほしいと言って譲らなかったらしい。「え、それを受け取ったの?」詰るようそう言う私に、逡巡したもののそれが立ち直った彼女の意志ならばと思い直し受け取ったのだと夫は言った。今は知り合いの旅館の洗い場で仕事をさせて貰って同世代の女達と楽しくやっている、だから安心して…と彼女が言ったらしい。おばちゃんはあの失意からようやく立ち直ったのだった。

あの夜、交差した糸が二組の男と女を結びつけた。あの夜があって間もなく由利ちゃんは高良と結婚した。親の反対を押し切っても子供の望めない由利ちゃんを彼は守り通した。高良と結婚すると分かった由利ちゃんの元の恋人がその高良に向かって「由利を泣かしたら俺が許さん。」と言ったそうだ。女心は複雑だ、そう言われて由利ちゃんは嬉しそうだった。私達は陰で「高良がずっとえらいじゃないか、彼奴が言える義理か。」と彼の事をなじったものだ。親族と呼ばれる誰もいない中、おばちゃんが親代わりとなって赤提灯に集まる人々だけでささやかな披露宴をして私達は二人を祝福した。温かな祝宴だった。あの日、祝辞を述べる私達の前で高良も由利ちゃんも神妙な顔で座っていた。けれど彼女は何時しか誠実で穏やかな彼にもの足りなさを感じて来たらしい。思えばその兆候は最初からあった。傾いた駅前の小さな居酒屋で男達の中に若い女が独り、由利ちゃんは何時も誰かの気を引くかのように「やぁだ。」と甘い声でころころ笑った。そして笑いながら目でちらっと他の男に目をやる…居酒屋を出てしまうと埋没しそうな彼女もこの店の中では艶やかになれた。そんな彼女に純な高良が恋をしたのだ。由利ちゃんにしてもあの時の気持ちに嘘はなかったはずだ。けれどドラマから始まった恋もやがて日常に戻る。何もかも引き受けて彼女を包み込んだ高良だったが、「真面目なだけで面白くないの。」と結婚して間もなく彼女は不満げに彼の事をそう言った。由利ちゃんの幸福は何だったのだろう、彼女は穏やかで静かな家に居着かなかった。退屈だからと相変わらずおばちゃんの店を一人出入りしたらしい。あの頃おばちゃんはそれを心配していた。けれど人に言えない物を自分も抱えている、本気で由利ちゃんを諭せなかったのだろう。高良は黙ってそんな彼女を受け止めたという。間もなくおばちゃんもいなくなり、あの頃赤提灯に集った人達との付き合いもやがて途絶えた。皆卒業してそれぞれに社会というしがらみの中をがむしゃらに漕ぎ出した時期だった。彼にもいろんな想いがあっただろう、けれど高良は寡黙だが男気のある人だった。やがてようやく手に入れたマンションを身寄りのない彼女に渡し、彼の方が出て行ったと人伝に聞いた。あまり接点はなかったものの私達は彼があの店に出入りをした頃からむしろ実直そうな彼が好きだった。目の涼やかな青年だった。高良はどうしているだろう、私達は時折思い出す彼の事が気になっていた。

あれから随分経って私はあるビルの前で偶然その高良と出会った。出会いがしら彼は懐かし気に「お元気ですか？」とあの頃のようにはにかんで笑った。彼の髪にも白い物が目立つようになっていたが、そんな表情も昔のままの爽やかな高良だった。このビルの中に彼の勤める研究所があるという。そして少し照れたように去年結婚して子供が生まれたと彼は言った。「そう、おめでとう。良かったねえ…。」この思いがけない再会に私はすぐに言葉が見つからず、ただそう言うと他愛ない近況を話し私達は別れた。別れた後私の中に温かなものが広がっていった。今度は彼も本当の幸せを掴んだのだろう。

この橋を渡った向こうの居酒屋で幾つかの恋が生まれ消えて行った。

さんさろ

街のあちこちにクリスマス飾りのネオンが輝き始めた頃私は一人神戸にいた。五十を過ぎて選んだ新たな仕事は思いがけず好評で夫の退社一年目は二人長旅に遊んだものの次の年から私は忙しく働いた。春から次々といろんな街で展示会をこなし盛夏這うように夫と二人海外へ飛びひと月の休暇、一息ついてまたバタバタと秋から展示会が続く…そんな暮らしも三年目に入っていた。

「もう、良いだろう?」三年前、学業を終える子供への最後の仕送りを機に絵に専念したいとの夫の申し出があり、長年勤め上げてきた会社とはいえ定年よりもずいぶん早い退社だった。気力のある内に絵描きとして…私との主婦交代は彼が前から言っていた事だ。それで彼に代わって帽子を始めたばかりの私が働く、どうにかなるだろう…私自身にとっても第二の人生への見切り発車であった。

その夏、級友の一人が神戸に住んでいるのを知って、私は東京での展示会の帰りにこの街に立ち寄った。三十年ぶりの再会だった。私の帽子が目に付いたのだろう、待ち合わせたデパートで声を掛けられ、そのまま翌年そこでの展示会の話がばたばたと決まってしまった。それで私はその企画担当者に他の帽子も見て貰うつもりで、急遽この街で展示会をする事にしたのだ。再び私は初冬の神戸に滞在する事になった。以前一度だけこの街を訪れた事があったと言っても震災前で復興してからは訪れた事はなく、この街に他に知人はいなかった。

異人館のある北野坂に続く駅近くの小さなギャラリーで私は見知らぬ街の客を待った。その期間中借りたマンションからギャラリーまでの行き帰りだった。夕暮れに染まって行き交う人の顔も判然としない通りを歩いていて、ある日「さんさろ」と書かれた看板の文字がふと目に留まった。ＢＡＲと書いてある。数日ここの前を通っていたはずなのにその看板に気付かず私は通り過ぎていたのだ。ギャラリーから通りを挟んで向かい側の十メートルほど下にそのバーはあった。

今年の私の仕事もここで終わりだった。それでこの街を基点に二人で古都を旅しようと私から夫に持ちかけていた。彼の退社以来、展示会の度に私は家を空けた。自ら望んだとはいえ慣れぬ留守番が続く夫を私は家から引っ張り出して労うつもりだった。展示会最終日には搬出の手伝いを兼ねて彼が出てくる手はずになっている。その後京都に移動するにしろ一晩はこの神戸の街で過ごすつもりだった。夫が訪ねて来たら飲兵衛の彼を何処に案内しようかなどとぼんやりそんな事を考えていた私の目にその看板が飛び込んできたのだった。足を止めればそこは確かに名の如く小さな三叉路になっていた。古い木の扉が一枚きり、中の様子はわからない。どんな店なのか覗いてみたかったが見知らぬバーの扉は重い。ましていい年した中年女が独り扉を押せば中にいる客からの好奇の視線にたじろぐだろう…そんな逡巡から私はギャラリーの斜向かいにある「さんさろ」の前を通り過ぎた。

師走に入った街を慌しく人は行き過ぎギャラリーを訪れる客は少なかった。私は朝夕その「さんさろ」の前を通ってギャラリーに通った。数日経ってある日、もう客は来ないだろうと早目の帰り支度を始めコートを羽織った私は表のガラス戸を押す客の気配にまた慌ててコートを脱いだ。

「見せて貰っていいですか？私、帽子が好きなんです。」六十半ばぐらいだろうか、ドアを開けて入って来た黒い服の小柄なその女性が遠慮がちに言う。目の印象的な彼女に私は羽飾りのついた黒い帽子を選んで彼女の頭に載せると鏡の方に案内した。帽子を目深に被れば陰影を作り、女の重ねた年輪をむしろ優雅に変貌させる…彼女の目が陶然として鏡の中の自分に見入った。ガラス戸の向こうはとっぷりと陽が落ちて寒空にネオンが輝き始めていた。

幾つかの帽子を楽しんだ後彼女は閉店時間が過ぎた事に気付き、慌てて私を足止めした事を詫びた。そして通りの向こうを指差し「私あそこで『さんさろ』ってお店をしてるの。」とゆるやかな関西弁で言った。偶然だった。私が先日から気をそそられていたあのバーを彼女がやっているという。すぐさま私が一度伺いたいと思っていたと告げると彼女の顔がほころんで「どうぞ、待ってるわ。」と言う。間もなく店を開けるため彼女は足早に帰って行った。夜の食料を調達したらこのまま真っ直ぐ宿に帰るつもりだったのだがきっかけは出来てしまった。向こうから来てくれたのなら今から女独りバーの扉を押したところで可笑しくもないだろう、改めて帰り支度をすると私は一人ほくそ笑んだ。ギャラリーのガラス戸を開けると身震いするような冷たさに誰もが足早に行き過ぎる。まだ宵の口、食事を何処かで済ませそれからと思ったものの足がもう「さんさろ」に向かっていた。早すぎるけどまあ良いか…私は通りを横切り向かいにあるバーの木の扉を押した。

仄暗い間口一間半ほどの細く長い店内にはゆるやかなS字のカウンターが一つ、どうやら止まり木だけのバーらしい。「まあ…。」早すぎる私の来訪に彼女が驚いて軽く声を上げた。古いジャズが心地よく流れている。「もう来てしまった。」私は笑いながら端の椅子に腰掛けた。駅周辺のこの辺りは仕事帰りの人の喧騒で溢れていたが扉一枚隔ててここは繭の中にでもいるような安らぎに包まれている。当然ながらまだ陽が落ちたばかりのバーに客はいなかった。先ほど出会ったばかりの女二人で乾杯のビールを飲み干すと「じゃあ今度はこれにしましょか？」差し出されたグラスにブランデーが注がれ、どちらからともなく問わず語りに私達は話し始めた。

私より七つ上の千枝は青島《ちんたお》で生まれた。五才までそこで暮らし、敗戦色濃い時期に家族と共に日本に引き上げて来たという。父の故郷がここ神戸だった。幼かった彼女にそんな異郷青島の思い出はない。ただ建築家の父と母は若い頃過ごした異国の街の匂いを思い出していたのだろう、神戸の家では何時もジャズやシャンソンが流れ、それが彼女の子守唄だった。そんな暮らしの中でチンタオと言う響きのまま美しい街だったと幼い娘に言い聞かせしていた母が彼女がわずか十一の歳に逝ってしまった。小さな弟はまだ五歳で余りに早い別れであった。その頃空襲で焼け野原と化した神戸の街の復興は急ピッチで進み、当時ビル建設を三つ掛け持ちしていた建築家の父親は何日も徹夜を押し通していた。母の死からわずか半年後、その哀しみも分からぬ内に今度は父が朝の支度中新聞を広げたまま倒れ込むように亡くなってしまった。今で言う過労死だったのだろう、何の予告もなく突然の死だった。半年前の母の葬儀の時はまだ父がいた。しかし今度は彼女が喪主だった。訳の分からぬまま人に喪服を着せられ父の横たわった枕元に座った。やがて通夜だというのに気の荒い職人達が押し寄せた。図面を持って取り仕切っていたのは父一人、彼がいなくなって三つの現場はたちまち混乱したのだろう。「嬢ちゃん、ごめんな。お父さんの図面と手帳があるはずや。それないと小父さん達困るんや、探して…。」幼い彼女は何がなんだか分からぬまま「これですか…これですか？」父親の仕事場の夥しい書類や図面の山から父の手帳を差し出した。そうやって日が過ぎ自分達兄弟が孤児になってしまったと実感したのはずっと後だった。ふた親自身、自分達が幼い子等を残しその早い別れに何かしら予感はあったのか、ようやく十になった娘に様々な音楽を聴かせ言葉も分からぬ洋画に連れて行き、スケートや絵を習わせた。それが先のない彼等が親として出来うる限りの愛情だったのだろう。そして子供らの行く末を案じるかのように自宅の他に三軒の借家が残されていた。続けざまに両親が逝った後も年老いた祖母の庇護の下、その家賃収入で彼らの暮らしが立っていったのだった。もとよりここ神戸には空襲で焼け出された者や戦争で親をなくした者も多かった。そんな彼等に紛れて戦後の混乱をこの街でみんな声掛け合いながら互いに助け合って生きてきたのだ。父母がいた頃から音楽は家に染み付いていた。あの頃皆そうだったように千枝はラジオにかじり付き、流れてくる歌を聴き覚えては幸せだった頃をなぞるように口ずさんだ。ただでさえ神戸の港に横付けされる外国船はハイカラな落し物をしていく。ジャズにアメリカンポップス、カンツオーネ、ラテンミュージックと次々と復興の波に乗って入って来る海の向こうの音楽に彼女は酔いしれた。酔いしれる事で親のいない寂しさの憂さを晴らしていたのだろう。ちょうど彼女が中学も卒業間近になって二人を親代わりに育ててくれた祖母が倒れてしまった。今度は彼女がその祖母を看る番だった。その介護の日々の中で彼女は高校へはついに行きそびれてしまった。それでも弟だけは大学に行かさねば…それが親の意志だろうと心もとない中で千枝は思っていた。やがて彼女が十八になるといよいよ老い先のない祖母は孫娘の行く末を案じ、病床の中で縁談を勧めた。その頃彼女にも仄かな恋があった。しかしあまりにあえか過ぎてまだ学生だった彼にも何も言えぬまま、彼女は祖母のためにその結婚を承諾した。世の中の何も分からないまま十八で彼女は嫁いだのだった。

千枝の夫は大きなテーラーの店主で十一も年上の男だった。娶った妻はまだあどけない世間知らず、彼は夫として君臨し羽振り良く気ままに遊び歩いた。けれど嫁ぎ先の年老いた姑は優しかった。早く別れた母の匂いに通じたのかもしれない、まだ若すぎる千枝にはそんな義母がいて家庭と名のつくものが出来た事が嬉しかった。二人の子供に恵まれても夫は家に寄り付かなかった。「哀しくはなかったわ…だって好きな人じゃなかったもの。」と彼女は物憂げに言う。愛を知らぬまま時間は流れていった。やがて年の離れた弟も大学を卒業する年になってそれを機に二人は両親の残してくれた借家の処分をする事にした。十八で嫁ぎ、家の事以外何も知らない彼女だったがもう子供達にも手が掛からなくなっていた。弟も姉の事情を察して少し外の風に当たったら…という思いがあったのだろう。それで二人の間でその資金で喫茶店でもしようかという運びになったらしい。たまたま見つけたこの賑わった通りの一角で店を始める事にした。「その時も親が私等を後押ししてくれたんやと思うの。」親の残した家を処分したお金はきっかり権利金と店の改築で消えた。けれど「これじゃあ狭すぎる、カウンターひとつ入れてバーにしかならん。」入った大工にそう説得され喫茶店のつもりが急遽バーになってしまったのだという。思っても見ない展開だった。それでも名前は彼女が決め自分で書いた。弟がバーテンダーを買って出る。こうして彼女はカウンターの向こうに戸惑いながらママとして立つ羽目になった。

「お前のような世間知らずにバーなんか出来るもんか。」と夫に鼻から笑われていたにも関わらず、その素人っぽさが良かったのだろう、何時しか店は賑わっていった。そうなると夫はおおっぴらに代わる代わる女性を連れてやって来る。彼女はその連れの女性に「お世話になります。」と礼を言い女達に頭を下げた。むしろ心通わぬ夫とこうして離れている事の方が安らいでいられたのかもしれない。何時しか子供達も思春期に入っていた。横柄で母親に愛を持たないその父を嫌い、子供達の方からその父親である夫との別れを迫られた。元来夫に未練などなく彼女は別れを申し出たのだが意外な事に彼はそれを認めなかった。それで彼女は子供達を連れて家を出た。彼女にはこの店があった。以前なら夫の言う通り食べていく術を何一つ持っていなかった彼女だが、今この店でどうにか生きてはいけるだろうと腹を括ったのだ。またしても親の残してくれた遺産で彼女は生きていく事になった。夕暮れに店を開ければいろんな客が止まり木に座った。夫から離婚届の印鑑を貰うまで五年の月日が流れていた。

世間知らずの素人がここを始めてちょうど二十年目だった。年明けて間もなくその前夜は不思議なほど月が冴え渡り、思わず空を見上げた人も多かった。一夜明けた神戸震災の日、突き上げる地響きに続き激しい揺れと共に崩れ落ち瓦礫と化した街…さすがにこの店はもう駄目だろうと彼女は諦めたという。子供達も巣立っている、どうにかなるだろう…壁に張った一面のオニキスと特注のカウンターが壊れていたらこの店は辞める筈だった。しかし一番被害が大きいと思われた場所でこのビルだけが残っていたのだ。古い建物だったので堅牢な造りだったのだろう、辺り一面倒壊した中でこのビルは助かったのだ。その残ったビルのバーに瓦礫を踏み越えてぞろぞろと人が集まった。あの日一瞬にして皆ここ神戸の街でいろんなものを失った。彼女は家から線路伝いにリュックを背負ってここまで通い、ガスも電気もない中で集まる仲間達のためにうどんを炊きだした。そんな戦後の混乱にも似た状況からこの街の復興が始まったのだ。しばらくして瓦礫が片付き少しずつ生活が戻り始めると彼女は店にカラオケを入れたのだという。「皆辛いのは一緒やん、歌って元気出して行こ。」これから先の事は誰も分からない、皆忘れて歌った。あれから十年が過ぎ街は復興した。彼女は何千回もの夜ここで客の話を聞いた。千枝が店を始めて三十年になっていた。

「もう私も年やし…今昼間は息子がここを手伝ってくれるの。」流石に深夜はきつい、後を人に任せ夜は早め帰るようになった。バー開店当時からの客も代替わりして今はその子供等が通ってくると言う。何時しか「さんさろ」が千枝の生きてきた証になっていた。

そんな思い出を手繰り寄せながらやがて話題は彼女の好きだった歌や映画に移り、私は彼女にある古い歌を歌ってほしいと頼んだ。彼女は私がそんな昔の歌を知っている事を驚きまた喜んだ。スウィッチを入れると映し出されたモノクロの画面に太鼓橋が掛かり川面には川岸の柳や異国の古い家並みが揺れている。悠久の時は緩やかなうねりの調べに乗って異国情緒を掻き立てる…私は親の世代に流行ったこの古い歌が好きだった。曲が流れ、やがて彼女が歌いだした。千枝の幾つもの哀しみは織り成す時間の中で透明な羽のように重なっていったのだろうか、思いも掛けない美しい歌声だった。それはこの小さな祠をゆっくりくねりながら流れていった。目を閉じれば今まで問わず語りで聞いた幼い頃の彼女が映写機に映し出されてでもいるかのように浮かんでくる。「チンタオは美しい街…」聞いた事のない筈の彼女の母親の吐息がすぐ耳元で聞こえるようだった。哀しみに裏打ちされた想いはいっそう美しさを増すのだろうか、私は今までこんなに胸に染み入る歌を聴いたことがなかった。何故か目頭からにじみ出てくる涙を気づかれぬよう私はそっと指で拭いた。

しばらくして六十半ばの男が独り扉を開けて入って来た。「あんた、今日誕生日やろ？」

彼は視線をそらしたままケーキを千枝に差し出した。初老の男は彼女と同い年で彼女の生い立ちからここに至る経緯まで知り尽くした昔からの知り合いだった。彼女が驚いて「いやあ嬉しい、覚えててくれたん？」「俺、自分の家族の誕生日だけは絶対忘れへん、せめてな…。」チョコレートケーキには「千枝さんへ」とちゃんと文字まで入れてある。家族ではない彼女への無骨な男の優しさだった。「この人、親も早ょぅに死んでもうて…こいつ苦労してますねん。」千枝を見ないまま男は私に聞かせるともなしに呟いた。彼も震災で家を失ってこの店でうどんをすすりながら励まし励まされた仲間だった。様々な人生の背景の人々があの日の朝、怒涛と共に同じ運命を背負わされたのだ。それから十年、あれからここを出て行った者、残った者…街は甦っても何れも辛酸をなめていた。あの頃夜になれば自然と足がここへ向き、口をついて出てきそうな愚痴は「歌おぅ。」そうやって皆憂さを晴らして来たのだ。ここは古い港町、モダンで異国情緒漂う港町だ。皆この街が好きだった。歌い始めればあの頃が足元から立ち上って来る。「外国からの大型船が来るとよう港へ行ったなあ。」「ほんま、此奴ようううろしてたわ。」「皆聞き覚えよ、あの人らが初めて日本に来た時、私舞台のかぶりつきで聞いてんよ。」彼女もその客も流れ始めたスペイン語で歌われるラテン音楽を耳で覚えた通りそらで歌った。同じ時代同じ街の匂いを嗅いで育った者同士、和みが流れ夜の闇を思い出は一気に遡る。親のない少女をこの港町の人情が育んでくれていた。田舎で育った私とは違う青春がここにあった。その内常連の客が入り店は手狭になった。「じゃ、そろそろ…。」と長居を気にして私が立ち上がろうとした時、彼女の柔らかい手がふわっと私の手を押さえた。「まだ帰らんといて。」と目が訴える。すぐさま有無を言わさず私のグラスにブランデーが注がれた。そしてグラスが空になりそうになる度、私が帰るのを阻止するかのようにすかさず注がれる琥珀の液。互いに親の年をはるかに越して此処でこうして昨日まで見知らぬ同士の私達が酒を飲み和んでいる事の不思議さと優しさ。まあ良いか、もうこのまま今宵はここに…その夜夕食を取りそこなったまま私はその止まり木に腰をすえた。幾杯ものブランデーでゆっくり酔いがまわる。

どの位の時間が経ったのだろう、幾人かの客が入れ替わってまた二人だけになってしまった。彼女は思い出したように狭いカウンターのすぐ後ろから古いアルバムを取り出した。「これが私のお父さん、これがお母さんよ。」古い小さなアルバムに貼られた黄ばんだ写真、それは遠い青島時代の家族写真だった。「美しい街…」と呟いた少女のような母親とソフトを被ってこちらを見据えるまだ若く青年の父親、千枝は幼く白い大きなエプロン姿で母に抱かれている。子供を授かって間もない初々しい家族の写真がそこにあった。自分達の行く末も知らず、青春を過ごした美しい異国の街の思い出を幼い我が子に語ったうら若い母が逝き、その後を追うように父も逝った。「チンタオ…」という響きは彼女の幸福を封印して今もこの色褪せたアルバムに眠っているのだろう。彼女はかすかな絆を繋ぎとめるかのようにそれをカウンターのすぐ傍に置いていた。客足の引いたこんな時間はそのアルバムに見入っているのだろう、それが愛しく切なかった。夜は更けて客はもう来なかった。何時になく何杯ものグラスを飲み干し私は酔っていた。「もうこんな時間？」気がつけば彼女の店を閉める時間はとうに過ぎていた。

「またきっと…。」彼女に別れを告げ私は人通りのなくなった表へ出た。冴え冴えとした月が大きく回っていた。振り向けば扉の前で千枝がまだ手を振っている、私もまた振り返した。見知らぬ街だったこの神戸の夜の底で思いがけず私は温かく抱かれた。宿までの帰り道、酔いで少しおぼつかない足取りに夜風がじゃれ付いて冷たさが心地良かった。耳の奥で先程の千枝の美しい歌声と物悲しさが溶け合ってまた涙が流れていった。

― 海風の街 ―

海風だろう、電車を降りた途端まだ梅雨の明けきらないもわっとした空気に包まれた。重く夕なずみ今にも降り出しそうな空の下で街並みにぽつぽつと灯りが滲みだし、輪郭のぼやけた人の群れが駅から続く坂に向かって流れている。あの雑踏の向こうにさんさろがある。きっと今頃千枝は昔風な赤い口紅を引いてカウンターの向こうで気だるそうに「そやな…。」と独り言を言っているだろう。夏と冬、仕事で神戸を訪れるようになって四年になる。いつの間にかこの街の女達との繋がりができ「どないしてはります?」そんな電話からの声に私は東京に出向いた帰り、ここに立ち寄るようになってしまった。

初めてこの街に降り立った日の夕暮れ時も同じようにこの坂を上って行った。この坂道はひとり異国を旅している時のあの空気に似ていた。見知らぬ街で黄昏時になると心許ない旅情が背中をふわっと包む、この浮遊感が私は好きだった。そこはかとない寂しさは酒の良い肴だった。このうら寂しさをついばむために皆旅を重ねるのかもしれない。

この街に知り合いも増え昼間は元町の小洒落たカフェなどでそんな彼等と過ごす事が多

くなったが、独りになると私の足はこの坂道に向かった。駅前はこれから遊びに繰り出す若者や会社帰りのサラリーマンで溢れ、その喧噪の広場から坂道へ続く三叉路にさんさろがある。木の扉を開けるとゆるいS字のカウンターに十席ほどの椅子、止まり木だけの小さなバーだった。扉を閉めれば外の行き交う人の流れや騒音がぴたりと遮断され、静かに古いジャズが流れ、黄昏る頃からそこに千枝がぽつんといる。三十半ばで店を開いて三十五年、千枝も七十が近くなってしまった。四年前見知らぬこの街で私が最初に知り合ったのがこの千枝だった。ちょっとしたきっかけが縁でその夜私は深い海に漂う海月のように、ゆらゆらと酔いを漂いながらこの止まり木に座って千枝の美しい歌声に聴き惚れていた。

「夜はしんどいねん。」何もない日、千枝は十時を待たずに帰るらしい。神戸に足をのばした時、私は何時も予告なしにさんさろにふらりと立ち寄る。私は彼女を驚かすのが好きだった。客の相手をしていた千枝は振り向きざま私と見定めると不意をつかれて一瞬呆然とし、次の瞬間わっと泣き笑いに顔を崩した。顔を崩したまま「なんでえ。」と言いながら駆け寄るとすぐさまその大きな手で私を掻き抱いた。千枝の柔らかな厚みのある体…その体温と安い化粧の匂いすらどこか懐かしく、それに包まれれば私の目に何故か熱いものがこみ上げてくる。母が若く逝ってからこんな風に温もりのある女の体に抱かれた事はなかった。五十も半ば過ぎて思わぬところに温かな女が私を待っていた。

母を喪った時私はまだ若く、目の前の溢れた光に限りのある事も分からぬまま小理屈の多い生意気な娘でしかなかった。それから間もなく私は結婚した。しがらみという言葉さえ知らず、私はその檻がまさか自分に覆い被さって来るなんて思いもしなかった。ふと気が付けば先ほどまで遊んでいた砂州の周りに何時の間にか潮が満ちている。もう何処にも行けない。夕暮れてずっと向こうの岸辺には帰り支度をしている人影が黒ずんで見えるが私がここにいる事さえ誰も気づかない。波は更に静かに満々と打ち寄せて来る。自分ひとり取り残されてしまった、茫然と佇む私の足元をもう冷たい波が洗っている…その頃そんな心境だったと思う。あれから父は再婚し生まれ育った家は見知らぬ家となり、私に帰る里などもうなかった。そんな世間知らずの娘が飛び込んだ場所は暗く長いトンネルに思えた。何処まで歩けばいいのか…先も見えずその暗がりでのろのろと歩きながらあの頃私はそんな閉塞感に喘いでいた。夫にも言わなかった。思いも掛けなかった自分の無力さに狼狽しながら子供の温もりは逃げ場でしかなく、私は幼い彼等をぎこちなく愛撫した。そこしか私の場所はなかった。あの頃私は子等の親となっていながら幼子のように誰かの温もりを求めていたような気がする。戸惑う若い日々、こんな温もりに出合っていたら私はどうしただろう。もうあの場所へは戻らなかったのだろうか。海風の流れる街で千枝に抱かれて忘れていたあの感情が唐突に蘇った。そうだ、あの頃私はこんな風に誰かに包まれたかったのだ。

ある年、神戸の展示会での帰り、客の二人を伴って私はさんさろの扉を押した。常連らしい老女と私ぐらいの中年男が座っていた。老女は昔ながらの客らしく、もうすでに出来上がって呂律も回らないほどなのだが話が面白い。こちらも引き込まれ彼女の昔話を聞く。傍らの男性は私はてっきり彼女の連れだと思っていたのだが何処か話がかみ合わない。途中になって「えっ、千枝さんの親戚なの？」と私は一番端に座っている彼に大きな声で聞いた。彼と私は端と端に座っているから間の盛り上がりを縫っての会話である。良く分からなかったがどうもそうらしい。「お世話になってます。」と彼がぺこんと頭を下げた。酩酊した老女のMさんは私達の乱入にご機嫌だったが、やがて彼女のタイムリミットらしくお迎えの車が到着を知らせ、名残惜しそうに帰って行った。あらためて席を詰めると彼の声がよく聞こえる。その時「もうそろそろ辞め時やと思うの…。」千枝がぽつりと言った。足が痛むのでカウンターの向こうで遅くまで立っているのが辛いらしい。けれど「Mさんのようにここを楽しみにしてやって来る客がいるんだから、そこで時折座っても良いじゃない？」と私は言った。すると彼が「そうですよね、家のカミさんにそう言ってやって下さい。」と確かにそう言ったのだ。カミさん？一体どういう事だろう。彼は親戚ではないのか…私の中に戸惑いが走る。聞き間違いかもしれない、そう思いながら話題はまた別の話へと流れ、間もなくして彼は帰って行った。その内に私の連れも帰り私と千枝だけが残った。「そうなん。あの人一緒に暮らしてる人なん。息子の元彼女と今三人で暮らしてるの。」息子とは別れても行き場のない彼女に同情して未だに同居している話は聞いていた。けれど彼の事は知らなかった。千枝がぽつりぽつりと語り始めた。

まだ彼の仕事が上手くいっていた二十年ほど前、彼は店を訪れる客だった。その後会社は倒産し、彼は家も家族も失い車で寝起きしている時期があったらしい。それを聞いて「空き部屋があるから家にお出で…。」彼女からそう声を掛けた。彼女が十近くも上だろう、その後勤め先を得たものの彼はそのままずっと千枝の所に住み続けた。もう十数年になるらしい。「え？手ぇも握った事ないんよ。」と言い訳でもするように千枝は言った。けれど確かに彼は千枝の事を「家のカミさん」と私にそう言ったのだ。「あの人、そう言ったん…初めて聞いた。」千枝はその言葉に戸惑いながら感慨深げだった。彼は近ごろ癌を告知されその術後だった。千枝が身元引受人として看病していたのだ。そんな彼の中に人生のいろんな想いが去来したのだろう、それが「家のカミさん」だったのではないか。「いいじゃない…それが彼の気持ちなんでしょう。」私がそう言えばまだ何かはばかれるのか千枝は再び「手ぇも握った事ないんよ…。」戸惑いながらうわの空で呟いた。長い間同じ家に寝起きすれば色んな情愛も生まれるだろう。親を早くに亡くし夫の愛にも恵まれなかった千枝にとっても彼のそんな存在は仄かな温もりになっていたに違いない。今更誰も何も言わないよ千枝さん、それで良いじゃないか。

少女から大人への移行期で私は背伸びしてみたかったのだろう、まだ高校に入って間もない頃、一時古典にのめり込んだ時期がある。初めて触れるその美しい文体に私は酔いしれた。そこに度々王朝人の幾重にも重ねられた衣の色の話が出てくる。渋好みという言葉があるが千年も昔の彼等の衣は意外にも紫根や茜、蘇芳などの草木で染められた原色とも言えるような艶やかな色だったらしい。その艶やかな衣が幾重にも重ねられ、その響き合いで柔らかな色の諧調が生まれる。その重ねの好みにその人の情趣を観たのだろう、私の住む界隈とはかけ離れたそんな殿上人の雅な贅に思いを馳せた記憶がある。今この坂を行き過ぎる人の群れは若者もサラリーマンも夕暮れの中で冷たい時雨と溶け合う中、同じような鈍色に煙る年配の者たちにすれ違いざまの誰も気にも留めないだろう。私も既にそんな世代に入ってしまった。けれど長い道のりの中でそんな彼等ひとりひとりに眩しい光に包まれる瞬間があったはずだ。今行き過ぎる彼等の色あせてしまった衣の一枚一枚をそっと剥せばそんな思いがけない色衣が出て来るかもしれない。その鮮やかな色に染まった時を跨いでまた静かに薄墨の日々が降りて来るのだろう。人は人生の濃く薄く行き過ぎる時間を縫いながらそんな折節に一枚また新たな色を着るのだろう。至福なのかあるいは諦観かもしれない、何処に辿り着くのか何れにしても人はこうして幾重も色を重ね、混濁した色はやがて鈍色に沈むのだろう。私はあれからどんな色に染まったのだろうか。

はじめて千枝にあった日の夜、彼女は古い歌を口ずさみながら想いは時を遡り、まだ見ぬ青島が彼女の中で赤い夕映えに染まったのかもしれない。私は鈍色をまとった千枝の向こうに思いがけず艶やかに輝くそんな色を見たような気がした。

ある少女

十九歳の初夏、私は東京行きの列車にいた。学園闘争の最中で受験をしそこなった私はその頃大学へも行けず時折アルバイトをして日を繋ぐ宙ぶらりんな状態だった。その後翌年受験するつもりで一旦東京に出たものの、ある挫折からまた郷里に舞い戻っていた。親も私の対処に手を焼いていたに違いない。自意識だけが前のめりになって身の置き所なく、心もとない日々の中で少しばかり小金が貯まると親の怒りを尻目に私は時折ふらりと夜汽車に乗った。だからその時もどんな経緯で東京に向かっていたかはもう思い出せない。夕刻始発の鹿児島から特急の寝台列車に乗れば翌朝東京に着く。けれど鈍行ならば昼過ぎに出発してようやく翌日の昼に品川到着、東京大阪間が九時間も掛かる四十年も前の話である。一昼夜列車に揺られ高校を出て間もない若い娘が家を離れひとり遠く見知らぬ街まで行く…それだけで充分だった。私は僅かばかりのお金を握って遅い列車に乗った。熊本を過ぎた辺りから次第に夕なずんでいく。列車は幾つもの小さな町を抜け、陽の落ちた海岸線を走り、また山際へと走って行った。暗闇の中にぽつんぽつんと黄色い灯りが滲む…こんな所にも人の暮らしがあるのだ。その頃闇雲に何かに抵抗していている自分の硬さがふわっと溶けていくような温かな灯りだった。私は冷たい窓ガラスに額を押し付けた。

周りはもう皆眠りについたのだろう、がたごとと列車の揺れる音だけが響く。時折警笛を鳴らしながら闇を縫って列車は走り続けた。夜半、九州を出る辺りになって単調なリズムを破るように突然暗闇にぼうっと何かが浮かび上がった。八幡製鉄所だった。今も作業が続いているのだろうか、力強くパイプが連なる巨大な工場を無数の電球がイルミネーションのように煌々と照らしている。思わずあっと声を上げそうなほどそれは美しく何かで見た遠い異国の夜の遊園地を思わせた。語る相手もいない真夜中、そこを通り過ぎる間私はその光景をひとり見入った。

戦争の最中、母も女学校を出て間もなくひとり東京に向かいながらこの闇に浮かび上がる製鉄所の灯りに私と同じように目を瞠ったらしい。友人にそんな手紙を書き送っていたという。母娘でそんな話をした事はなかったが母の葬儀の後、私はその級友だったと名乗る人からこの話を聞いたのだった。私の知らない十八の母が眩しく切なかった。この時の私はその二年後の母の死という何の予感も無く、若い日の母と同じようにその光景に無邪気に見入っていた。やがて列車は海底のトンネルを走り何時の間にか私も眠った。

次第に空が白み始め朝もやの岡山も過ぎ、車窓の向こうにまた人々の暮らしが見え始めた頃私は声を掛けられた。「Yさんではありませんか？」同じ年頃の少女だった。一瞬見覚えの無いその少女の顔を私はまじまじと眺めた。「私、高校で一学年下のMって言います。」この春卒業したばかりらしい。彼女の方は私の事を良く知っていると言った。改めて少女の顔を見る。灰鼠色の上着にふくよかな髪が肩の上でゆったりとうねって目鼻立ちのくっきりした彼女は私よりもむしろ大人びて見えた。その顔に見覚えはなかったがそう言われたら後輩の中にこんな少女がいたように思えてきてその親しみに私も笑った。Mも笑いながら「良いですか。」と断ると空いていた私の隣に座った。これから家に帰ると言う。父親の仕事がたまたま鹿児島に転勤になって地元の高校に入ったのだが、昨年から父親がまた自宅のある東京勤務になった。それで高校を変わることが嫌で彼女はひとり田舎町に残ってそこを卒業した、だから今から自宅に帰るのだと言う。人に問う立場ではなかったが、今年の受験はすでに終わって夏になろうとしていた。大学に行くでもなく働いている様子もない…彼女も今頃までひとり鹿児島で何をしていたのだろう。私も彼女もまさしく宙ぶらりんでこの列車に乗り合わせていたのだ。若者達はそれまでの蓄積された時代の壁を壊そうと抗い、私もその時代の怒涛のような大きなうねりの中にいた。角棒を握って闘争する者、リュックひとつで放浪する者、薬に身をやつし全てから逃げた者、彼等自身何処に向かっているのか分からなかった。私は挫折組だった。そんな息吹をどっぷり吸いながら私は青い理屈の中で彷徨っていた。

目の前の娘は年頃にしては地味な印象ながら目鼻立ちの整った美しい少女だった。都会から遠く片田舎に育った私には実家が東京にあるという彼女がそれだけで眩しかった。終点の東京まではまだかなりあった。人寂しさもあいまったのだろう、この成り行きに任せ、どんな内容だったかはもう思い出せないけれど私達は若い娘らしくいろんな話をしたように思う。やがて東京が間近になると彼女がしきりと自分の家に泊まってほしいと言う。有り難い話ではあるが彼女とはつい数時間前に出会ったばかりである。この申し出に困惑しながらも私は実の所これといった東京での予定などなかった。「ちょっと旅行してくる。」そのものだった。その時も少し働いて僅かばかりのお金を持って何時ものように私はふらりと列車に乗ったのだった。着けばどうにかなるだろう…目標を見失い揺らいでいた私に時間だけは果てしなくあった。いろんな土地で人はそれぞれに暮らしている…旅の中でそんないろんな若者達に出会った。携帯などない時代でも友人のそのまた友人などと辿って行けばその日どうにかねぐらにはありついて、向こう見ずで気まぐれな小さな旅ではあったがそれなりに上手くぐり抜けていた。母は温厚な性質だった。だからそんな私の行動など到底納得などできる訳もないまま、けれどそれらが父親の耳に入って逆鱗に触れぬよう何時も言い訳を考えてはらはらと言い繕っていたのだろう。そこに「正直に言えば良いじゃないの。」と言う開き直ったような我が侭娘に翻弄されていたように思う。その時も私は誰に連絡も取らず、何処に泊まるか当てさえないまま鈍行で東京に向かっていたのだ。

私が思い着くまま東京に向かったひとつに見たい写真展があり、それは新宿で開催されていた。偶然にも彼女の家は新宿の近くらしい。そう言う私に「だったら尚更…。」と彼女が続けた。そんな経緯から思いがけなく彼女の家に連れて行かれることになった。何処をどう歩いたかもう思い出せない。若者の旋風吹き荒れる新宿の喧騒を外れて彼女の家はそこから二つほど駅を通過した辺り、板塀のある住宅街にあった。「そう、高校のお友達なの?」一瞬躊躇ったものの突然の来訪者にも関わらず彼女の母親は招き入れてくれた。その頃の私は学生でもなく働いているとも言えない…大人達の常識という怪訝な視線が億劫だった。彼女が私の事を覚えていたとは言え私達は今朝列車の中で出合ったばかりなのだ。やはり気楽な友人の下宿屋を訪ねるべきだったと居住まいの悪さに私は後悔した。誘われたままここに来てしまったがこれも成り行きだ、せめて今日一日だけはここに泊まる事にしよう…お茶を頂いた後、展示会を観たいからと小さな荷物を置いたまま私は来た道をまた駅の方へと後帰って行った。

新宿の西口広場は騒然としていた。ある若者が拡声器片手に怒鳴るようにアジればひとむらの若者達が気難しい顔でそれに聴き入っている。べたべたと貼られた闘争へのシュプレヒコール。妖しげな看板を持ったままくわえ煙草の男が無表情でそこらを歩き回っている。シンナーを吸っているのだろう、幾人もの若者達が膨らんだビニール袋を手に持ちながらふらふら歩き、時折奇声を発している。しなだれるように地べたに座り込んでいる黄色い髪の少年も隈取のように黒く目張りを入れた濃い化粧の少女も…目にはまるで何も映ってないかのように群衆はそんな彼等の横を無言で行き過ぎた。その向こうには歓楽街の夥しい看板が立ち並んでいる。世の中の何かが崩壊し始めていたがその先はまだ見えない…喧騒の中で駅前に繰り広げられた光景は切り取られた時代そのものだった。何処にも染まる事の出来ない苛立ち…これから自分は何処に向かって行こうとしているのか、私は駅前に佇みこの都会の一欠けらとなってしばらく呆然と眺めていたような気がする。

巷にたむろしていた当時十六の美少年がモデルとなった「薔薇の葬列」という写真展を観た。彼は何を見ているのか…モノクロームに焼き付けられたパネルの中で少年の鬱は崩れた果物のように匂いを放っていた。私もこの少年も群衆の中で埋没しながら発酵を続けているに過ぎないのだろう、鬱屈を続ける自分の殻が重かった。何処へ向かえば良いのか、ただ何も掴めないまま精一杯気負った自分もこの都会の雑踏の中に紛れ込むと一時の安堵があったのだろう。独りよがりな思い込みの中でそこにいる間不思議と気持ちが和んだような気がした。

その後どうしたのかは思い出せない。日が落ち八時も回っていただろうか、荷物を少女の家に置いたままである。行きがかり上今夜だけは彼女の家に帰らなければならない。夜になると街の様子も一変する。ただ気ままさの習性で私の中に初めて訪れた場所であっても帰り着くというそんな嗅覚だけは備わっていたのだろう、この日も駅を降りて仄暗い街灯の立つ幾つもの角を曲がり彼女の家に辿り着いた。

「Mは一緒じゃなかったの？」玄関のがらり戸を開けるといきなり彼女の母親が聞いた。私が出て間もなく親子喧嘩になり彼女は家を飛び出したらしい。それでも母親は娘が友人とおぼしき私を連れて帰って来ていることに安心していた。気まずい沈黙の中で彼女は十一時を回っても帰らなかった。帰宅していた父親が険しい顔つきで私に彼女との関係を改めて尋ねた。そして驚いた。「そんな風にあなたは出会ったばかりのあの娘の後について来たのか…。」私の中に恥ずかしさが走った。私は言われたとおり彼女の事は何も知らなかった。彼女はこれまで何度も家出を繰り返していたというのだ。

高校在学中に父親の転勤が決まり、鹿児島から東京に戻る事になって「あと一年だからこのまま残りたい。」と娘は懇願した。その気持ちを察して彼女の希望通り田舎町に家を借りたまま娘一人残して両親は東京に帰って来たのだ。それから娘は変わった。しばらくして学校から無断欠席が続いているとの電話に両親は慌てた。だが娘に連絡が取れない。卒業まであと一年である。学校の方にはどうにか体裁を繕い、父親はすぐに娘の住む鹿児島に舞い戻り娘を探し歩いた。驚いた事にようやく見つけた娘は何処で知り合ったのか、中年の男と彼の家で暮らしていた。時々休むものの学校には通っていたらしい。けれどこの事実を知られれば即退学の処分になるだろうと彼には思われた。とにかく娘を一旦東京に連れ帰ってよく言い聞かせよう…父親は何らかの事情をつけて休学させて様子を見るつもりだった。しかし彼が東京に連れ帰るその日、間もなく列車が出る間際になって駅の構内で用足しに行くと言ったまま娘は出奔してしまった。数日彼女の住む借家で待っていたのだが彼女はその家にも男の家にも帰って来なかった。聞けばその男とは恋仲だった訳でもないらしい。一体どういうことなのか、今まで自分の知っている娘の行動とは到底思えなかった。父親にとってこの突然の事態は混乱でしかなかった。思えばこの土地に来て以来彼女には同じ年頃の友人らしい友人もいなかった。まだ体面を取り繕う時代の中でこの事を公にできないまま父親は困惑を抱えひとり東京に帰って行った。しばらくすると娘から連絡があった。お金が無くなったから送って欲しいと言う。母親が鹿児島で一緒に暮らすつもりで出向いても同じだった。不良らしい崩れた風情は何処にも見えない、こんな出来事を考えなければ以前の娘と何ら変わりなく見えた。聞いても何も語らず怒れば黙って家を出る。何処に泊まったかは言わないが、また帰って来る。娘が何を考えているのか父親にも母親にもさっぱり分からなかった。けれどせめて高校は卒業させなければと両親は学校に病弱という理由で体裁を取り続けた。誰にも相談できず、実の兄弟すら彼女の変貌を受け入れられないまま家の恥と封印したのだ。学校の方もどうにか卒業ができ、鹿児島の家も引き払う手続きはすでに取った。彼女にはもう帰る家はないのである。今度こそ実家に帰って来るという娘を信じるしかなかった。そんな中でまた今回の家出だった。両親は私という友人の出現に安堵もし、また不安も持ったろう。そして案の定娘は今回もまた何処かに消えてしまった。「あなたの連絡先は？」問われるまま私は鹿児島の住所を教えた。教えた所で彼女が語った話以外何も知らなかった。「あなたは何時もそんな事をしているのか。」父親は私に向かって何処に向けて良いか分からない怒りで憮然と言い放った。

何故、何時から…堅い会社で地道に働いてきた父親にすれば男の影が見え隠れする娘の行動は不可解で不愉快なものだった。それは母親にとっても同じだった。何もかも判然としないままぽっといなくなり、お金が切れた頃涼しい顔で帰って来る。今まで誰と一緒だったのかと問い詰めれば暗黙の内に彼女の目が「また家を出ても良いの？」と探りを入れてくる。こうなると脅しだった。ひとりの男に身を焦がす恋をした結果ならまだ分かる。娘の場合それとは違うらしい…同じ女として何を考えているのか何を求めているのか分からないまま母親はそんな娘を怖れた。所持金がなければ年端もいかない若い娘がどうなるのか…娘が最悪の状況に置かれないよう怒りに震えながら両親はまたお金を握らせた。

「この間渡したお金を使い果たして今度こそ帰って来るってあの娘が言ったのよ。そう約束したのよ…。」母親はうろたえた。もう鹿児島の家は処分して帰る家などここしかない筈だった。東京に着いた翌日、執拗と思わせるほどに私を誘って帰宅しながら客である私を置いて何の説明もないまま彼女は再び家を出たのだ。両親の落胆は私への言いようのない怒りとなったのだろう。ただ残された私も困惑していた。事情を聞かされ驚くしかなく、ましてや今朝会ったばかりの彼女の事は何も分からなかった。列車に偶然乗り合わせた私を何故彼女は執拗に実家へ誘ったのか。これから窮屈な暮らしの待つ帰宅への億劫さは当然あっただろう。もしかしたら両親を安心させるため最初からカモフラージュとして私を誘ったのかもしれない、それとも帰宅した途端また気が変わったのだろうか。彼女の両親に申し訳ない思いがありながら私自身狐につままれた思いで釈然としないまま翌朝その家を出た。また彼女の両親の方にもこれ以上私を留める理由もなく、引き留めた所でなす術はなかった。あれから級友を頼って数日東京に滞在し、私はまた列車で郷里へと帰った。

「一体東京で何をしていたの。」帰り着くなり母は父に気づかれぬよう声を潜め私を責めた。実家に少女の父親からの電話があったらしい。私と父はある意味気質が似ていたのだろう、折り合いが悪かった。頭ごなしに私を抑えようとする父と青臭い理攻めで何かにつけて反抗的な私との間に入って母は何時も気を揉んでいた。そこにそんな電話である。その内容から母は娘の私に今更ながら大きな不安を感じただろう。また彼女の父親への対応にも困ったはずだ。「申し訳ありません…。」父に私の事を取り成す時のように困惑しながら少女の父親へ謝っている母の姿が見えるようだった。私は少女との経緯を母に説明した後、彼女の家へ電話をした。受話器の向こうで父親が最後に「もし娘に会うことがあったら…とにかく連絡を下さい。」落胆の中で力なく言葉少なにそう言った。彼女とはあれっきりだった。母はこの事を父には語らなかった。次の年の春、友人に勧められて私は二年遅れで地元の短大に入った。そうする事で自分自身と折り合い、二年間の宙ぶらりんを止め目の前に広がる道を歩き始めた。あれから間もなく母は亡くなり、私は新たな恋を選び結婚した。それが手探りで探した人並みの私の人生だった。

私は仕事で福岡を訪れていた。旅先のホテルのまだ夜が明けきらない暗がりの中でここが何処なのかバタバタと眠りからの覚醒への瞬間、私は何の脈絡もなく突然あの少女の顔を思い出したのだ。すっかり忘れていた。たった一日だけ一緒に過ごした少女が記憶の中にいる。まだ夜明けには少し間があって私は目を閉じたまま古い記憶を辿っていった。少女と言っても私よりひとつ年下だから彼女ももう六十間近になっているはずである。あれからいろんな時間を過ごして今また私は若い日と同じように旅に出るようになっていた。彼女はあの日からどんな人生を送ったのだろう。あれは彼女にとって若い日々の一時の出来事だったのだろうか。今思えば列車で出会った時からMには若者らしい屈託のない笑いも甘い苦悩もなかったような気がする。どこか不敵な落ち着きすら漂っていて私はそれを大人らしく感じたのかもしれない。一見何処にでもいそうな少女の中に広がる漠とした空洞は若かった私には分からなかった。自分の娘でありながら彼女に翻弄されて戸惑う両親にもついに分かるまい。その育ちや流れる血に何の因果もなく唐突にそんな資質を携えてこの世に生まれる人がいるのかもしれない。そして彼女自身抗いようもない黒いうねりに飲まれて流れて行くのだろう。夜明け前の見慣れぬ部屋の布団の中で私はその深く黒い闇を思った。そしてあの日、がたごと揺れる列車の座席に座る彼女の整った横顔の少し疲れたような微笑みが思い出された。

隣人

夏の朝は早い。夫がまだ出勤前の朝方、辺りが明るくなり目覚まし時計の鳴る前に目覚めた私は蝉時雨の始まるまでの一時、しばしの静寂にまどろんでいた。玄関先のカタカタという物音に私は急いで寝巻きのまま駆け寄ると、朝日で老人の陰が引き戸の曇り硝子に透いて見えた。隣人、Ｙさんのご主人だった。そしてそれが始まりだった。

「うちの小母さんがお腹が痛いと言ってるんだけど…。」最近少し認知が始まったというその小父さんのとぎれとぎれの話によると、Ｙさんが倒れてもう二日が経っていた。慌てて隣の家に駆け込むと柱の下に倒れているＹさんの頭が見え、私はすぐ救急車を呼んだ。海辺の夏の日差しは強い。真夏日の猫すら歩かぬ暑さの中で彼女は二日間、誰にも知られず懇々と眠り続けていたのだった。Ｙさんは担架で運ばれた。事の成り行きを掴みかねながら、その慌ただしい気配に老人は身の置き所がなく、しょんぼりと玄関の片隅に佇んでいた。今の小父さんは家族への連絡すらおぼつかない。それで彼に代わって住所録を探すため、私は初めてYさんの家に上がり込んだのだった。

私達がYさんの隣に移り住み十年余りが経っていた。我が家の建築以前から、工務店を通し彼女のその口煩さは取り沙汰されていた。引っ越して間もない頃、彼女から何がしかの苦情を持ち込まれ私は隣家のYさんを訪ねた。そのYさんと話している内に突然彼女の方から私を知っていると言い出した。そう言われて私の方も改めて彼女の顔をまじまじと見た。以前住んでいたYさんの家の隣に私の友人が住んでいて、昔そこへ私が訪ねて行った事を思い出したのだった。私が結婚してまだ間もない頃で、Yさんも私もまだK市に住んでいる頃だから更に十数年も前の話である。頭の中でばたばたと記憶がめくれ、私は若かったその友人が「面倒な隣人がいるの。」と言っていたのを思い出した。まだ新婚の友人宅に訪問客でもあれば隣からいそいそとその客の顔を見にやって来る。その上お構いなしに勝手に割入って話し込んでいくというのである。友人も年配のその隣人を躊躇から拒めない、だから鬱陶しいのである。それがYさんだった。当時彼女も娘達が巣立ち、独り暮らしとなった小父さんと晩婚したばかりと聞いていた。

彼女はそこを数回訪ねたまだ若い頃の私を覚えていたのだ。あの頃から私も随分面変わりしただろう。けれど偶然彼女の隣へ越して来た私と話をしながら突然彼女はそれを思い出したのだった。詮索とも思われるほどの話好きのYさんにあれこれ聞かれる内、彼女が義母と同じ女学校の一級上である事も分かった。この重なる偶然にますます気が重くなる。私の友人すらそのYさんの事を忘れていて、私の電話で「あっ。」と声を上げ彼女の事をまざまざと思い出した。この奇遇に友人と驚き、Yさんと隣人として暮らす今からの煩わしさが思いやられ話したものである。

やがて周辺の人々も口煩いYさんを厄介な人と思って避けているように見受けられた。声高に誰彼かまわず人に注意しているYさんを見掛けている。選りによってそんな人の隣でこれから暮らすのか…いろんなしがらみを潜り抜け、私達がようやく辿り着いた海辺の家のはずだった。今更またここで何かにつけて気遣う暮しが始まるのかと思えば気が萎えた。色々巡らした挙句、ならばいっそYさんの人柄を敢えて気に懸けないよう平然と暮らそうと私は決めた。歯車の歯を大きくして些細な事は受け流す…これまで過ごしてきた時間が私なりに身の処し方を教えてくれた。それで度重なる彼女の干渉は敢えてさらりとかわした。「あんたん家の木の所為で落ち葉がこっちまで落ちて来るじゃないの。」と言われれば「風情ですねえ、秋を感じるでしょう？」何を言われても私の方はにんまり笑ってどこ吹く風の体でやり過ごす。初めYさんにはそんな私が横柄に見えたかもしれない。やがて彼女は私のそんな対応に諦めたように、むしろ屈託なく向かい合ってきた。私の方にも彼女との付き合いのこつらしいものが分かってくると、彼女の中にある可愛ささえ見えてきた。

Yさんは五十を過ぎての結婚だった。海辺の町に住みながら気持ちは賑やかな街を向いていたのだろう、外出が好きで何かと隣の市街へと出かける。派手目な服をまとい、パラソルを揺らしながらバスの停留所に佇む彼女をよく見かけたものだ。その頃我が家は居間から路地まで敷地いっぱい木のデッキを張り出していた。私達はその海風の走るデッキが好きだった。私達がそこにいると気付けばYさんはすぐに表の路地から一段高いデッキに向かって話しかけて来る。また我が家に人が訪ねてくれば彼女はわざわざ着替え、また覗きにやって来る。そして我が家の客に向かって滔々と自慢話を始めるのだ。だから訪れた友人達も彼女を覚え、それすらも愛嬌となってしまった。Yさんが倒れる一週間前も我が家を訪れた客に向かって自分は幾つに見えるかと聞いた。客が彼女の意を解し少し若めに言うと、あの時Yさんはからからと心地よく笑い、おどけてくるりと回って見せた。緑の鮮やかな柄のスカートがふわっと風に舞った。

馴染んでくると彼女は鹿児島の昔の街並みを懐かしみ、私達を相手に良くそんな話をしてくれた。小さい頃彼女の父親は「よか言葉を幾ら使うても金はかからん。言葉の贅沢は幾らでもおしやんせ。」と教え、勤めから帰って来た父親に「お父さん、お疲れじゃしたろ。」と玄関口で子供らが揃って出迎えていたという。そんな時、今はもう聞かれなくなった柔らかな美しい方言がYさんの口に上った。街中で生まれ育った彼女の思い出は六十年も昔を遡り、戦前の鹿児島の人の暮らしが匂い立つようだった。そしてそんな話に私は早くに逝ってしまった母が過ごした遠い時代を重ねてみるのだった。Yさんが相変わらず周りにその邪気を振り回し、近所で多少浮いていたとしても自分に嘘はなかったように思う。また他愛のない自慢話を聞いてあげればご機嫌の人だった。そして彼女の遅い結婚は幸福そうに見え、隣から老人二人の笑い声がよく聞こえたものだ。

子供のいないYさんは我が家の子供達に構い、その人柄に慣れた彼等もよくからかい返した。そんな時の彼女は嬉しそうにからからと笑ったものだ。何時の間にか私達は彼女に馴染んでいた。遠くから訪ねて来た義理の娘さんを我が家に引き連れ、Yさんは我が家の子供達の名を呼び捨て大声で呼んだ。その娘さんが驚く中、私達に向かってわざと乱暴な口をきいたりしたのも私達との近い関係を誇示したかったのだろう。そんな彼女がいじらしくも思えた。また猫嫌いだったYさんに我が家の猫達がいつの間にか懐いて、朝夕垣根を越えて勝手に隣へ遊びに行ってしまう。夕方ともなるとYさんは一段高い河川敷に出てそんな猫の名を呼んだ。穏やかな一日の終り、浜風を受けながら彼女の足元で我が家の猫たちが戯れる姿を良く見かけたものだった。元気と若さが自慢の人だった。

踏み入れた部屋は雑然として、私は先程までそこに倒れていたYさんを思い出していた。好んで年より若く華やかな服を身につけ、濃い目の化粧をした彼女の姿はそこにはなかった。柱の陰で固く目を瞑り、とうに七十を過ぎたか細い老婆が意識もなく横たわっていた。目を走らせばYさんの周りにはバスタオルなど物が散乱している。二昼夜、認知の始まった夫がそれなりに介護したのだろう、哀しい光景だった。楽しげで元気そうに見えた彼等がこんなに年を取っていたのか…私は愕然とした。棟一つ隔てた向こうの老人達の暮らしをはじめて知る思いだった。振り返ればあれ程ずけずけと物を言うYさんが人に甘える事はなく、私達もこの元気に見えた老人二人の暮らしに立ち入った事はない。その頃だった。「何かあったらTさんを訪ねなさいね。」とYさんは我が家へ行くよう小父さんに言っているのだと私に話している。彼等は紛れもなく老人だったのだ。配慮の足りなさを私は悔いた。昨日も小父さんは何時ものようにすぐ前の河川敷をのんびり散歩していた。その時も私は普通に彼と挨拶を交わしている。その異変に私は気付かなかったのだ。

一週間寝てYさんは逝った。病院のベッドで彼女の意識はついに戻ることはなく、その激しい息づかいだけが何処かにまだ生きようとするYさんの生への証だった。ようやく連絡の取れた彼女の妹が遠方から駆けつけていた。私と娘達があらためて病院へ見舞った時「Yさん、戻ってきて。何でもお手伝いするから…。」傍らで涙ぐみながらそう元気付ける娘の声に彼女は微かに反応した。失われた表情の中で涙が一筋つうっと走ったのである。「帰って来て」という娘の震える声が届いたのだろうか、また一筋彼女の頬に涙が伝って流れた。そこにいた皆が彼女にその声が聞こえていると確信した。この様子に「姉は好かれていたんですね。口の悪い人ですからご近所に迷惑を掛けていたのだろうと思ってました。違ったんですね。愛されてたんですね。」と妹さんが嬉しそうに呟いた。「そうですよ、私達大好きでしたよ。」そう言うと彼女は泣いていた。私たちは何時しかYさんに慣れ親しみ愛し始めていた。彼女もそうだったと思う。病室でその妹さんがぽつりぽつりと話し始めた。早くに両親を亡くしたYさんは下の妹弟の親代わりとなって働き育てらしい。

それで婚期が遅れたのだという。私達妹弟は皆姉に恩があり、皆が片付いたのを見定めて姉も後妻という形ではあったがやっと遅まきながら自分の幸せを掴んだ…そう妹さんは語った。Yさんが決して話す事も自慢する事もなかった彼女の遅い結婚の理由がそこにあった。そんな苦労話などしない人だった。

Yさんが亡くなって急速に物事は終息へと向かっていった。遠く暮らしていた義理の娘である小父さんの長女がその知らせを聞いて急遽帰省した。そしてこの葬儀の間に彼女はYさんにまつわるある誤解から、この海辺の家で自らを傷つけたのだ。この日も隣で起きた異変に私は駆け込み、また救急車を呼んだ。

小父さんの次女が市内に住んでいるのは知っていた。けれど彼等は疎遠だった。Yさんの妹達は葬儀の時ですらこのいきなり現れた次女に阻止され、その家にも寄りつけなかった。更に今まで認知の入った父親がこのYさんから虐待されていたと気立ての良い姉に吹き込んだのだ。それまでこの姉は父への想いから義母であるYさんによく尽くしていた。長女は倒れたYさんに裏切られた想いから胸の中で強く彼女を攻めたのだろう。それがYさんへの心無い中傷だったと知った後の生真面目すぎるこの長女のYさんへの行き過ぎた詫び状は余りに痛ましかった。彼女は深く自責の念に駆られ自らを傷つけ声を失った。それはYさんが逝って間もなく初七日という頃の出来事だった。彼女に真しやかにそれを囁いた次女の方は素知らぬ顔でうそぶき通した。そんな騒ぎで彼女の初七日は立ち消えてしまった。訪れ懐かしむ縁者もなく鍵の掛けられた家の中にたった独り、祭壇に置かれた骨壺の中でYさんは寂しかっただろう。そしてその深く傷ついた長女は二度とこの海辺の家にやって来る事はなかった。

Yさんを失い、小父さんは急速に老いていった。後妻であるYさんの身内は遠ざけられ、二週間を待たず次女は老いた小父さんを施設に預けてしまった。その病院が何処なのか、近所の者は誰も告げられなかった。あれから夜の内に隣はばたばたと何もかもが片付けられ、翌日の塵の日に亡くなったYさんの夥しい遺品が捨てられた。乱暴に突っ込んだのだろう、彼女の鮮やかな緑のワンピースがビニールのごみ袋から透いて見えた。ついひと月前までのYさん達の暮らしが無残に路上に積み上げられ、秋の陽を浴びて晒されている。長い間訪ねても来なかった身内が突然やって来て瞬く間に二人の歴史を路上に放り出したのだ。余りにひどい仕打ちであった。間もなく空っぽになった家は売りに出された。小父さんを見舞いたいと私達は申し出たが隣を出入りする業者は口止めされたらしく、連絡先すら知らないと答えた。暫らくしてその施設から帰りたがる小父さんが薬漬けにされ、もう歩けなくなったと何処からか漏れ聞こえてきた。あれから半年ほど経ってその小父さんもYさんを追いかけるよう亡くなったらしい。Yさんの家を取り扱った不動産屋からそう聞いた。

Yさんの葬儀で細い小父さんがきちんと座ったまま泣いていた。その小父さんももうこの世にない。一年にも満たない時間の中で跡形もなく二人の生きていた証が何もかも無くなってしまった。苦しまず眠るまま逝ったYさん、それを追いかけるように小父さんも逝ってしまった…もしかしてその方が幸せだっただろうと近所の人は言う。そうだったのかもしれない。

Yさん自慢の真紅の薔薇が今年も咲いた。空家になった彼女の家で庭の花だけが変わらず咲き続けた。隣の前を通るたび漏れ聞こえる彼女の笑い声を思い出す。Yさんと暮らす小父さんも幸せそうだった。痴呆の始まった小父さんに「心配ないよ。年を取ればみんな忘れっぽくなるんだから…。」と彼女は言い、小父さんは安心して笑っていた。

亡くなる一年も前だろうか、我が家の庭に咲いた桔梗の花を娘がふざけてYさんの髪に挿し、写真を撮った。咲き乱れる桔梗の中でYさんが気取って得意げに笑っている。この十年、子供達も朝夕彼等と挨拶を交わしながら育っていった。彼女の口の悪さは既に愛嬌だった。何時しか我が家の猫達も空き家となった隣の垣根を越えなくなっていた。

以前思わぬ所からYさんの噂話を聞いた事があった。彼女が結婚前、長い間勤めていた会社でしばらく社長の愛人だったという。この事は素知らぬふりで私達も触れた事はなかったし、まして彼女もそれを言わなかった。遠い昔そんな艶やかな過去のあるYさんが愛しくもあった。行き過ぎるところのある人ではあったが心根は優しい人だった。この海辺の暮らしの中で何時の間にか誰よりも一番近く、Yさんと私達は気の置けない家族になっていたのだろう。

Yさんという一人の女性の歴史が終わり、今は彼女がここに暮らしていた痕跡も無くなってしまった。季節が巡り、売り家となった隣にやがて新たに人が移り住んで彼女の家にも手が加えられた。庭もあれから姿を変えてしまったけれどあの真紅の薔薇だけは残された。私はYさんのあの写真を飾り棚に置いた。逝ってしまった父母や義父、我が家の猫や犬の写真に混ざって、桔梗の花を髪にかざし華やかに笑ったYさんがそこにいる。今は向こうの世界で小父さんと仲良く暮らしているのだろうか。夏の着衣を風に揺らしながら我が家のデッキ越しに話していたYさんを懐かしく思い出す。

みっちゃん

十一月みっちゃんは還暦を迎えた。これまで様々な出会いがあった中でそのまま続いた友人達…それぞれに人生の折り返しを曲がってここまでやって来た。昔から我が家はそんな連中が出入りをするたまり場だった。何時の頃からかばらばら訪れていた彼等を一まとめにしての飲み会が始まり、その延長でこの十年ほどは共に我が家でクリスマスを祝うのが恒例になっていた。皆年を重ねて、そんな仲間内でいち早くみっちゃんが六十を迎えたのだ。今年のクリスマス会はその彼の還暦を祝うのを兼ねていた。それで近年帽子屋となった私は彼に赤いちゃんちゃんこ代わりにと煉瓦色のソフトを贈った。斜に被ればその赤い帽子は思い通り小ぶりでひ弱ながら洒落者の彼によく似合った。それを密かに期待していたのだろう、みっちゃんは頭に載せると嬉しそうに何度も鏡を見に走った。朝から酒の匂いにまみれた酔いどれ天使…酒に飲まれ歴数十年のこの堕天使に私たち家族は「もう、止めたら…」という言葉を飲み込んでいる。

私が初めてみっちゃんに出会ったのは上の娘がようやくひとつになった頃だからもう三十余年も前になる。私が勤め始めたばかりの間もない初夏、私と夫は展示された彼の絵がきっかけとなって出会った。街角に佇むともなく存在している独りの男、大きなキャンバスに描かれたその絵は私を圧倒した。その年の二月、凍えるような夜に母が突然逝って私の周りで何もかもが変わっていった。何か目に見えぬ力で私の人生は大きく旋回したのだろう、彼と出会って一年も経たない翌年の春、ある人に別れを告げて私は逃げるように彼に嫁いだ。私は絵を描く人と一緒になった。暮らし始めて間もなく夫は公募展に絵はもう出品しないと私に告げた。何にも惑わされることなく幸福な日曜画家でありたい…無垢な思いがそうさせ、それが彼の姿勢だった。さりとて彼自身これから絵をどう展開していこうか模索していた時期だったと思う。しばらくするとそんな夫に現代アートに関わる若手のグループから誘いがあり、彼は一度だけそんな彼らの活動に参加した。それを機に彼らとの縁ができた。その中の一人がみっちゃんだった。まだ皆若く夫以外は定職を持っていなかった。彼らは美術の規制のある枠に反旗を掲げ集まっては安酒をあおり、気焔を上げた。その頃私たちは手狭になった彼の実家を離れ、わずか一年足らず街中で暮らした事があった。一緒になったものの若い二人には暮らしが何なのか分からず、まだ社会に出て二年余りの夫は家にいても気もそぞろで学生気分のままに夜毎いろんな連中と飲み歩いていた。あれから私の父は再婚し、すぐ近くにあった実家も遠い所となっていた。私の中で母を失った空虚さが今更のように傷みとなって広がり、私は生まれた子供と二人ぽつんと家に取り残されたまま…音の軋む古い大きな借家で夫の帰りを待った。

ある夏の夜、がらりと玄関の格子戸が開いて夫が酔いどれの男と傾れ込むように入ってきた。縮れた髪が肩までかかった丸顔の小柄なその男は足取りもおぼつかなかった。まだ話も出来ない幼い娘の名を夫から聞いていたのだろう、揺れながら立ち直すと赤い顔でにやっと笑い「あんたみいちゃん？俺みっちゃん！」と自分を指さした。幼い娘は目を見開いて酔いつぶれた男を見つめた。これがみっちゃんとの出会いだった。彼は美大を卒業すると地元に戻り、見かけによらず精力的に活動を展開していた。彼の父親は養鶏を生業とし、鶏舎の喧騒の中で育ってきた彼にとって「にわとり」は生命の象徴になっていったのだろう、展示会場に石膏で象られた鶏の足が力強く並べられた。彼の表現はやがてパフォーマンスと形を変え、夫の絵と彼の活動する世界にぶれがあるものの気が合ったらしく、時折彼から呼び出されては二人飲んでいた。みっちゃんは酔って夫の事を「好い男…」と熱い眼差しを送るらしく、夫の語るそんな二つ年嵩のみっちゃんの話を私は笑いながら聞いたものだ。

それから間もなく私は請われるまま再び夫の家族と暮らし始めた。次々に生まれる子供の育児に追われ、その後みっちゃんに会う事もなかった。嫁という立場…これまで自由気ままに過ごしてきた私にとって結婚という大きなしがらみが思わぬ力で打ちのめした。私は自分という「個」を沈め、唯黙々と大家族の家事をこなす。あの頃いろんな感情を飲み込み、何かにしがみ付いていなければ押し流されそうな濁流の中に立ちすくみ、私は閉塞感にあえぎながらそれでも出口を探していたように思う。それから様々な事があって私たちは夫の家を出る事になり、しばらく新興住宅近くの急斜面のある小高い丘の家に移り住んだ。数個の家だけがぽつんと取り残されたように寂しい陽だまりの家だった。夫の実家から越してきた翌朝、喧騒とも思えるほどの小鳥のさえずりで私は目覚めた。荷解きの終わっていない見慣れない部屋は薄明るい朝の湿りが漂っていた。新しい朝だった。あの日私は子供達の手を引いて家の裏手の木のトンネルに立ち、鬱蒼とした木々の間から差し込む朝日を眩しく仰ぎ見た。

その後も夫の実家との絡んだ糸のほぐれる術もなく、当時まだ気難しかった夫と四人の子供達を相手の日々の中で何かを渇望しながら心もとなさが手を動かせたのだろう、何時しか卓袱台の片隅が私の作業場になった。手探りで作り始めた人形だったが友人を介して福岡での個展の話が舞い込んだのだ。彼等なりに何かを察していたのだろう、子供たちもまだ小さかったが彼等が後押ししてくれた。「俺に迷惑をかけるな。」そんな夫の許可をようやく取りつけ、福岡まで結婚以来初めての遠出だった。窓が開いた…確かにそうそうと吹き抜ける風を感じた。嫁いで十三年が経っていた。若い頃私はこんな風に自由気ままに旅をしていた。あの日、籠から解き放たれた…そんな思いだった。ひとり福岡に向かう車窓に身を委ねればこれまでの様々な想いが映り行く風景と重なっていった。

偶然だった。同じ福岡の私の展示会場にほど近く、みっちゃんも新たにできたギャラリーのこけら落しの企画としてフォーマンスの依頼を受けていた。「俺、みっちゃん…。」あれから十年余りの月日がたっていた。みっちゃんとの久しぶりの再会だった。お椀で空の水を汲む、彼は粛々とその行為を繰り返す、静まり返った会場で数人の思惑気な若者に混じって私もみっちゃんを見つめた。

若い日、宣言した通り夫は何処にも属さず発表もせず小さなアトリエで黙々と絵を描き続け、その傍らで私は人形を創った。その頃になると子供たちも少しずつ手を離れて私達は二人連れ立って知り合いのギャラリーなど回るようになっていた。狭い地方の街でこんな活動をする人々は同じような所で出くわすものだ。私達は再びみっちゃんと偶然出くわすようになった。思えばその頃彼はすでに何時も酒の匂いを漂わせていたような気がする。その佇まいにどこか異様ささえ漂わせてはいたが、酔いで充血した彼の目は真っ直ぐな目をしていた。巧く話せなくて口ごもり、あるいは周りのざわめきに言葉を呑んで目を泳がせるみっちゃん。彼の中で生まれる様々な愛や怒りは燻ったまま酔っ払いの戯言と見なされるのだろう、迸る水のようにきれいな感情があふれ出すこの男に誰も本気で耳を傾けない。人は若い日から何ひとつ変わらぬ彼を置いてきぼりの子供のようにまあまあとなだめ煙に巻いた。

映画に登場するヨーダに似た風貌のみっちゃんから不思議が溢れていた。私はそんなみっちゃんが好きだった。街中で偶然彼と出会えば嬉しくて周囲の好奇の視線の中で「よう。」と二人抱き合ったものだ。彼はあれから再婚していた。私たちが出会った頃、私も一度だけ会った事がある最初の夫人は年上で介護の仕事で彼を支えていたらしい。良い女性と出会えてみっちゃん良かったねえ…そう夫と話していたのだが、その後彼女とは別れたらしいと風の便りで知った。しかし私達が彼と遠ざかっていた頃のことでその辺りの詳しい事情までは知らなかった。その後、彼が市から推挙され一年間の欧州留学に出ていたとは聞いていた。帰国してしばらく経って彼は海辺に移り住んだ我が家に遊びに来た。と言うよりその夜誰かの展示会で偶然彼と出くわし、皆で飲んだ後その別れ際、そのまま半ばかっさらうよう私は彼を強引に我が家へ連れ帰って来たのだった。

「フランスにはお前よりきれいな男がおる。」その言葉に私と娘は思わず夫のごつい顔を見て吹き出したものだ。以前からみっちゃんは夫の事を何故か良い男と決め込んでいる。その夜、彼は炬燵で酔いつぶれた夫の寝顔をうっとり見つめながら、その妻である私に「キスしていい?」と問う。「どうぞ…お好きなだけ。」私は笑いながら許可を出した。酔いつぶれ当人である夫の知らぬ事とは言えみっちゃんは念願だった夫との初めての口付けをこうして交わしたのである。そして彼は陶然とした面持ちのまま、擦れた声で眠ったままの夫に向かっておもむろに「ありがとう。」と呟いた。潮の香漂う海辺の我が家を気に入って彼はそれから時折訪ねて来るようになった。

あれからみっちゃんは再婚していた。売れない芸術家の彼の暮らしを奥さんが支え、今彼も子供達に絵を教えているという。一時保育園だった「ゆめっこ」という絵の教室はいかにも彼らしい名前だった。そんな彼がどんな風に子供達に絵を教えるのか興味のあった私は以前彼に聞いた事がある。「子供は紙を破くのが好きなんだよね、だから好きなだけ破かせるの。紙を破る音があるだろう、子供に紙をそっと破かせるの…その音を聞かせるんだよ。」何時の間にか不登校になってしまった子や知的障害の児童など噂を聞いて様々な子供達が彼の教室に集まってきた。指導する教師たちが彼のそんな授業の見学を申し出てきたり、その授業風景が放映されたこともある。それでも何の援助もない一絵画教室、処世術を持たない彼の暮らしは楽ではなかったと思う。何時も彼の方が我が家へ来るのだが私達はそんな彼の暮らしぶりを見たことはなかった。もう彼の子供も中学生位になっていたのだろう、何時だったか夫の展示会に現れた彼に「みっちゃんの子供ってどんな子？」と私は聞いてみた。すると彼はおずおずと静かに胸に手を当て「此処のすごぉくきれいな子。」と答えた。そうだろうな…如何にもみっちゃんらしい答えだった。私は陽だまりの畑の中でまだ湿った土がついたままの芋の子のような子供を思い浮かべた。

彼にはいろんな逸話がある。ある時みっちゃんが近所の行きつけの居酒屋に顔を出した。堅気とは見えない男二人が金でもたかるつもりか、それまで普通に飲んでいたがいきなり店の主人に因縁をつけてきたらしい。誰しも関わりになるのは面倒な相手だった。居合わせた客に男と言えど腕に自信のある者はなく、突然口を閉ざしてしんと静まり返る店内…応対せざるを得ない店主も狼狽を隠せない。ここまで黙って聞いていたみっちゃんがひ弱ながら座ったまま突然吠えたのだ。たまたま店主が氷を割ろうとして出したアイスピックが目の前に置かれている。彼は奇声と共にそのアイスピックを上から思いっきり自分の手に突き刺したのだ。この異常な行動にど肝を抜かれたのは相手の男二人だった。そもそもみっちゃんはその佇まいが常識という枠内ではない。得体の知れないものは怖いものだ。一瞬彼等は声を失ったものの「お、覚えてろよ！」と力なく叫んで逃げ帰って行ったという。後で聞いた話だが初め彼は脅しのつもりでアイスピックを広げた指の間に刺すつもりだったらしい。が、酔いの為勢いあまって思いっきり自分の手の甲をぐさりと深く突き刺したのだった。そしてその事態に当の本人が驚き青ざめ声も出なかったのだ。その様子は彼等から見ればさしずめ怪しげな風体のこの切れ男の次の行動が予測できないような緊迫感があったのだろう。男たちが恐れをなして逃げ帰ってから彼は「お願いだからそっと取ってぇ…」と泣きながら店主に頼んだと言う。今もその後が広げた手の甲に小さな青い痣となって残っている。

ある時、見知った画廊で出くわしたみっちゃんの動きが少しぎこちない。具合でも悪いの？と訳を聞くと彼がもごもご語りだした。彼は何時ものように飲みに出れば朝帰りは当然、ふらりと飲みに行くとみっちゃんは二日や三日は帰らない。何処かに潜り込んではただ安酒を食らっている。奥さんも堪ったものじゃない、よく出来た方だとつくづく感心する。それでも帰る日は彼なりにやはりばつが悪いのだ。ある日まだ明けやらぬ乳色の朝もやの中、何時ものように朝帰りで酔いの抜け切らぬみっちゃんはよたよた歩いていたのだろう。自宅に向かう道を新聞配達のバイクが向こうから走って来た。そんな彼に気付かなかったのかバイクは彼を目掛けて突進して来たのだ。あっと言う間もなく気がつけばバイクは横転、エンジンの空まわりする爆音の中で血まみれで横たわる男を前に、運転していた少年は声も上げられず震えて立っていた。全身を突き抜ける激痛、体が動かない、辺りには血が飛び散っている…けれどその瞬間すぐ彼の脳裏に浮かんだのは「どうしよう、女房に怒られる。」だった。酔っ払っていた自分に非がある、事故を起こした新聞少年も困るだろう。「良いから、心配しないで良いから行け！」彼がどうにか立ち上がると少年は震えながら立ち去った。もう体の何処が痛いか分からない、もう少し行けば電話ボックスがあったはずだ。まだ早朝で人通りもなく彼は這うように電話ボックスに辿り着いた。誰かに電話を…と辛うじて受話器を持ったもののそこで彼は気を失った。しばらくして空が白んでくる頃気がついた彼は電話ボックスのガラス一面にへばり付いた自分の血のりに驚いた。そしてまたしても頭を掠めたのは「まずい、女房に怒られる。」だった。何かしでかしては何時も自分の代わりに彼の奥さんが謝罪に回るのだ、最初に彼の頭に過ぎったのはそれだった。被害者であるはずの彼は何故か証拠隠滅を計る、彼はふらふらしながら着ていた服で電話ボックスのガラスの血を拭いた後、何を思ったか地面に広がった血の跡までをかき消した。どうにか家に帰り着いて玄関を叩くと彼の妻が出てきた。血だらけで朝帰りの夫…事の次第に彼女は驚きもせず先ずみっちゃんは叱られたそうだ。それからどうした？詰め寄る私達に彼は言った。「女房は怒りながら風呂場で俺の血を洗い流して…傷口にきれいにセロテープを貼ってくれた。」と言う。何と彼女は怒りながら頭や顔といわず全ての傷口をタオルで拭いた後セロテープで貼り付けたのである。みっちゃんは結局病院へは行かなかった。体中の大きな痣が少し引くまで教室を休んだだけで夥しい傷は当然縫い目も残らず完治したのだった。「な、俺の女房、すごかろう？」そう変な自慢をするのである。

そんなみっちゃん語録は私の子供達へも伝授され、何時しか我が家の子供たちも時折訪れるこの破天荒なみっちゃんをこよなく愛した。彼こそ堕天使と言い、末娘など「みっちやんをどう見るかでその人の何かが分かる…」らしい。

どこか歪で純なこんな愛しいみっちゃん…あれからも同じように歪な友がひとりふたりと増えて「飲もう。」と声をかければ皆ぞろぞろ集まってくる。たまには奥さんもご一緒にとの誘いにみっちゃんは何時も独りでやって来る。どうやら奥さんの前では何時もの醜態は晒せないのだろう。彼は我が家の皆から自分が愛されてるという確証の上で大いに羽目を外しにやって来るのである。その彼がこそっと教えてくれた。彼が飲みに出る時は何時も奥さんから小遣いを千円だけ貰うのだが、我が家に来る時だけは「何か手土産でも…」ということなのだろう、彼女は特別に二千円渡してくれるらしい。彼は「有難う、行って来まぁす。」と家を出る。「でもお前ん家だから、良いよな…。」と奥さんに内緒でお金は次の飲み代のための貯金に回すのだと言う。他愛もない可愛い話ではないか。「たった千円で飲めるとこあるの?」「馬鹿!あるさ…。」そのみっちゃんが一度呟いたことがある。「一度で良いから女房に一万円のご馳走を食べさせてあげたか…。」じんときてしまった。今時一万円の食事くらいしようと思えばできない額ではない、しかしそれが彼には叶わない。慎ましくささやかで美しい夢だった。私は言葉を呑んでしまった。彼ら二人は決して人におもねる事なしにきちんと自分の糧を生きてきた。自分の身の丈以上のことは望まないのだ。そんなみっちゃんの下の息子が昨年は成人式だったという。「何もしてあげられない親だねえ。」と夫婦二人話していた所へ突然その彼が大学のある福岡から戻って来た。五十号の大きなキャンバスを列車に積み込み「二十歳になった僕の絵を見てほしい。」と抱え帰って来たのだった。一人の若者が大きなキャンバスを背負って歩く姿が目に浮かぶ。みっちゃんの息子らしい話である。

ある時我が家の飲み会に遊びにやって来た彼を私は翌日何時ものようにすぐ傍の駅まで送った。単線のため湾奥の向こうからやって来た列車はこの海辺の小さな駅で数分待ち合わせをしてまた街へと向かう。すぐ傍の踏切がかんかんと鳴っていた。その時彼がふと「此処に来ると思い出すんだよね。」そう呟いた後話し始めた。私の住んでいる町には古くからの保養院があった。彼の最初の奥さんが精神を病み、その保養院に入院した為、時折彼はそこを訪ねて来ていたのだという。私たちがこの海辺の町に住み始めるずっと以前の話である。「この駅はあの頃と変わらない。ここに来ると思い出すんだよね。こんな所に入れてごめんなさいって。あの頃辛かった…。」初めて聞く話だった。車を持たないみっちゃんは我が家に来るため海岸線を走る単線の電車に乗って此処までやって来る。彼はこれまでもこの駅に来る度それを思い出していたのだ。前の奥さんと別れた経緯など彼の傷みを聞ける訳もなくその事も知らなかった。変わらぬ風景…この小さな駅は彼にとってその頃の想いにつながっていたのだ。以前夫が人づてに聞いたのをふと思い出した。退院した後彼の妻は彼に縁のある人と共に家を出たらしい。彼は深く傷ついて黙した。彼は逃げるように欧州に渡ったのだった。その後今の奥さんに巡り会い子供たちも生まれた。彼なりの長い時間が過ぎて行ったのだ。人の胸の奥深く時が風化させない想いもある。深く仕舞い込んで人に語れないからこそ古傷が時折疼くのだろう。何であれ私はこれまでみっちゃんの口から人を責める言葉を聞いた事はない。

何時もの我が家での飲み会の翌日、私達夫婦が家に泊まったみっちゃんを家まで送る事になった。彼との長い付き合いの中、初めて私達は鹿児島の街の外れにある彼の家を訪れた。古い橋のかかった小さな川を渡るとひとむら古い家並みが続いて、その路地沿いに彼の家はあった。家に着くと彼は照れくさそうに奥さんの名を呼んだ。彼の伯父さんが住んでいたという家は昔ながらの大きな田の字造りで二棟並んだ家の一つは彼の作業場にしているという。青々とした野草が生い茂る庭に行き場のない彼の大きな作品が初夏の陽を浴びていた。玄関を潜ると開け放たれた畳の部屋をそうそうと風が渡っている。「昔の暮らしってこんな風だったなあ。」私は思わず呟いた。案内されたどの部屋も古い家具がきちんと整理され、彼ら二人の心の内のように慎ましく清潔な暮らしぶりが窺えるようだった。それから街角で酔いどれみっちゃんを見るたび、私はあの整然と片付いた家が思い出された。

私はみっちゃんを思うたびに悲しいような美しいような想いに駆られる。この世に降りてきたこの天使の事を誰も気づかないまま素通りして立ち去る。彼は嬉しくて飲む、分かってもらえなくて飲む、何が何でもみっちゃんは酒を飲む。朝から酒の匂いの漂った妖しげな初老の男をいぶかしげに人は見て通る。「体のこと考えて酒を控えたら？」確かにアルコールはみっちゃんの体を侵食し続けているだろう、でもそんな常識など私たち俗人の世界の話だ。天使が酒でも飲まずにいられない事があるのだろう、羽をもらった特別な人間につまらない説教など言うまい、私はこの地上で独りの天使に出会った。

みっちゃんが体を壊した。自分を可愛がってくれたある美術愛好家の死、独り者の寂しい終わりだった。彼が死んでしまうと身内さえ途端に冷淡なその扱いにみっちゃんは独り泣いた。泣きながら彼の骨を分けてもらった。「俺の中で生きろ、俺は忘れない。」毎日柱にもたれかかり泣きながら彼はその骨を齧っていたのだという。奇異ではあるがそれが純なみっちゃんの愛であった。若い理想に雄叫びを上げていた連中も何時しか暮らしに折り合いをつけ、更に処世術を身につけ変貌していく中で彼は微塵の不純物もなく澄んでいた。哀しみも怒りも人はぴたぴたと踏んづけて通り過ぎる…みっちゃんは何も食べずただ酒を飲み、そしてついに彼の体が悲鳴を上げたのだ。みっちゃんが倒れた…吐血して倒れたと奥さんからの電話でそれを知った。相当肝臓をやられているらしい。やはり…予測のついた事だった。次の日、思いきり美しい花束を作って私達夫婦とまだ家にいた長女の三人で彼の入院する病院を訪ねた。神妙な面持ちで彼の病室を覗いたのだが居るはずのみっちゃんのベッドが空なのだ。どうしたのだろう…不安が過り、もう一度受付に引き返そうとした時だった。何気なく覗いた給湯室の洗い場に立っていたみっちゃんと目があった。

「あれ？大丈夫だった？」「…うん。」みっちゃんは気まずそうに曖昧な笑い顔を私達に返した。彼は倒れてこの病院に運び込まれた。適切な処置をしてもらい今は少し気分も良くなったのだろう、彼は汚れたタオルの洗い物をしていたのだ。自分が倒れた事に私達一家がひどく心配したに違いない、私達が駆けつけた時ベッドに瀕死で横たわる可哀想な自分…そのはずだった。愛されているのを知っている者のそんな甘やかな感情にみっちゃんは浸っていたのかもしれない。けれど間が悪かった。彼は洗い物のタオルを手に取るとばつが悪そうにおずおずと病室に帰り自分のベッドに潜り込んだ。そして今さら「俺、倒れたの…。」力なくそう呟いた。「心配したよぉ。」そう笑いながら私達は意外に元気なみっちゃんを見て安堵した。後から彼の奥さんに聞いたのだがみっちゃんは「俺、死にたくない。」と病院の医師にすがっておいおい泣いたそうだ。六十男がそんな風に泣くだろうか。だったら何故無頼ぶって無茶な飲み方をし続けたのだ、そんな腹の座ってないひ弱なみっちゃんがまた彼らしく可愛かった。あれから酒を止めてすっかり大人しくなったものの相変わらずみっちゃんはみっちゃんである。

珍しく彼が電話を掛けて来た。話器の向こうで「こ、こえを聞きたくて…さ…。」と甘ったれた私達の堕天使が囁いた。

洗面器

覚醒までのわずかな時間、フィルムの映像のように脈絡なく回っていた夢が瞬時に音もなく淡雪のように溶けていく。まだ温かいベッドの中で目を閉じたまま慌ててそのかけらを拾い集め思い出そうとするのだがもう元には戻らない。それでも確かにあれはKだった。

あの頃の学園闘争の煽りで高校を卒業したものの受験をしそこなった私は出口を求めて彷徨った。夢に繋がらない宙ぶらりんな焦燥感…そんな自分に折り合いをつけた頃だった。二年遅れて地元で学生となり、ようやく人並みにスタートラインに立つと、そこには保護膜の中にでもいるように穏やかな青春が待ち受けていた。すでに大学生だったKと何処で出会ったのかはもう思い出せない。私がまだ学生になったばかりの春、私の家と彼の下宿が近かったせいかしばらくKと行き来していた頃があった。流行の長髪でもなくぼさぼさ伸びた髪で首をすぼめ、両手をジーンズのポケットにつっ込んだまま始終意味なく笑っている。小柄というよりむしろ貧弱に見えるほどの華奢さで男臭さとは無縁の青年だった。彼から立ち上って来る中性的な気楽さから私はほとんど女友達のように接していたと思う。私達は妙に気が合った。時折授業を抜け出し日の当たらない彼の下宿部屋で二人いろんな話をした。

彼は理系の学生だった。勿体つけた理屈を能弁に語る周りの若者たちの中でぼそぼそ言葉少なに語る内省的なＫの感性はむしろ新鮮だった。彼は北九州の炭鉱の生まれだった。双子の片われという彼は早産だった事もありあまりに小さく、取り上げた産婆は産声も上げず月足らずの赤子をだめだろうと言ったそうだ。それでも若い母親は棟割長屋の小さな部屋で綿を敷き詰めた洗面器にその赤子を入れ、一晩中抱きかかえて過ごしたのだと言う。彼のそんな話は夕なずんだぼた山のある風景を彷彿とさせた。息を吹き返したものの赤子はあまりに小さく、乳首を含ませても吸う力すらなかった。それで母親は自分の乳を絞り、綿に含ませ飲ませ続けた。「だから本当は僕、いなかったかもしれない。」と彼は首を揺らしながらそう言い笑った。また彼は同じ日に生まれた双子の兄を敬愛していた。「二卵性だから僕らは全然似てないんだよ。兄貴は背も高く大人だし、頭が良くてＫ大の医学部に行ってるんだ。まるで僕とは違うんだ。」光は何時も抜きん出て優秀な兄に当てられていたのだろう、彼にしたって優秀なはずだったが彼はそう言って自嘲するかのようにまた笑った。西日が蔭り薄暗くなっていく部屋の中で私達は一緒にレコードを聴き、そんな人の気配に彼の住む下宿屋の誰かがまた一人と部屋を訪れる。連帯感とでもいうのだろう、青春の被膜に包まれ若者達は清潔な鬱屈を吐息でもするように吐き出した。そんな時、何時も柔和な面差しのKに時折均衡を欠いた何かが一瞬ぎらりと過る事があった。それが何処からくるものか分からなかったが、若い私にはそれすら中性的な彼に潜む掴みどころのない魅力と映っていたのだと思う。何時だったか彼が言った。「僕は都会の雑踏の中で暮らすよ。誰も僕の事は知らないんだ。働くようになって給料が出たらまず最初にかつらを買おうと決めている。休みの日だけかつらを被って、違う街に行って別の人間に成りすますんだ。」何故別の人間になるため変装する必要があるのか、もしそうしたければそれを選択すれば良いじゃないか…屈折した彼の自意識がそう言わせるのか、その感覚は私には分からなかった。「死ぬ時は爆破が良いな。誰もいない山小屋でダイナマイトを仕掛ける。木端微塵にこの世から僕の何もかも吹き飛ばされて無くなるんだ。僕が死んだことさえ誰も知らない、この世に生きた証を何ひとつ残したくないんだ。」軽い冗談でも言うように彼は卑屈に笑いながらそうも言う。私は「何故？」という言葉を飲んだ。群衆に埋没しそうなこの青年の何処かで誰にも気づかれず負のエネルギーが閃光を放っている。若者の持つ衒いと違ってこの小動物のような彼にそれを実行しかねない怖さが潜んでいるようだった。そんな時楽しい事でも語るように彼の目は澄んでいた。虚弱そうで始終笑みを湛えたKに垣間見える何処か危なっかしい不安定さを思う時、見た事のない彼の生まれた貧しい炭鉱の町並みが重なっていった。私は水槽の中の透明な沼海老でも見るかのようにそんなKを見ていたのかもしれない。身勝手なものだ、何時からか彼の中にもやもやとした私への想いが生じ始めた途端、その億劫さに私はKから遠のいていった。

ある日、友人に誘われ学生会館で催されるジャズコンサートに行くことになったのだが、私は間の悪さを埋め合わすよう久しぶりにKを呼び出した。初夏の宵は華々しいフルバンドのリズムに乗って幕を開けた。全てから解放された…そんな気分だった。ついこの間までの二年間の低迷を書き損じの紙のように闇に放り投げ、その夜私は快適なジャズの調べに酔いしれた。休憩でステージから降りてきた学生達と話が弾み、演奏が終えた彼等と私達はそのまま居残って飲むことになった。新学期が始まって間もない梅雨前の六月、爽やかな宵だった。残ったメンバーが十五、六名もいただろうか、ぞろぞろとホールから出たものの誰もが別れがたく会館横の池の前で私達はいろんな話をしたように思う。その頃学園闘争も終焉の気配が濃くなっていたものの若者数人寄れば時代の通行証とでもいうように議論が始まった。「日和る…」そんな時代の言葉が彼等の間を横行する。青春の甘苦しく鬱々とした厚い雲の覆い被さる重圧、それから解き放たれた…誰もがそう感じられた夜だった。そのうち彼等の中の一人が「ねえ、さっきから気になってるんだけど…雨なんか降ってないのにどうして傘なんか持ってるの?」と私の傘を突くように聞いた。流行の短いスカートをはいた若い娘に時代がかった大仰な傘は不釣り合いで目立ったのだろう。それは舶来物の房のついた絹張の美しい墨色の傘だった。柄には細かく細工が施され蛇の留め具まで付いる。「昔頂いた物だけれど使わないから…。」卒業間もなく出口を探し求めてしばらく住んだ東京である老婦人から思いがけなく私に譲られたものだった。元々私は人目など気にしない性質で気に入った物は何でも身に着ける。それからというもの天候にかかわらず外出の際私は何時もお気に入りとなったその傘を持ち歩いていたのだ。陣取った池の前に飛び石というには大きく両手を広げたくらいの浮き島があった。その問いに私はふと思いつきそこに飛び移った。そしてその浮き島を舞台に見立て、私はその傘を広げながら最初はふざけたつもりで気障な台詞を言ったと思う。口からついて出るそんな思いつきの自分の台詞に次第に酔っていったのだろう…私は高揚した気分のままにそこで群青の空に向かってもう何を言ったかは思い出せないが自分の夢らしきものを朗々と言い放った。広げた手の先には幾万の星が瞬いている、爽やかな初夏の風が火照った頬をなぶって行った。言い終わると私はその舞台の上から恭しく大仰に礼をした。一呼吸置いて彼等から思わぬやんやの喝采がおこった。私がそこを離れると彼等の一人が「次は俺…」と名乗りを上げた。その彼もその浮き島に飛び乗ると名を名乗り、私と同じように夜空を仰ぎながら自分の夢を語り始めたのだ。また拍手が起こる。彼が下りるとまた次の若者へと続き、その浮き島をステージに次々と全員が自分の夢を語ったのだ。あの夜の記憶が不思議と鮮明に残っている。みんなで花火でも揚がっているかのように空を見上げ燦然と輝く夜空にこれからの思いを馳せた夜だった。誰もが高揚し、そのまま別れがたい想いだったのだろう。帰る者もなくぞろぞろ皆一緒に歩きながら深夜まだ空いている店を探し語り合った。

夜更けて一人減り二人減り最後に私と友人、そしてあのKと演奏していたバンドの一人のTが残った。こんな夜は二度とない…高揚のままに私達はこのまま夜を明かすつもりだった。夜道はうねうねと果てしなく続き、時折走り去る車のヘッドライトが闇に沈んだ家々を照らして行く。何時かしら四人手をつないでその頃互いに抱えていた若者特有の憂さをそれぞれに吐き出し、またそれを分かち合えるという嬉しさに私達は寝静まった街を脈略無く何処までもただ歩き続けた。夜明け近くになって四人の内の誰かが街の外れにある城山まで登ろうと言いだした。登り口まで来るとしっとりと夜露に濡れた草の匂いが足元から立ち上って来る。乳色の靄が鬱蒼とした森を包んでいた。互いに違う町で生まれ育ち、今一緒にここにいる不思議さ…居残った私達は同じ匂いを持っていたのかもしれない。曲がりくねった山頂までの道沿いに黒々とした木々が大きく枝を広げ、その根元から次第に明るみ爽やかな初夏の朝の気配が漂い始めている。城山にある展望台に辿り着いた時夜が明けた。突然視界が開けた。鈍い橙色の光に包まれ、眼下にはまだ眠りから覚めぬ音のない街が広がる。自分の中で何かが変わった…そう感じた。私達は朝の息吹を胸深く吸い込んだ。挫折し流れ落ちるように地方の大学に入学したものの、まだ数日しか登校せず楽器に逃げていたというTの顔が今朝焼けの中で笑っている。私の周りにいなかった普通の青年…改めて感じる普通である事の爽やかさ、その横顔が眩しく新鮮に映った。その日を境に私の恋が始まり、Kの淡い恋は終わった。皮肉だがあの朝焼けの中でKもそれを察したのだろう、Kとはそれっきりになってしまった。

夢で私はKと何かしら楽しげに話していた。目覚めた瞬間は確かにその会話を覚えていたのにそれは忽ち淡雪のように消えてしまった。笑った彼の顔は二十歳の青年のままだった。あれから彼はどんな人生を過ごしたのだろう。あの頃若い私は異国情緒でも味わうように彼の生まれた寂れた炭鉱町の気配に惹かれていたのかもしれない。まだ明けきらないしじまの中でふいに群衆の中に紛れてかつらを被って歩く彼の姿が思い浮かんだ。

暫く

私が夏江の家を設計する事になったのも、海の見えるあの丘に家を建てたのも全てがあの日に結び付いた。

二十数年前、私達は市街から少し離れた湾奥にある海辺の町へと移り住んだ。時折夫と二人出かけた夜の街は遠くなってしまい、まだ地元に馴染みもなかった。私達がそんな事を漏らしたからだろう、近所の住人が隣町のある居酒屋を教えてくれた。陶器が好きな私達はあの頃近辺の窯元を訪ね歩いていたのだが、その居酒屋は私達の好きなある陶芸家の縁に繋がっているらしい。だったら地元で飲んでみようか…そんなきっかけで私達は教えて貰ったその店の暖簾をくぐった。玄関わきに置かれた大甕に豪快に枝ものが活けられ、小屋根に下がった白麻の長暖簾が良い風情だった。少し気遅れ気味にがらり戸を開け、私達は正面の空いていた赤いカウンター席に腰掛けた。奥座席も多いらしくそのカウンターから暖簾越しに厨房の中で何人かの板前が忙しなく立ち働き店の活気が伝わってくる。私と同年輩だろうか、着物姿の女将の目配りでまだ若いお運び達がきびきび動き回る。またカウンターに立つ花板の目が効いて佇まいがそれらしく粋なのだ。「こんな田舎で…当りだったね。」言わずとも夫の目がそう笑っている。それ以来私達は地元にあるその居酒屋にはまってしまった。女将は夏江と名乗った。何時もの賑わいの中、店に私達が現れると「あ、いらっしゃいましたよ。」そんな店の若者の声に何時かしら奥の厨房から主人である弘樹がぐい飲み片手に現れる。相性とでも言うのだろうか、私達の横で勝手に飲み始め「今日の議題は…」と吹っかけて来るようになった。店を閉める時間ともなれば店の若者達が私達の脇に陣取った夏江と弘樹に指を二本立て含み笑いで挨拶をして帰って行く。

「今夜も二時ですね。」という事らしい。それが恒例となってしまった。

そんな四、五年が経った頃だろうか、ある夏の日、突然アルゼンチンから電話が入った。現地の医師と名乗る男がそこに入国したばかりの娘が危篤だという。彼女が世界一周の旅へと旅立って半年が過ぎていた。二年余りの留学の後もそのままフランスに滞在していた長女だったが帰省中に帰国を決めた。それでフランスに残してきた荷物を取りに戻るつもりが彼女は驚くほど格安の世界周遊チケットを見つけてしまったのだ。旅の終わりをパリにすればいい…旅好きの娘は三ヶ月ほど静岡の寮に住み込みで働くと、それを旅の資金にそこから周遊へと旅立ってしまった。アジアを経てアフリカに入り、ひと月前モザンビークでマラリアに掛かったと娘からファックスが届いていた。けれど私達はマラリアは今では死に至る病ではないと侮っていたのだ。一旦回復した娘はその後アルゼンチンに向かい、そこについた途端再発したのだった。電話の向こうでアルゼンチンはまだ医療設備が万全でない状況下だと医師の説明は続いた。あの頃まだ今のようにインターネットで情報が網羅されている訳でもなかった。その日、私は気が動転しながらも各方面へ電話をし、日本で出来うる限りの手配を試みた。翌々日になって電話攻勢が功を奏したらしくロサンゼルス経由で特効薬が手に入り、娘の危機はどうにか脱したらしいとの連絡に私達は安堵した。まだ集中治療室にいる娘は僅かの所持金も使い果たしているだろう、何れにしろ私が迎えに行かなくてはならない。そして恐らく私もすぐには帰れまい…私は慌ただしく旅行の手筈をした。一方、私がしばらく家を空ける事になれば独り残る夫の事が気に掛かった。出発前日になって私はふと思い立ち、夏江の店に電話を入れ事の次第を話した。そして夫が時折独りで行くだろうからよろしく…と頼んだ。その日の夕暮れだった。何処で知ったか突然夏江と弘樹が我が家を訪ねて来たのだ。店の外でこうして会うのは初めてだった。

「これ…神社からもらって来たお浄めの塩だからバッグの片隅にでも入れて持って行って。」彼女は神妙な顔で口ごもりながらそう言うと私に塩の入った小さな袋を手渡した。思いがけない彼等の気遣いだった。

あれから地球の裏側の街で思いの他順調な娘の回復だった。当然ながら娘はまだ続くはずだった残りの旅を断念した。せめて帰路はここで四、五日ゆっくりしてから…と言う。二十日余りして私はそんな娘をひとり残し一足先に帰国した。

帰り着いた翌日、私は独りきりで過ごした夫を労いドライブに誘った帰りだった。K町の小高い山を越えると入り江が広がる。夏江夫妻がその辺りに住んでいるとは聞いていた。湾内に沿った海岸線を走り、なだらかなカーブを描きながら小浜の海が広がる辺りで夫が葬儀案内の立看板に気付いた。彼等と同じ姓だった。「彼等の家ではないだろうか。」と彼が言う。私はハンドルを握りながら「まさか、地元だからこの辺に親戚がいるんじゃないの?」そう言ったものの気になっていた。それで帰り着くとすぐに彼等のお店に電話を入れてみた。電話の向こうで私達であると知った板前が「あのう、息子の尚さんが…突然で。」と言う。そんな馬鹿な…私達は耳を疑ったが電話の向こうで葬儀の日時を伝えて来た。店をしばらく手伝っていた息子の尚を私達も知っている。一体どういう事だろう、彼は今は病院で働きながら看護学校に元気で通っているはずだった。あれからひと月、塩を届けてもらった私達の娘が助かり、その夏江の息子が死ぬなんて…取り急ぎ私達は小浜にある彼等の家に駆けつけた。

彼等の店に通い始めて間もない頃、私達は鹿児島の街に出かけアーケードの中に入ろうとしていた。すると路面電車の走る大通りの向かい側から「Tさぁん。」と大声で声を掛けられ振り向いた。遠目に茶髪の若者が雑踏の中から笑いながら手を振っている。一瞬誰だか戸惑ったのだが、それは一度紹介された彼等の息子の尚だった。あの人混みの中で彼はまだ馴染み薄い私達に気付き声を掛けてくれたのだ。「良く分かったわね。」私がそう言うと彼は人懐っこく笑ってまた雑踏の中へと立ち去った。それが私達の覚えている尚だった。

夏江は私に気付くとよろよろと立ち上がり、声にならない声を上げ私の腕にもたれ込んできた。あまりに突然突きつけられたその現実を受け止められない様子だった。後で分かったのだがその二週間前、彼は検診で心臓の異変を告げられていたという。彼もまだ若くそれが深刻に思えなかったのだろう、心配するからと親には話さなかった。当人さえ何の予兆もなかったのだろう、その日友人達と飲んで少し気分が悪いからと独り先に帰ったらしい。深夜仕事を終えて自宅に戻った両親を彼が迎え、その時もその事は話さなかった。親子何時もながらの会話をして彼はその数時間後ベッドに入ったまま亡くなってしまったのだ。誕生日をひと月後に控えまだ二十五という若さだった。翌日、夏江の店は休みだった。朝早い尚はもう家を出たのだろう…二人はゆっくり起きて秋空の広がるその日を自宅の芝の広がる庭でゴルフの打ちっぱなしをして楽しんだ。何時ものように穏やかに日は過ぎて翌朝勤め先の病院からの電話が鳴った。「昨日から休んでいるんですが…。」無断欠勤をした事などない尚の様子を尋ねる電話だった。夏江は息子の幼い頃からその生命線が短いのが気になっていた。電話を受けた途端その事が頭を過った。気が動転したまま彼女は二階にある息子の部屋へ階段を駆け昇った。駆け昇りながら「尚が死んだ。」と思ったという。最愛の息子が何の別れもなく突然逝ってしまった。その息子が自宅の部屋で死んでしまった事も知らず、美しい秋の一日彼等はのんびり日を過ごしたのだ。後で分かったのだが一階にあるトイレに吐血を拭いた痕跡があったらしい。夜中尚は深夜仕事の親を起こさず、自分自身で汚したトイレの後始末までしていたのだ。夏江にはそれが悲しかった。最期を看取ってやれなかった、まして息子の死にも気づかず私達は…その事が母親としての自分をいっそう苦しめた。

最愛の息子がいなくなった、もう言葉を交わす事さえできない…この現実が悲しいのか苦しいのかも夏江は分からなかった。皆知り合いの小さな町に住む閉塞感、客商売をしていれば殊更次々に弔問客が来る。そんな型通りのお悔やみの言葉などいらないから独りにしてほしい…突き上げる哀しみの中で「もう笑って仕事はできない。」そう言って彼等は店を譲り宮崎へと越して行った。息子の死…二人はそれぞれの哀しみを苦しみに代えてもがいていた。あの頃の二人には周りからの慰めはむしろ煩わしいだけのものだったのだろう、この哀しみは癒えないと撥ね付けるように彼等は心を閉じた。もう誰に会わなくともいい、誰とも語らず見知らぬ土地でただ尚を想って暮らす…そう言って遠く山を越え彼等は行ってしまった。

その頃、自宅を建てたのが機縁となって私は住宅設計を手掛けるようになっていた。「ここに十年間住む家を造ってほしい。」それは彼らなりのある括りの時間だったのだろう、もう笑って客商売はできないと全てから逃げるように隣県の宮崎に移り住んだ夏江からの依頼だった。古い城下町にある静かな候補地の他に丘の上の空き地があった。造成されたもののしばらく買い手がなかったらしく、雑草が伸びたその空き地に立つと、眼下に外海である伸びやかな日南の海原が広がっている。何だか温かな光さえ孕んでいるようでその光景に惹かれ私はそこを薦めた。建築が始まると私は日南までの二時間余りを足しげく通った。山間を走り抜け飫肥の峠を越えると陸の孤島と言われる日南は如何にも南国らしい景観に溢れていた。ちょっとした小旅行気分にその建築中から夫や子供達まで彼等を訪ねて行く。そうして何時しか私たち家族は彼等との縁を深めていった。家の中を光が溢れ風が吹き抜け、何より居間から大海原が展望できる。その家が夏江を優しく包み込んでくれたのだろう、十年という区切りの家だったはずが間もなく二人は鹿児島から息子の墓を移し、ここを終の棲家に決めたのだった。

家にはいろんな物語がある。戦前何らかの事情で郷里から逃げるように韓国へ渡った夏江の祖父万次郎から始まる話だった。新潟で娶った妻を外地で亡くし、後年教育のためと息子仁一を日本に帰した後も万次郎はひとりそこに残った。ただ寂しかったのだろう、彼は犬を飼いミナと名付けた。終戦間際の混乱の中で父親を迎えに来た息子に急かされるよう全てを残したまま万次郎は最後の帰国船にようやく乗り込んだ。だが帰国者でひしめいた船に犬など乗せる余裕などなかった。やむなく彼等は桟橋に飼い犬のミナを置いてきたという。汽笛を残しながら船が桟橋から離れるとそのミナが海に飛び込んだ。「帰れ、帰れ。」引き返せない最後の帰国船の中から身を乗り出し父子はそう叫び続けた。自分の運命を察したのだろうか、ミナは船をどこまでも追いかけ泳いで来る。彼等が見守る中ミナは波間に見え隠れしながらやがて沈んでいったという。悲しい話だった。彼等父子は帰国して山口の田舎に腰を据えた。祖父万次郎は田畑を耕しながら韓国の暮らしを懐かしみ、山の上にオンドルの家を建てたのだという。ある日その家が炎に包まれたのを麓で見て声を上げながら山を駆け上っていった万次郎…夏江の話を聞きながらその光景は私の記憶に古い幻灯機でも見たように刷り込まれていった。

また万次郎の息子仁一はその後一代で財を築いた。彼も万次郎と同じく激しく一本気な男だった。戦場で見た光景は壮絶だった。仁一は息子と娘、二人の子をなしている。たとえ傷病兵となっても彼はこんな戦で死んでたまるか…と言うように生き延びてきたのだ。帰還し幾つかの変遷の後に仁一は鹿児島で遊技場を始め、彼の持つある才覚と強引さで人を巻き込みながら昭和の時代を押し切ってきたのだ。その仁一の息子がようやく成人したばかりでまだ大学在学中にも関わらず、高校で同窓だった娘が実家から逃げるように嫁いできた。嫁は幼い頃に母を亡くしていた。後からやって来た継母は前妻の子を愛せず、見るに見かねた周りの取り成しで彼女は祖母の家で育っている。そんな彼女の生い立ちに仁一は同情よりもむしろ怒りを感じたのだろう。「庇わなかったあんたが悪い、今後Tは家の娘として終生私達が看る。」彼は地元の名士である彼女の父親にそう噛みついている。その言葉の通り仁一は娘も嫁も同じ娘として分け隔てなく、その愛も激した時の雷さえ同じように分け与えた。また住み込みで働く若者達と彼の家族は一緒に食卓を囲み、同じ食事をしてきたという。公平さが彼を貫き強引でもあるが情に厚い男だった。その仁一に私は二、三回会っている。すでに八十は過ぎていたが未だ好奇心旺盛で「ほう、そうか。」と私の話に食いついて来る。真ん中がなくて善きも悪しきも極端なこの老人が私は好きだった。どこか父に繋がるようで仁一は懐かしい匂いがした。また彼は八十を過ぎて新たに家を作った。晩年という時の中で人は過ぎて行った時間を手繰り寄せるものなのか、オンドルのように床全面の暖房に拘ったのも飼った犬にミナと名付けたのも父親万次郎への想いに繋がるのだろう。あの時は命からがらの帰国船で誰しも身一つのままの帰郷だった。たった一枚きり残された万次郎の写真がある。血とは不思議なものだ、眉の形から唇に至るまで仁一に面差しが重なる。一家離散…その言葉以外に父親は祖国を出た理由を息子に語らなかった。事業に成功し老齢を迎え、仁一は途切れていた自分のルーツを探し始める。そしてついに見つけ出した。香川のある寺の過去帳からそこが万次郎の故郷である事が分かったのだ。確かにその集落には仁一と同じ姓が多い。けれど今はその身寄りも絶えて万次郎を知る者はもういなかった。彼は本籍地と分かったその土地を蓄えた財で言われるがまま高値で買い取った。万次郎がそこを出て行かなければならなかった一家離散の事情はともあれ、仁一は一家が失った土地を自分の力で取戻し父親をその郷里に戻してあげたかったのだろう。そうして一度は縁が切れたこの寺に彼は万次郎から始まる一族の墓を遠く鹿児島の町から移したのだった。香川には父仁一が建てたその墓がある。あれから父の仕事を夏江の兄が引き継いだのだが、何時しか時代に飲まれその衰退を見定めるように仁一は逝ってしまった。その後父に従順に仕えてきた母を夏江は日南に引き取り、この三年を母娘で穏やかに過ごしていた。そんな中で彼女の兄が突然病に倒れ、予告された通り三月であっけなく逝ってしまった。彼なりの重圧があったのだろう、最後まで父親の威を借りそれらしい体を保ってはいたが本来は母親に似た気質の優しい兄だった。その死が堪えたのか健常だった母も息子の後を追うようにその年の冬逝ってしまった。あれからばたばたと身内を見送り、夏江は本当に夫婦二人きりになってしまった。遠く離れた香川に誰一人として知り合いもない。何れ自分達も遠く香川まで墓詣でに行かれなくなるだろう、それが夏江は気がかりだった。家のすぐ上にある墓地に建てられた息子の墓に夏江は毎日詣でていた。墓石に掛かるように後ろに植わった桜の花が毎年咲いてくれた。そこさえ無縁仏になる。だから何時か愛する息子の骨を、皆の骨を自分が海に流そう…この数年逡巡しながら、そう夏江は決めた。「もう私の家の血は私で終わりなのよ。だから私がしなければ。」夫婦共に双方の家の最後の墓守として今二人が元気な内に想いを込めて全ての骨を散骨にしよう、そう決意したのだった。

彼等夫婦から望まれ、私達夫婦を含めた四人で香川のお墓の処分に赴いた。万次郎に始まる夏江一族の骨はすでに日南に持ち帰って来ている。その四国の旅の後、桜の咲く頃に…との夏江の希望通り散骨の立会人として私達夫婦は再び日南に向かった。業者に頼らず自分たちの手で思いを込めてと二人は皆の骨を自ら砕いたのだという、彼等らしい行為だった。夏江にとっていよいよ最後のお勤めだった。息子を含む皆の骨を日南の海に流すのだ。何れ血の絶える家系の最後の人間の締めくくりとして双方の墓の遺骨を散骨に…目の前に穏やかな海が広がっていた。

私達四人と彼等の地元の友人の娘が小船に乗り込んだ。穏やかに見えた海も沖合に出れば結構なうねりで小舟が揺れる。島影の間を抜けひとしきり走って「ここらで…。」の声に振り向けば、海を隔てて遠く向うの丘の頂に夏江の家が小さく見えた。居間に続くデッキから何時も眺めているあの海に今私達はいる。散骨されるこの海から真っ直ぐ夏江の家が望め、二人は何時もその海を眺められるのだ。二つの点が今一本の線でつながった。万次郎さん、仁一さん…二人がどんな想いで骨を砕いていっただろう。波間に揺れる小舟から私達は細かく砕かれたそれぞれの骨を撒いた。青く澄んだ海に撒けば小さなその粒は音もなくきらきら輝きながら透明な水の中に舞い降りていった。静かで美しい光景だった。「私達もすぐに行くからね、待ってて。」そう夏江が呟きながら最後に一番大事な尚の骨を静かに撒いた。「これで良いの。」とでも言うように微笑む彼女の目に何かが光る。夏江がここに辿り着くためどれほど長い時間が必要だっただろう、私達は黙ってそれを見守った。散骨が終わって最後に私が持ってきた一抱えの花を海に撒いた。遠く望む小高い丘の中腹に桜が咲いている…寂しくないよう夏江は散骨を晴れやかに花の季節にしたかったのだ。「ああ、終わったねえ。」夏江が言った。花が大きな波のうねりに飲まれながらに波間に消えて行く。私達は何かしら大きな安らぎに包まれながらそれを眺めた。「そろそろ引き返しましょうか。」そう促されてボートを岸に向けた時だった。四方に広がりながら波間に消えたはずの花が再び波のうねりに乗ってまたこちらに戻って来るではないか。この予想外の出来事に私達は茫然とそれに見入った。一旦散り散りになったはずの花々がこの広い海原でうねる波間を縫って、終に持って来た時と同じ一抱えの大きな花束のように一か所に集まったのだ。その瞬間「ああ。」と思わず皆から声が漏れた。不思議な光景だった。

海から帰り着き高台の夏江の家の居間に続くデッキから眺めれば何時ものように穏やかな海原が広がり、小島の間に散骨したあの場所が見えた。「Yちゃん、台所に立っていてもあの海が見えるのよ。」ようやく穏やかな境地に辿り着いた夏江と弘樹、家に居ながら何時も愛する息子達が眠る穏やかな海を眺め、彼等の家族も海から二人の家を望むだろう。逃れるように日南という場所に導かれ、海の見える場所に家を建て…そこに私達が絡みこうして縁を深めてきたのだ。此処に辿り着くためにこれまでいろんなものが配置されてきたかのような温かな感慨が私達を包んだ。

― 蒲田通り ―

二人は通りをひとつ隔てて育ちながら十八になるまで互いを知らなかった。

夏江は九歳の年に山口からこの古い田舎町に越して来た。「ここが最果ての町じゃ。ここから先にはもうないんじゃ。」列車に揺られながら父親の仁一が自らに言い聞かせるようそう呟いたのを夏江は覚えている。勤め先の倒産で妻子を山口に残したまま仁一一人、ある人を頼って初めてこの街までやって来た。もう後戻りはできない、父は再起を掛けてこの南の果ての田舎町に流れ着いたのだった。まもなく妻子も呼び寄せた。独特の直観に優れていたのだろう、仁一が四十を過ぎて始めた遊技場はその町で徐々に大きくなり、やがて県内に幾つもの店舗を広げていった。

一方弘樹の方は七歳で父を亡くしている。彼の父親は折田家の一人息子として人の怖さも知らず何不自由なく育った。誘われるがまま大事業に乗り出す矢先、親戚と言わずかき集めた資金を相棒に騙され全てを失った。もう地元には住めなかった。一家引き連れて逃げるように移り住んだ北九州の町で父親は再起を試みたが結局行き詰まってしまった。家にも寄りつけず金策にも疲れ果てたのだろう、独り自死してしまった。「今日がお父さんとのお別れじゃ、皆しっかり押しゃんせ。」父親の棺桶の乗った大八車を引く母にそう言われ、夕間暮れの中姉弟四人で後ろから押した。その光景が詫びしく哀しいと感じたのが弘樹の父にまつわる唯一の思い出だった。彼が七歳の時だった。その後気丈な母親は郷里であるこの町に戻って髪結いの資格を取り、四人の子供達を育てあげた。末子である彼はそんな片親の暮らしの厳しさを見ながら育っていった。まだ日本が敗戦から混沌としている時代に町の通りをひとつ隔ててくっきり明暗を分けるように夏江と弘樹の子供時代が息づいていった。

夏江の父、仁一の仕事はあれから順調に伸びていった。当時裸足で駆け回る田舎町の子等に混ざって彼等もその土地に馴染んでいった。ある日夏江は担任の教師から「お前は家の手伝いをしなくて良い。」と皆の前で言われたという。皆が家でどんな手伝いをしたか述べている途中だった。夏江は何故いけないのかと抗議した。教師は再び「お前は家の仕事は手伝っちゃいかん。」重ねてそう言った。父は朝早くから店に出かけ母は住み込みで働く若者達の賄いで忙しく立ち働いている。この何処がいけないのか…夏江は子供心にこの教師が自分の家の職業を侮蔑しているのだと感じた。それで彼女は家に帰り着くと憮然と父親にその事を告げた。「夏江、乗れ。」この話に激高した仁一はすぐさま夏江を単車の後ろに乗せると学校に走った。たとえ親が遊技場の経営でも家庭で向き合う家族の姿になんら後ろめたさはない、手伝うなと言われた子供の気持ちを考えて見ろ、教育の場での差別ではないか…担任の教師に仁一は激しく抗議した。夏江はそんな父親譲りで向こう意気が強く跳ね返りの娘へと育っていった。

二人は小、中と同じ学校に通う。けれど町の中央を走る蒲田通りをひとつ隔てて育った彼等は学年がひとつ違うだけでまだ互いを知らなかった。

髪結いで働き通した母親の意地でもあったのだろう、その母の希望で弘樹は大学に入った。その頃から弘樹は向かいの通りにある鮨屋でアルバイトをするようになり、そこで夏江を初めて彼は見掛けたのだ。その店の隣に夏江一家が住んでいた。店からちょっと表に出れば隣の家から屈託ない彼女の笑い声が聞こえる。夏江がK家のひとり娘である事はすぐに分かった。自分の環境とは真逆のそんな少女が彼には眩しかっただろう、彼はちらちらと盗み見した夏江にその頃から仄かな想いを寄せていたという。何時しか一言二言の挨拶がきっかけで二人は付き合うようになった。初めて二人きりで会った日の事を弘樹は今でも鮮明に覚えている。夏江はまだ高校生だった。親に内緒で遠出した日、彼は学生服を着て現れた。「どうして？」作ってもらったばかりの青い服で現れた夏江に不満顔に聞かれて彼は答えられなかった。彼は学生服以外、私服と言えるものを持っていなかったのだ。その日二人計らって隣県の遊園地まで出かけたものの本数の少ない帰りのバスに乗り遅れてしまった。列車もなくバスを乗り継ぎ遠回りして帰り着いた時はもう夜半になり、夏江の家の玄関前にあの父仁一が形相を変えて立ちはだかっていた。そんな幾つかのささやかな思い出を残して初めての恋はあっけなく終わった。まだ恋を知るには二人ともぎこちなく、他愛ない諍いで夏江の方から別れてしまった。ひとつ隔てた通りはまた遠いものとなりそれぞれの時間が過ぎて行った。

あれから夏江は恋をし、結婚した。弘樹もそれは人伝に聞いていた。夏江夫婦は共に彼女の実家の家業を手伝い、充分過ぎるほど優遇された生活の中でひとり息子も授かった。この幸福に夏江は何の疑問も抱いていなかった。けれどある出来事からその箍《たが》は外れた。夫の裏切りを知ったのだ。突然降りかかった耐えがたい苦しみだった。そんな中で彼女は再び夫からの辛酸を知る事になる。もう自暴自棄だった。何も知らず過ごした幸福な時間、あれは何だったのか、子供まで成しながら夫婦はもう元に戻れないのか…あの頃何処に出口があるのか悩み荒んだ気持ちのまま、夏江は飲めない酒を飲み歩いたという。そんなある夜ふらりと入った店にあの弘樹がいたのだ。地元に出した兄の店を彼は手伝っていた。夏江が来た事にも気づかず彼はカウンターの奥で黙々と皿を洗っている。あまりに思いがけなかった。同じく弘樹も行き詰っていた。あれから大学もずるずると休んでバンド活動に明け暮れた。それほど好きだったのかと問われればさほど音楽にのめり込んだ訳でもない。何故父親は四人の子等を残し自ら命を絶ったのか…家族は黙し、死の理由も問えぬ中で彼は育っていった。女手一つ…母親の苦労を脇で見ていれば、その後ろめたさから若者特有の無軌道へとも向えない。まして単に不燃焼などとそんな甘えなど母に言えるはずもなく、ただ親の望む形をなぞる。彼は何処へも行けない自分に自信が持てないでいた。どうにか大学は出たものの幾つかの仕事も上手くいかず、一緒になるつもりの彼女さえ郷里に帰ったきり戻っては来なかった。そんな頃だった。放蕩気の強い兄を見かね、弘樹は自分の仕事が終われば黙って彼の店を手伝った。そんな日々の中で行き場を失った二人がまた出会ってしまったのだ。諦めたものの弘樹の中にはずっと若い日のあえかな思い出と共に去って行った夏江への思慕はまだ続いていた。「どうしてた？」と夏江の方から声をかけた。弘樹が顔を上げると向こうで夏江が笑っている。言葉を交わせばあの頃の思い出が今はやけに眩しく懐かしく胸に沁み渡った。躊躇いながら互いに今を語れば気持ちがしっくり絡んでくる。二人話しているだけで若い日々の空白が嘘のように心が和らいだ。一旦離れたはずの糸はこうしてまた交差してしまった。あれから失った温もりを求めるように二人は急速に近づいていった。

そもそも彼女の苦しみとなった原因など家族以外誰も知らなかった。夏江の家は小さな田舎町では誰でもが知る成功者だ。だからこそ目に付き始めた二人の関係は夫ある身の彼女に落ち度があると噂されただろう。けれど婿がそもそも原因を作った…娘夫婦のその経緯を知っていたからこそ父親は我が娘のこの恋に激怒した。初めその起因となった苦しみがあったのだが、結果は自分が作ったのだ…夏江は夫との別れを決めた。「離婚は認める。ただし今の男とも別れよ。」父親は夏江にそう言い放ったそうだ。一切をこちらの落ち度と父仁一は先方の親に詫び、そして弘樹との結婚は認めなかった。これが彼の人生の間尺だった。夏江もそんな父の勘当もいとわず息子を連れて弘樹と一緒になった。その時十歳になる息子に父と母の何れと暮らしたいか自分で決めるよう断腸の思いで聞いている。夏江も心根に濁りはなかった。尚は父の家に泊まりに行き一晩考えて母を選んだ。それから二年ほど経って夏江の前夫は病であっけなく亡くなってしまった。何も話さないまま彼は逝ってしまったのだろう、息子の不憫な末路は何もかも夏江のせいと、葬儀で彼の母親を初めとする身内の辛辣な視線を受けながら彼女も弁明をしなかった。父仁一に似た潔癖さが同じく夏江に流れていた。

また弘樹も何処か歪な気難しさがあるものの身の丈で生きてきた誠実な男だった。素直な息子も彼によく懐いた。彼等はこの町しか知らず、小さな界隈で紆余曲折があったものの二人で居酒屋を始めそこで暮らし続けた。今の生業が気質に合っていたのだろう、やがて地元でそれなりの店となり二人は闊達に働き、独り息子も育て上げた。五十を過ぎてようやく辿り着いた親子三人の暮らしがそこにあった。息子の尚が亡くなる一年前ぐらいだろうか、私達が飲みに行った店に店主の弘樹がいない。しばらくして夏江がばつが悪そうに切り出した。「実は親子喧嘩をしてね、庭でもつれ合って一旦は『お父さん、ちょっと休憩…』尚がそう言って二人休んで、また取っ組み合って結局弘樹さんの方が投げ飛ばされ骨折したのよ。」それを聞いて私達は嬉しかった。頑固な弘樹と屈託のない素直な息子が何の遠慮もなく本気で喧嘩をしたのだ。本当の親子になれたんだね…私がそう言うと夏江も「そう思ってくれる？」と喜んだ。そんなたおやかな日々が過ぎる中で突然愛する息子が別れも告げず逝ってしまったのだ。

自分の歩んだ人生に後悔はないが息子には実の父親との別れという不憫な想いをさせた…そんな思いがずっと夏江の胸にあった。あれから夏江は子供が産めなくなり、取り分け子煩悩な夏江にとって尚は生きがいだった。彼が二十歳になった日「もう、お母さんの尚君への借りは終わったからね。」彼女は息子に晴れ晴れと言ったという。そう言う傍から尚への愛が迸っていた。一方、「僕は父親ってものを知らないから…。」いきなり人の親となった弘樹はそれでも彼特有の生真面目さで息子となった尚に向き合った。偏屈さがあったとしても彼も濁りのない人間だった。血にこだわる偏見は端からなく、彼にとっても尚はたった一人の子供だった。そんな愚直なまでに真っ直ぐな愛を注ぎ込んできた二人が最愛の息子を突然失ったのだ。それでも生きて行かなくてはならない、身を切るような夏江の苦しみ…その傍らに弘樹はひたすら寄り添う。寄り添いながら「本当の父親だったらどう接したのだろう、自分は間違っていなかったのか。」そんな想いが血の通わない息子への悔恨となって弘樹を突き刺していた。あの頃の二人には周りからの慰めはむしろ煩わしいだけのものだったのだろう。もう誰に会わなくともいい、生きていたいとも思わない、この哀しみは癒えないのだと周りを撥ね付けるように彼等は心を閉じた。誰とも語らず見知らぬ土地でただ息子を想って暮らす…そう言って遠く山を越え彼等は行ってしまったのだった。

二人が日南に移り住み、私が住居の設計を依頼されてから長い時間が過ぎていた。愛が強く無垢で不器用なそんな彼等夫婦がここに辿り着くまでいろんな感情を飲み込んできただろう。夏江は尚の生きた証を失う事が怖かった。だから彼女はこれまでずっと頑なに息子の遺品を手放すのを遠のけてきたのだ。それでも時が、温かな海辺の家が彼女の哀しみを癒したのだろう。残っていた煙草の吸い殻さえ捨てられず、彼が生前愛用していた物で埋め尽くされたサンルームの整理をこの春終えた。

二人は拾った小石の冷たい滑らかな感触をひとつひとつ確かめる。そうしなければ小石だと納得しない…そうやって人生を歩いてきた。「Yちゃん、こんな事ある？ずっと好きだった人と巡り巡ってまた一緒になれるなんて。」ある夜弘樹は酔いにまかせ夢に微睡むようにそう呟いた。若い日の情熱の滴が七十も近い男の中で今も静かに落ち続けている。巷にいろんな花が咲いて何時の間にか消えていく。何時の日か祖父万次郎が海を渡った事も父仁一が列車に揺られながら呟いた事もやがて忘れられるだろう。そして穏やかに過ごしてきた夫婦と映る二人が人知れず今もここで赤い花を咲かせ続けている。

― 四国廻り ―

「透明なガラスの器の中の骨に金飾りがしてあって、それはきれいな骨なのよ。」以前私は夏江に旅先で見たイタリアのメディチ家礼拝堂のそんな話をしたことがあった。それが記憶にあったのだろう「Yちゃん、きれいなガラスの器を見つけて…。」と彼女から頼まれた。すでに息子尚の墓は取り壊し、「少しの間でも一緒にいたいから。」と仏壇のガラス瓶の中で尚は涼やかに眠っている。見下ろす小高い丘の家から日南の海が広がっていた。両親も兄も見送った今、夏江には気がかりなことが残されていた。全てを散骨し、香川にある彼等のお墓を更にする…私の仕事が一段落した時にその立会人をしてほしいと頼まれていたのだがそれがこの春だった。約束通り夏江夫妻に私達夫婦の四人は早春の四国を旅した。

私も夫も初めての四国だった。瀬戸内と太平洋、四方を海に囲まれ中央にそびえる高い尾根がそれぞれ互いを隔てていた。

旅の初日、大阪経由で私達は松山を訪れた。今までこの上空を飛んだ事はない。眼下に瀬戸内に浮かぶ小島が連なって見える。ここに穏やかな人の暮らしがあるのだろう。目的が何であれ旅の始まりは嬉しく、松山に降り立ちベトナム旅行以来の四人旅に私達は乾杯した。翌日車を借りて松山城のある市街地を抜け、山をうねうねと分け入った先の九万美術館を訪れた。美術収集家I氏は生まれた在にその多くを寄贈していた。以前から私達が見たかった展示がその春山間の小さなその美術館で開催されるという。それに合わせてこの旅行を設定していたのだった。まだ春浅く山間の残雪残る美術館に足を踏み入れれば、ひっそりとして床を踏む足音さえ聞こえそうだ。入り口からいきなり長谷川利行の小品が何点も並び、小さなガラス絵に胸が躍った。そしてそれらの横に小泉清のあの猫の絵があった。哀しいよと挑むように白い猫が目を見開きこちらを凝視している。ある評論家が書いた彼にまつわる逸話が思い出された。陽のあたる場所から遠く暮らし、小泉は自分に流れる異国の血に抗うように頑なに自分の絵を描き続けた。そして妻の死後、その亡骸に添い寝し、その三日後に彼は自死したのだ。彼等が住んでいた家が今取り壊されようとしている、地元からのその一報に著者が駆けつけるとブルドーザーの入った現場で小泉のスケッチが無残に風に舞っていた…そんな話だった。絵の前に佇めばこの画家の透明な哀しみが「ここにいるよ。」と挑むかのように呟く。その猫が私を捕え訳もなく涙が頬を伝った。館内をゆっくり巡る…槐多もある、竣介もある。並べられた珠玉の絵たち、どれもこれも全部見たかった絵だ。こんな山間の美術館に訪れる客も少なく私達はそれぞれの時間を巡った。ガラス張りの休憩室に座れば雨だれが植え込みの残雪に滴を落としている。誰も話さない。その音さえ耳を澄ませば聞こえそうな静かな時間だった。古酒でも味わうようにこの日私達のそれぞれに時はくゆりながら深く降りてきた。

昼間観た絵に揺さぶられまだ何処かが痺れている。その余韻だろうか、その夜訪れた居酒屋で私はかなり酔ってしまった。馴染みの客が数人カウンターで飲んでいる。見知らぬ街の小さな店の居心地の良さにあれから私達の酒も進んだ。もう七十を過ぎているだろうか、白髪の居酒屋の主人はKと名乗った。私達を酒の好きそうな客と思ったのだろう、お勧めの酒を運んで来る度にKがぽつりぽつりと話した。彼には十代の頃スポーツの事故で首から下が麻痺した息子がいるという。共に介護してきた妻に早くに先立たれてしまった。その息子が父親の負担を思い人生への悲観から「殺して。」と哀願したという。「可愛そうやけどできんですわ。息子を死なせたら私も死なんといかん、今は死ねんですもんね。」人にはいろんな事情がある。その息子の介護に加え、彼は今その上の息子の離婚で引き取った孫を育てながらの居酒屋稼業だという。「家に来た時はまだ一歳ちょっとだったんですが、ようやくその孫が四歳になりました。」実直に生きて来た人の目でそう言うと彼は涼やかに笑った。彼は生きて行かなければいけない人だった。そんな日々の繰り返しの中で時折は冬の陽のように柔らかく温めてくれる日もあるのだろう。歩み止めず声も張り上げず、ここに淡々と生きる人がいる。この夜私はずいぶん酒を飲み、酔って何度も大きく手を広げ当惑するKを抱き締めたらしい。人が生きているのが愛しくきっとそうせずにはいられなかったのだろう。

その日の未明、震度5強という地震に泊まっている松山のホテルが大きく揺れた。深く酔ってどう帰り着いたかさえ覚えていない私が飛び起きるほどの揺れだった。あの震災以来みんな地震には敏感になっている。余震の続く中、夏江達の部屋を覗くと彼等もベッドに座り込んでいた。間もなくその余震も治まり私達はまた眠りについた。翌日列車で香川に移動の予定だったのだが今朝方の地震で全ての路線が運行見送りとなり、再開の見通しもつかないという。「今朝がたの地震、親父さんが怒ったのかなあ。」夏江がそう言って笑った。旅の目的である寺への訪問は今日の昼過ぎとなっている。駅周辺ではレンタカーさえ手配はすでに難しいらしいが、男二人が動いて運よく一台を調達できた。柔らかな小雨の中を私達はしまなみ海道に沿って寺のある観音寺へと車を走らせ、どうにか約束の時刻までに寺に辿り着く事が出来た。この七年の間に夏江の父仁一と交流を持った住職もすでに他界していた。今日で仁一があれほど拘り建てた墓を空にする。皆を日南に連れて帰るのだ。寺の中にある墓前で代替わりした住職の読経が始まる。全てが終わりいよいよ骨壺を出す時になって先程まで降っていた早い春の雨はさっと止み、たちまち青空へと晴れ渡っていった。見上げれば真っ青な空が広がる。私達は墓に収まっている骨壺をひとつずつ取り出した。万次郎と書かれた骨壺、仁一もある。「私の妹…海美櫻《なみえ》を抱いてやって。」夏江が震えるように呟いた時、私はすでに吸い寄せられるように手の中に納まるほどの一際小さい骨壺を抱いていた。夏江の幼い時に亡くなってしまった妹の海美櫻、彼女は私と同い年だった。色の抜けるように白い子だったという。生まれつき心臓の病だった妹が半年という幼さで死んだその日を夏江は覚えている。「海美櫻っ。」その時父親が絞るように叫んだ。彼女がまだ三歳の時だった。私は何故か導かれるように小さな骨壺を手にしていた。そしてその美しい名前の白い小さな骨壺を抱いた瞬間、今ここにいる自分が海美櫻で骨壺の中にいるのが自分なのか…混然としたそんな不思議な感覚に包まれた。そして意味も分からず涙が溢れ、見知らぬ懐かしさに包まれながら私は彼女の記憶を自分の中に手繰り寄せていた。それは僅かな間だったが一瞬互いの魂が交差してしまったような不思議な感覚だった。振り向けばひとつの骨壺を夏江が愛しげに抱いている。尚の分骨された骨壺だった。あの哀しみの日、夏江は荼毘に付された尚の骨を欠片さえ残さぬよう全部拾い集めていたのだ。あの別れの日からどれ程の時間を過ごしただろう。「ああ。」と声にならない声を漏らし、彼女の眼が果てしない慈愛に満ちる。蓋を開ければ何故かその尚の骨壺にだけ澄んだ水が満々と満ちていた。「尚君の涙なのかなあ。」泣き笑うように夏江がそう呟いた。まだ若い真っ白な骨だった。万次郎、その妻、仁一そして勝子と書かれた骨壺があった。仁一の妹と記されている。夏江は父に妹がいたなど聞いた事はなかった。それには「享年二十歳」とある。この香川に骨壺を運んだのも仁一だった。母は父に妹がいた事を知っていたのだろうか、今となっては勝子の事を知るその仁一さえもういない。何故勝子の事を父は話さなかったのだろう。言えない訳でもあったのだろうか。寂しかっただろう、長い間生きていた事さえ誰にも知られず勝子はひっそりここで眠っていたのだ。享年二十歳という文字に口をつぐむ勝子の物語を思わせた。そして海美櫻。骨壺から取り出した骨の一部を夏江がひとりずつ丁寧に晒しにくるんだ。骨壺を出し終わるとまた小雨が音もなく降り始めた。正しくこの間だけの晴れ間が不思議だった。

観音寺で夏江夫妻のこの旅の大きな目的が果たせた。遠く離れた香川の墓、その後を案じて生前仁一がすでに前の住職に永代供養を申し出てはいた。けれど途絶える家のために墓の処分を何時かしなければ…夫婦二人ではこの任務は重く寂しかっただろう。夏江も私達に友人を超えた縁を感じていた。「一緒に行ってくれる?」そう頼まれた。気の重いこの任務を四人一緒の旅で楽しく彩りたい…それが夏江の希望だったのだ。それぞれの骨をそっと彼女のバッグに忍ばせ旅を続けているのだが何故か奇妙にも思えない。みんな一緒に…夏江のそんな想いで遺骨を携えたまま私達は四国旅行を続けた。

旅行日程を任されていた私は険しい祖谷渓谷を昔馴染みのレトロバスで巡るツアーに申し込んでいた。この香川から出発するバスツアーには日本三大秘境と言われる祖谷渓谷の平家落人の隠れ里の見学や大歩危、小歩危の渓流下りが盛り込まれている。山道に差し掛かると離合が難しいほどの幾重にも曲がりくねった道をバスは突き進んで行く。私は大きく揺れながら車を借りなかった事に安堵した。七十ぐらいだろうか、そのバスに初老の男性が独りで座っているのが私は気になって話しかけた。Iさんは函館で老舗のカレー屋をしていたという。彼も四十代で妻を亡くしていた。その後娘夫婦と共にそのカレー屋をやっていたのだがその娘がやはり四十代で亡くなってしまった。それで店もたたみ、今は子供のいなかった婿と二人暮らしだという。「妻を亡くしてからひとり旅が趣味です。」と彼は静かに笑った。そして今回がちょうど７０回目の旅行だと彼は言う。たった独りの記念旅行だった。このバスツアーの売りになっているかずら橋はワイヤーを入れその強度はあるのだろう、しかし荒く編まれた往時のまま橋には保護板すらないのだ。人が渡れば大きく揺れ、油断すれば足が抜け落ちそうなほど荒い網目の間から、遥か下を清流が飛沫を立てて流れている。奇声をあげながら私達は橋を渡った。「それじゃ記念写真よ。」私達はかずら橋を渡り着いた先の滝の前でIさんと一緒に写真を撮った。「旅は道連れ、今日は両手に花ね。」人見知りの強い夏江の背中を私はぽんと押した。二人で挟むように腕を組めば物静かな彼が間でぎこちなく笑った。夏江も笑っている。何時もなら彼は見知らぬ土地をひとり巡り黙ってシャッターを押す。家に帰り着き撮った写真を見ながら「ここにも行ったな。」と呟く、それがIさんの旅なのだろう。夕暮れ里に帰り着き、バスを降りてその別れ際、「きっと鹿児島に行きます。」思いがけなく彼がそう言った。「その時は新婚旅行かな。」と私がおどけて言うと「そ、そういう事もあるかもしれませんね。」と彼は一瞬その冗談に戸惑ったものの笑いながらそう返した。今から彼の旅ルートにそって高知に行くという。四国の中央尾根にある盆地、阿波池田の駅で「また…。」と彼は大きく手を振った。私達は折り目正しく誠実そうな彼のこれからの幸せを願った。

それから私達は高知を巡りまた大阪経由で帰途に着いた。今回の旅で私達は幾つもの人生に出会った。この世には哀しみと喜びと愛が溢れ、巷にはいろんな人生がある。「みんな頑張って生きているよね。」そう言うと傍らで夏江が涙目でうんうんと頷いた。一週間余りのこの小旅行は夏江夫妻にとって確かに特別なものだった。独り息子の死から始まる彼等の軌跡があり、ようやくここに辿り着いたのだ。そして出会う人それぞれがこの旅に配置されたように私達の前に現れ、彼等の残した言葉がまだ耳の底に残っている。濃厚な映画をずっと観続けているようにあの旅の深く彩られた日々が今も甦る。

旅で

ヴェネチア幻想

離れがたい思いで汽車に乗り込んだ。二度目のヴェネチアは染み入るように優しくこのまま旅の目的を忘れてここに居着きたい様な誘惑で私を包んだ。

三年前、まだ春には早い頃初めて私は水面に煙るこの美しい古い街に降り立った。幾度も旅に出ながら遠巻きにしてきた街、そこは私にとって頽廃と死の匂い漂う幻想の街だった。早春の夕暮れ、陽は音を立てるように沈みながら街を赤く染めてその路地々々には汐の香りが満ちていた。列車は海を渡ってサンタ・ルチア駅へ…早春の日暮れは早く、その遅すぎた到着を少し悔やみながら何時ものように私は安宿を探した。案の状安宿は何処も満杯。重いバッグを引きずり、とっぷり暮れた細い路地裏を徘徊すればもはや今何処を歩いているのか…見知らぬ運河の街で私は方向を失っていた。やがて波の打ち寄せる音だけが微かに聞こえる暗闇の中、ぼおっと灯りに浮かんだ一軒の崩れ落ちそうな建物の安宿と思しき看板を見つけた。三階にあるというその宿に人ひとり通れるほどの狭い階段を私は重いバッグを抱えようやく上がりきった。そして倒れこむように息を弾ませながら私はホテルとは名ばかりのそのカウンターの呼び鈴を鳴らした。しかし、誰も出てこない。もはやここを断られて次の宿にいける余力はなく、私はまだ荒い息の下でこの宿の主を待った。

　ようやく辺りを見渡せばこのうらぶれた安宿の雑然とした佇まいと今自分があの水の都ヴェネチアにいるという現実がちぐはぐに交錯したまま、私は鈍い灯りの下で先程の路地の深い暗闇を思い出していた。何分くらい経っただろうか、階段の軋む音がだんだん近づいたかと思うとその足音の主は上がりつめた扉の向こうで一旦立ち止まり、ふうっというため息が漏れそして扉が開いた。突然目の前に体を揺さぶるようにこの階の主人らしい太った老婆が現れた。その途端に私は思わずあっと声を飲んだ。老婆はまだうすら寒い早春のこの暗がりで唐突なほど目を射るような黄色と緑の夏衣を着けている。その巨体の異様さに加え櫛を通さぬようなぱさついた金色の髪が束ねられる事なく老婆の肩にへばり付いているのだ。何よりも栗色に焼けた肌に大きくじっと見開かれた緑色の瞳の深さは一瞬言いようのない不安に私をたじろがせた。何だい？と問いたげな老婆の視線に慌てて私は用件を切り出した。ここも答えは同じだった。しかし私はもう動く気力を失っていた。こうして何軒も巡るうち、時は既に夜半を過ぎていたのだった。もう動けない、何処でもいいから…と私はバッグの上にへたり込むように座り込んだ。

老婆の目が一瞬微かに笑ったように動き、そしてじっと私を捕らえて言った。「本当に何処でもいいのかい？」老婆の言葉にわっと安堵が流れた。疲れきった身を横たえる事ができれば私はもう何処でも良かった。老婆は黙って私を促し奥の扉を開けた。静まり返った廊下の突き当たりにぼんやり窓明かりが見え、剥げ落ちたペンキの壁に幾つかの扉が並んでいたものの人の気配は感じられなかった。何だ、空き部屋があるんじゃないか…そう思いながら私は老婆の後を着いて行った。一番奥の部屋まで来ると扉の前で私の方へ向き直り老婆は言った。「今夜は混んで満室だからあんたは私と一緒に寝るんだよ。良いかい、ベッドはひとつだよ。」この突然の成り行きに老婆の風体から湧き上がる言いようのない不安で一瞬すぐにでも逃げ出したいような衝動が走ったが、もし老婆が私の状況に親切に申し出てくれたのならば悪い…そんな躊躇いから私は「部屋を見せてもらって良い？」と乾いた声で言ったように思う。見た後でどうするか決めれば良いと混乱の中でとっさに私はそう思ったのだった。「ああ…良いよ。」老婆は私を見据えたまま僅かばかりの間があった。

この一瞬の間、見知らぬ異国の街で夜更けに迷路のような路地にたまたまあったこの安ホテル…その一室に今私は得体のしれない老婆といるのだという底知れぬ怖さを思い起こさせた。私はもう殆ど逃げ腰だったと思う。そして扉は開かれた。おずおず足を踏み入れた部屋で「ああっ」と私は声を出したのかもしれない。眩し過ぎるほど光の溢れたその部屋は何十という鳥籠で埋め尽くされ、さんざめく小鳥の鳴き声に溢れていたのだ。その途端、私はヒッチコックの「鳥」という映画を思い出した。その老婆の部屋は天井までおびただしい鳥籠が積み重なり壁も床もその鳥籠でひしめき、ひとつ置かれたベッドが辛うじてそこが人の住処であることを指し示していた。そして今夜この部屋でこの老婆と寝ることになるのか…瞬間私の中でいろんな妄想が頭を駆け巡った。恐怖から反射的に逃げ出そうという意識は疲れた身体も重すぎるバッグも忘れさせた。どうやってあの部屋を出てきたのかもう覚えていない。私は弾む息の中で再び深い闇の中に佇んでいた。あれからどうにか一夜の宿を取り、夜が明ければ波打つ岸辺に浮かぶ街が夢のように揺らいでいる。昨夜の出来事は幻だったのか、それとも旅に疲れた妄想だったのか…あれからどの路地を彷徨ってもあのホテルに行き着くことはなかった。

それから数日して街を出た。ひたひたと波が侵食し、遠い栄華をゆらゆらと陽炎のように立ち上らせて佇んでいるこの街とあの老婆と鳥籠が幾重にも重なって夢を見た。昼間の観光客のざわめきの陰で朝まだきの霧と夜の闇が路地の奥深く染みわたり、やがて沈み行く街は今も静かに死にまどろんでいる。

不思議な老婆が住んでいた街…再びこの水に浮かぶ街を友人と訪れた。何時の日か夫と訪ねるつもりが、もう二度とこの美しい古都に来れないかもしれないと言う友のため来たのだった。この国の言葉を片言話せるようになって再び訪れた街に死の匂いはなかった。店先の灯りがぼうっと闇に浮かび、一時の夢に酔う見知らぬ同士が笑みを交わし行き交う…汐の香は優しく旅人を包んだ。数日この街を堪能し帰途に着いた友を見送った後、私は波間に浮かぶ館を小船で巡り、幾つもの小さな橋を渡り晩秋の色に染まるこの街をひとり彷徨った。明くる日、船着場で思いがけなくバルテュス展のポスターを目にした。結婚して間もなく夫が開いてくれた彼の画集に私は魅せられた。日常に潜む不思議な空間…そんな世界を描きたいんだと若い日の情熱が夫を語らせ、私は初めてバルテュスの絵を見たのだった。その頃好きだった夫の絵はその絵に重なり、彼の絵が幾多の変遷をした今もそんなバルテュスの絵は若い日の私達の暮らしを懐かしく思い起こさせた。こんな異郷の街で偶然にもバルテュスを観れる。ポスターにはこの大家が没して一年、大回顧展となってい る。逸る気持ちを押して翌日夕暮れに差し掛かる頃、私は美術館となった壮麗な屋敷を小 船で訪れた。

いきなりあのコメルス・サン・タンドレ小路の絵が思っても見ない大きさで現れた。夫 が画集で指し示したあの絵…時の静止した街角の絵があの日のまま今私の前に立ちはだか るように現れたのだ。あれから私達はどのくらいの時を過ごして行っただろう。二十年数 年前、京都で大掛かりなバルテュス展があった。しかしその頃私達にとって気楽に行ける 距離でも暮らしでもなかったからだろう、躊躇ったものの夫は行かなかった。あれからも 遠い片田舎で夫は黙々と絵を描いた。そして幾十年かの暮らしを濾過して今の夫の絵があ った。

その絵の前に佇むと私達のまだ若く始まったばかりの暮らしが匂い立つように立ち上っ て涙が溢れてきた。私はひとり遠い異国の街で若い日の夫の言葉をなぞった。過ぎ去って 行った日々とあの時の無垢な若さが愛おしかった。あの頃夫が見たかっただろう絵を巡り ながら深く染み渡るような時間が流れた。そして私はその館を後にした。

夕闇が辺りを包み、岸辺の向こうだけが仄白く波間にいくつも月が煌めいている。この街の居心地の良さにずるずると居続けたい想いに駆られていたのだが、美しい何かが私の中に降りてきて夫に無性に逢いたくなった。そうそうと風が吹いてこの満たされた想いのまま明日旅立とうと思えてきた。そして次の日私は汽車に乗り込んだ。波間に漂う黒いゴンドラも水路に掛かる橋も…今度こそ二人で来る街を後にした。

二人旅から

この春夫は三十年勤めた会社を辞めた。まだ気力のあるうちに絵を描きたい…それまで幾度か彼にそんな切なる願望があったものの四人の子供の学業が終わるまでと区切りをつけての退社だった。昨年私は体を壊し、長い休養の後で居残った二人の子供も外に出し、夫婦二人でこれからの落日に向かっての生活…私にとっても夫の早期退社は新たな生活への始まりだった。そのスタートとして光り輝く初夏、私達は解き放たれた鳥のように長い旅に出た。

トルコからモロッコのサハラまで地中海沿いに長い旅をしよう…絵に専念したい夫は私からの条件とも思えるこの提案を飲まざるを得なかったのだろう、さすがの旅嫌いな彼も腹を決めたようだった。しかし幾度もの独り旅をしてきた私と違い、その出発前から夫は緊張していた。前夜友人夫婦の祝杯を受けてそのまま早朝の福岡を出発し、成田に着いて夫の緊張はいよいよ増し、その表情さえ強張っている。

首尾よく手続きを済ましトルコ航空に乗り込む。トルコへは以前から何回となく行くつもりが、その度何らかの都合で行けぬまま結局は二人一緒の旅立ちになった。私にとってもイスタンブールは初めてである。楽しみにしていた旅…ところがそんな夢を語らうはずの機内で夫は口も利かない。ましてや目を硬く瞑ったままである。独りならば今頃開放感に満たされ、私は到着までの長い時間を窓の下に見える壮大な景観を眺めながらこれから始まる旅を思ったり、降り立つ街の下調べをしたり…狭いシートに身を埋めて夢想する。いくら独り旅が好きだといっても夫と初めて一緒の旅などまた別である。私達夫婦にとって全てから解き放たれた初めての長旅であった。この旅行に私は時折夜二人で一緒に飲みに行く時の肩寄せながら笑い語らうあの楽しさを想像していたのだが、横に座った夫の頬はぴくりともしない。夫に何度話しかけても不機嫌そうに眉根を寄せた顔を向けるだけで返事すらないのである。これが夫の緊張から来る時の癖である事は分かっていた。機内の周りでは誰もがこれから始まる旅に想いを走らせ、快活な声が弾けている。これがあの待ちに待った旅なのかと子供じみた悲しさが過ってきた。そしてこれがそれから三ヶ月に及ぶ旅の序曲であった。

二〇〇四年

― フランス ―

夕闇迫る頃イタリアのフィレンツェから出発した列車は深夜緑のアルプスを縫って早朝パリに到着、トルコから海沿いに続けてきた私達の旅も四カ国目に入って季節は春から夏へと移行していた。朝靄が立ち込め街はまだ静まり返っている。このまま動くにはまだ早い、私達は降り立った終着のベルシー駅近くのカフェで朝食を取る事にした。トスカーナの固いパンに慣らされた後のクロワッサンの美味しさは格別でフランスに入った事を実感する。それから私達はストライキで遅れた電車を乗り継ぎ、この街に住む友人Rを訪ねるため北駅へ向かった。

彼女はフランス人の夫と日本で別れた後今再びこの異国の街でひとり暮らしていた。意地と憎しみで過ごした日々の後の思いがけない自由、片意地張って生きてきた彼女を優しい何かが包んだのだろう。子供が欲しかった…と呟いた彼女は四十を過ぎて再び愛を求め、青春を過ごしたこの街へと海を渡ったのだった。アラブと見まがうような騒然としたバルベス界隈にあるアパートの最上階が彼女の住処だった。自由気ままで何処か人寂しい屋根裏暮らしももう五年になる。

彼女はけらけらとよく笑った。ひとしきり今回の私達夫婦の旅の話や世間話に和んだ後「よかったらここを使って。」と彼女が言う。私達のフランス滞在中この部屋を空けてくれると言うのだ。この申し出は有難かった。旅に出てひと月半余りになる。私達もホテルを移り続けることに多少疲れていた。「ルクミニのもとへ身を寄せるから気にしないで…。」Rの友人ルクミニは元来体が弱く、学問で身を立てようとしていた。Rは同じ大学で出会ったそのインド人を妹のように可愛がっていた。これまでずっと関わってきた私達へのお礼のつもりなのだろう、そんな心遣いが嬉しかった。彼女は半ば身内のような馴染みの私達が遠く異国に移り住んだ自分と今同じ街にいるのが嬉しいのだろう。「楽しんで…」とリュックに着替えを詰め込むと悪戯っぽく笑って出て行った。部屋の窓の向こうにはパリの屋根が続いて、遠くサクレクール寺院が白く浮かんでいた。

私達はここで訪ねなければならない人がいた。夫はまだベルダンに住む娘の婚約者Lの両親の家を訪ねた事がなかった。四年前私ひとりそこを訪ねた時の彼ら夫婦間に漂うぎこちなさを私も感じていた。Ｌが幼い頃すぐ下の弟を事故で亡くしたのがきっかけだった。その事故以来、三十年共に暮らしながら少しずつ二人の間がずれて行った。子供達もすでに何処か諦めているようなそんな関係が続いていたのだ。十も上の我侭で頑固な夫のデデにさほど深刻な問題がある訳ではなかったが、その日常は長い時間を掛けて何時かしら妻を寂しい日々に置き去りにして行ったのだろう。あの日遠くから訪ねて来た私のために妻のレジーヌは温かい持て成しをしてくれた。フランスでも片田舎に暮らす女はこんなに地味なのかと思わせるほど殆ど無彩色の服で身を包んでいる。何処か寂しさが漂い、その温かな優しさは諦めに寄り添う溜息にも見えた。それから一年後に些細なことが発端になって結局二人は別れてしまった。あれから彼らは隣町で別々に暮らし始めたらしい。二人の家を処分した後、父親のデデは母独りで暮らしている近くの実家へ、母親のレジーヌは隣町へと移り住んだ。彼女に恋人が出来たと聞いたのはそれから間もなくだった。母の幸せを願ったとしても息子Ｌの立場は微妙なものだろう。東京に住む娘達がクリスマスを共に過ごすためにフランスへ帰った時、母レジーヌとその恋人の睦まじさに彼等も目のやり場に困ったらしい。彼女は日本へ帰る私の娘に「私は今幸福よ…そうＹに伝えて。」と言ったという。あの慎ましやかなレジーヌが愛を見つけ、同い年の私に女として晴れやかにそれを伝えたかったのだ。一方年老いた母親の元に帰ったデデは畑仕事が趣味だとしてもこんな田園の中で日がな一日、時間をもて遊んでいた。まだ彼等が夫婦であった頃、彼は近場の旅行すら嫌がり決して動こうとしなかった。その彼が離婚後しばらくして末の息子に伴われ遠い日本まで私達を訪ねてやって来た。よっぽど寂しかったのだろう、一ヶ月我が家で過ごし、デデはまた遠いフランスの田舎へと帰って行った。

今回の旅行で私達はそのデデとレジーヌを訪ねるつもりだった。列車は街を抜け北へ向かって田園を走り、乗り換えた小さな電車は更にベルギーまであと三十キロという片田舎へとまた森を縫って走った。降り立った小さな駅にあのデデが待っていた。ベルダンはパリよりも更に北に位置している。もう七月というのに肌寒く、セーターを着込んだデデが手を振りながらはにかんで笑っている。懐かしさに私達は駆け寄り抱き合った。最初の挨拶を交わしたもののその後がうまく続かない。デデは英語が話せず、フランス語の話せない私達は共通の言葉を持たなかった。取りあえず私達は家を売却したお金で買ったという彼ご自慢の真新しい車に乗り込み彼の家へと向かった。

駅から更に田園を縫い、辿り着いた二十数軒ほどの小さな集落エトンにデデの実家があった。デデは父親を知らなかった。農家の娘ジョゼットが近くに駐屯した兵隊とかりそめの恋をし、軍隊が去った後に彼が生まれたのだ。当時では珍しくもない話だったらしい。その後彼女に結婚話もあったのだが、彼女はそのまま結婚もせず兄と共に農家を切りもりしながら彼を育てた。あれからも彼女は息子のために独身を通し、そのためひとりっ子の彼は甘やかされて育ったらしい。前の戦争が終わったその日、母親のジョゼットは家族が止めるのも聞かず古い家具を庭に引っ張り出した。そして拳を天に向け「時代は新しくなる!」とそう叫んで家から運んだそれらの家具に火を付けたのだという。我侭で気性の激しいジョゼット婆ちゃんには幾つもの面白い逸話があって私達を楽しませた。彼の家に着いてすぐにお婆ちゃんの心づくしの昼食を頂いた。その後が問題だった。デデにとって以前通訳をしてくれた頼みの息子も今はいない、遠くから訪ねて来た私達をこの田舎でどう持て成そうかと彼は思案に暮れたのだろう。デデは私達を田園の中に建てられた軍事博物館に連れ出したのだ。第一次世界大戦中ここベルダンで激戦があったと説明に書かれている。彼が展示品を指差し何か言いたげなのだが説明できない、そのもどかしさに言葉を飲み込みただ曖昧に笑っている。そんな彼のためその都度私達は感心したように頷いて見せた。お陰で戦車や軍服、鉄砲等が累々と並べられたこの記念館を私達はたっぷり過ぎるほど見学する羽目になったのだ。デデはそれから更に向こうの丘の戦士が眠る墓地まで行こうと言うのを私達もさすがにそこまでは固辞した。「Y達は田舎が好きだからほっとけば良いんだよ。」と日本にいる息子にそう言われていたものの、デデは私達が時間を持て余す事にずっと気を揉んでいたらしい。旅行と言えば観光じゃないか、何かを見せなくては…田舎暮らししか知らない彼が考えた持て成しがそれだったのだろう。日本にいる彼の息子からそんな裏話を後で聞いた。その後家に帰ってから軍事博物館とは如何にもデデらしいと私達は顔を見合わせ笑ったものだ。

デデの家に帰り着くと夏に入ったというのにどんよりと灰色の重たい雲が空を覆い、その内小雨が窓を叩いた。窓の外には人影もなくドアの前に植えられた数本の薔薇の花が雨に打たれて震えている。デデは偏屈だった。彼は人との付き合いを好まず、老いた親子はきれいに整頓され、がらんと広いこの家で一日中二人きりで過ごすのだろう。私はデデとジョゼット婆ちゃんに流れる長い時間を感じていた。薄日が差すと雨の上がるのを待ちかねて私達は散歩に出かける事にした。私達がこの辺りを歩いて来ると言うとデデは「何もないぞ。」としきりに言う。そう言っているのだろう。もう夏だというのに外は冷たい雨に打たれて思わず鳥肌が立つほど寒く、私は手をさすった。そんな寒そうな私を見かねてか「セーターを持ってきてないのか、オララ。」と彼はあきれ顔で手を広げてそう言った。そして再び「ここには何もないぞ。」とでも言いたげに扉の前に佇み私達を見送った。国が違えば暮らしも違う、ましてて農家となれば私達にはこっちの方がよっぽど興味深いのだ。自転車に乗った女の子が珍しいこの異邦人を見つけうろうろと着いて来た。私達がわざと止まれば素知らぬ顔でぷいと横を向いて彼女も止まる。こちらが動き出せばまた着いて来る。結局三人でこの小さな村の探訪をしたことになる。小さな教会がひとつだけの一塊の村、納屋に何気なく置かれた農機具さえ興味を引いた。ひとむらの羊達も煙るような雨に濡れそぼって私達は震えながら遠い異国の田舎を満喫したのだった。八十六にもなるというのにお婆ちゃんの料理は絶品で夕食の頃になると和んだ空気に笑いがはじけた。日本でのデデは毎夜、トランプを私達に強要した。いきなり「もうしないんだったら俺は寝るぞ。」他愛なく脅しのようにその言葉を吐いた。彼が先に寝たってこちらは一向に構わないのだがどうやらデデはそれがしたくてうずうずしているのだ。私達夫婦にまだ家にいた長女と次女、その恋人であるL、その弟Yまで皆がそのトランプに付き合わされる。勝負に勝った者が負けた順に重ねられた手を上からどんと打つ…デデはこれに味を占めていた。勝負に勝ったデデは子供のように満面の笑みを浮かべ容赦なくその大きな手を振り降ろした。そしてひいひい痛がるみんなを前に彼は声を出して喜んだ。不思議なものだ。言葉も通じない同士何故分かり合えるのか…「あの時こうだったたね。」と日本でのこんな出来事を三人笑い合えば話の分からないお婆ちゃんは苛立ちテーブルをどんどんと拳で叩く。息子のデデが慌ててそれを通訳するという面白い光景にまた私達は笑い合った。ひっそりとした大きな農家に久しぶりに響く笑い声だったのかもしれない。闇夜は私達の笑い声を吸い込むように静かに更けて行った。

今度はレジーヌを訪ねる番だった。翌日になってレジーヌからすでにお昼の準備をして待っているとの電話に慌てて元夫のデデが私達を送って行く事になった。彼の実家の窓から見渡す限り荒涼とした畑の向こうに彼等の住んでいた家が微かに見える。まだ彼等が一緒に暮らしていた頃、私独りで訪ねて行ったあの家だ。線路を挟んで何処までも続く田園の中、一本の道路に沿って瀟洒な住宅がぽつんぽつんと建てられている。彼等の家はその一角にあり、のびやかな春の陽光を浴びて庭にはミラベルの小枝が風に揺れていた。前回訪れた時はあの家でレジーヌが腕によりを振るった食事をご馳走になった。美しく掃除の行き届いた客間で大きなテーブルの上に磨きたてられたグラスが並び、その頃ナンシーに住んでいた娘達と一緒に日本から訪れた私のために父親デデがグラスを持ったまま立って挨拶をした。ジョゼット婆ちゃんも得意のコッコバンを作って来てくれた。自分で育てた鶏に森の茸、自家製のワインで煮込まれた料理は格別だった。家族皆そろって幾度もの乾杯、橙色の暖かな日差しが窓のレース越しに降り注ぎ穏やかな春の午後だった。

デデはまだ私達を引き止めておきたかったのかもしれない。デデが心配していた言葉などもう垣根ではなかった。レジーヌから催促の電話があって出発間際、名残惜しさに私達は抱き合い別れを惜しんだ。そこから森を抜け三十分ほど車を走らせた新興住宅街にレジーヌは住んでいた。元妻の家へ私達を送り届ける…彼の中に何が去来していたのだろう。車の中で私達は一言二言言葉を交わした後、言葉が続かないまま私はシートに身を埋め移り行く深い緑の森を見ていた。やがて視界が開け同じような家が立ち並ぶ住宅街に入ると彼は一軒の家の脇に車を止めた。そして着いたとの合図なのだろう、クラクション一つ鳴らして彼は曖昧に笑った。彼が泣きそうに笑っている。車を降りかけた私達に彼の寂しさが広がった。車を降りた私達は再び黙って抱き合い、夫が何度もデデの背中を叩いている。彼もうんうんと頷いた。他人ならばこの彼の我侭さは笑って済まされる、私達は頑ななこのデデが好きだった。切なかった。私の目にも熱い何かが滲んでこのまま彼を帰したくない衝動に駆られた。しかしその時ドアが開いた。そして驚いた。人はこんなにも変貌するものだろうか…以前のレジーヌからは想像できないほど鮮やかなオレンジ色の服に身を包み大きく手を広げ輝くように彼女が笑っている。デデに今の彼女はどう見えただろう、数年前の彼女とは別人と思えるほど自信に満ちた姿だった。そして出会いがしら三十年を共に過ごした彼等二人は笑みを作っているものの互いに声を掛ける事もなく、ついに目すら合わさず別れた。

「さあ、入って。」優しいレジーヌの顔が輝いている。扉の向こうに一人の男性が微笑んで私達を待っていた。それが彼女の恋人セルジュだった。彼女は今恋をしているのだ。デデはこれからどんな思いであの道を帰って行くのだろう…私達はやるせない思いを振り切って新しいカップルの腕に包まれた。

英語の話せるセルジュとは会話も弾み、私達はすぐさま打ち解けあった。食事の用意が出来るまで近くを散歩しようと彼が言う。すぐ近くの森まで高校生の彼の娘ジェニファーを伴い私達は連れ立って歩いた。森へと続く小道を娘の腰に手を回し軽やかに歩きながら彼は何かしら口ずさんでいる。ジャズが好きだと言ってほほ笑んだ。そして道端の小さな花を摘み鼻先で「ああ、森の香り…。」と彼は呟いた。柔らかな物腰、彼の緩やかに人生を楽しんでいる風情が伝わってくる。セルジュは誰から見ても好ましい男性だった。妻を亡くした後、彼は男手ひとつで子供二人を育てていた。一方、若い結婚で早くに子育ての終わったレジーヌは町近くの軍事基地で仕事についていた。小さなこの町でセルジュは以前から仕事で行き来する彼女を知っていたらしい。時折見かけるその優しげな年上の彼女に何時かしら惹かれていたのだという。思いがけず独りになったレジーヌに彼は愛を告白したのだった。食事の後も彼女は目のやり場に困るほど彼に甘えた。「レジーヌ、素敵よ。」と私が言うと「着てる服は皆彼が選んでくれるの。」と彼の膝の上で少女のように微笑んだ。彼女より十も若いセルジュは身勝手で頑固者のデデと余りに違いすぎた。当初彼の若さに戸惑っていた彼女も何時かしら彼の熱意にほだされその愛を受け入れたのだ。レジーヌが五十を過ぎて思いがけず見つけた幸福だった。彼女のためにはこれで良かったのだ…私達は彼女の幸福を喜んだ。

頑迷なデデは今を自由気ままさとうそぶいた。彼は失ったものの大きさにまだ気付かず、レジーヌは愛を得て輝いていた。それともデデは気付かぬ振りをしていただけなのだろうか。パリへの帰りの列車の中、泣きたくなるような切なさと喜びが交互に交じり合い「デデは馬鹿だね…。」と私はそう言い言葉を呑んだ。これからスペインに向かうという前日、私達はもう一度デデに電話をした。言葉の通じないもどかしさに夫が「デデとTは友達。」そう言うと「サンキュウ…。」と彼は何度も言い、けれど電話を切ろうとしなかった。受話器を握り締め「デデとTは友達…。」夫は何度もそう言いながら涙ぐんでいた。

旅行中都会の雑踏を避けてきた私達だったが、パリの街は思いの外小さく快適だった。友人Rの屋根裏部屋は私達の若い日々を思い起こさせた。朝起きぬけにアパートの階下にあるパン屋で焼きたてのバケットを買い、たっぷりのカフェオーレで一日が始まる。街の路地をそぞろ歩いてセーヌのほとりで一休み、夕なずめばワインを抱えて一間だけの屋根裏部屋へまた帰って来る。アラブ系の多いこの下町で朝市に買い出しに行けばその安さに驚いた。バケツ一杯のムール貝を買い込んで小さな台所での夕餉の支度が楽しかった。そもそもこの長旅は私が望んだものではあったが、これは思わぬ休息だった。見るべきものがこの街には山ほどある筈なのに私達は毎日ぷらぷらと日を過ごし、たまに電車を乗り継いで郊外に出たり、シテ島の川辺りをぶらついたり、何時までも沈まない夕暮れの窓辺で夫がワインを傾け私達は夜更けまで語り合ったものだ。ゆったりと時が流れ、見知らぬ街で何処に行かなくとも夫と二人いるだけで楽しかった。たった二人きりの暮らしは何時以来なのだろう。暮らし始めてすぐに子供が生まれ、望まれるまま彼の家族との同居が始まった。同棲時代…私達二人の経験しなかったそんな言葉が過った。二週間私達はこのパリの街でまま事のような気ままな日々を楽しんだのだった。

未だに学生を続けてつましく暮らしていたRの部屋は簡素だった。食べた後の種を入れて置いたアボカドがグラスで大きく育っているのがいっそう寂しく、この部屋で彼女が過ごした時間のくぐもりを感じさせた。彼女と落ち合って一緒に散歩したり食事をしたり、異国のこの街に郷里にでもいるように親しい私達が傍にいる…そんな時間は彼女にとってもしばしの和みになったのだろう。滞在中、時折彼女は自分の部屋を訪れ、私達に妹でもあるかのように甘えた。パリ最後の日、私達は近くの店で真新しいテーブルクロスにカーテンやクッションに植木鉢などを買い、大袋を抱えてアパートに帰った。せめてものお礼にと私達はその部屋を幸福の色で飾りたかったのだ。部屋に帰って来たRは「これが私の部屋？」と喜び子供のように目を輝かせた。彼女にアパートの鍵を渡した後慌ただしい別れを済ませ、私達はまた次の地スペインへと旅立った。

あれから一年余りして彼女もあの屋根裏の部屋を引き払って日本に帰って来た。幾つかの恋に巡り合い、それを手放しまた独りだった。あのアボカドはどうしただろう、彼女にとっても行きずりの私達にとってもつかの間の青春を思い起こさせた屋根裏の部屋を今でも思い出す。

― モロッコ ―

昼過ぎスペインの突端アルヘシラスからジブラルタル海峡をフェリーで渡る。船が出てしばらくすると欧州からの旅行者に比べむしろアフリカ系が多い船内は出稼ぎからの帰りなのか自国語が飛び交う寛いだざわめきに変わってきた。十年ほど前、私はこのジブラルタル海峡の夕景をモロッコ側を出航したフェリーからイギリスの老人と眺めていた。あの時もデッキを心地よい風がなぶっていた。モロッコから出ているのだろう、遠く網打つ幾つかの小船から夕陽に染まった男達が手を振るのが見え、私達も振り返し応えた。

夫にとって初めてのアフリカの大地だ。夕暮れ港町タンジェに到着、海を渡った途端、辺りの様子はがらりと変わってくる。フェズまで行きたいのだがもう列車はないらしい。

今日はここで泊まりか…となればここに泊まりたいホテルがあった。この街には映画の舞台になった古いホテルがあるはずだ。以前ここを訪れた時は素通りだったので街の様子が分からない。着いたばかりの港でそのホテルに着いて誰彼と聞きまわっていると青い洗い晒しの上張りを着たポーターらしい男が近づいて来た。アラブ系特有のぎょろりとした目の男が「ああ、それなら俺が知っている。さあ、着いて来い。」と勝手に私達の荷物を手押し車に乗っける。私達はただ道を聞いているだけだと説明すると「なあに構わない、俺もそっちに用があるんだから。」と彼は荷物を乗っけたままぐんぐん進み出した。男はくねくねと港に揚げられた荷の間を泳いで行く。私達も慌てて彼の後を追った。「俺は日本人が好きなんだ、俺のこと皆面白いと言うよ。」たわいないそんな愛想を振りまきながら男は港を抜けてすぐ脇の坂道をぐいぐい登って行く。海にせり出すようにそそり立っていたその建物は降り立った港のすぐ横に見えていた。車に乗るまでの事はない、歩いて五分もしない内に目指すホテルへ到着した。「有難う。」そう言って私がチップを渡そうとすると途端にその男の顔が強張った。こんな時のアラブの男の顔には凄みがある。濃い眉の下から射るように目を剥いてきた。そして案の定彼は法外な金額を要求してきたのである。こんな事態に初めて出くわした夫の顔はすでに硬直している。私にとっては何度目かのイスラム圏で彼等が見た目ほど脅しをかけている訳じゃないことは分かっている。「そんな要求するほどの仕事をした？私達は貧乏旅行者よ。だったらとにかくホテルまで一緒に行ってそこの関係者の前で妥当な金額を話し合おうよ。」平然を装ってそう私が言うと途端に男は尻ごむ。それでも「いいから金を出せよ。」そう言った側から狼狽し目が泳いでいる。「とにかくホテルまで一緒に行こう。」私が更に促せば男はいきなり私達のバッグを地面に投げ捨て、「くそ、覚えとけよ。」凄味のある目で私を睨みながらそう捨て台詞を掃いて坂を降り出した。「ねえ、チップは？」私がそう言うと男は慌てて舞い戻り、小金を私の手から剥ぎ取ると怒りながらまた坂を降りて行った。後味の悪い歓迎ではあったが私達は気をとり直しホテルの門をくぐった。フロントがあるものの呼んでも誰も出て来ない。人の気配の感じられない静まり返ったホール…余り利用客はいないらしい。十九世紀後半、この大陸に足を踏み入れる欧州の王侯貴族のため建てられたこのコンチネンタルホテルは当時その名を轟かす贅を尽くしたホテルだった。よく見渡せば隅々に美しい螺鈿の細工が施されている。けれど過去の栄華を物語るこのホテルも今は壁の痛みすら補修されないまま老朽に身を晒しているようだ。ようやくボーイが出て来た。そしてがらんとしたホールから優雅な回り階段を上って三階にある海際の部屋に通された。しばらく使ってなかったのだろう、部屋は薄暗く湿気がこもっている。壁際の鎧戸を押し開くと途端に潮風と真っ青な海が目に飛び込んできた。港に面し切り立った崖上のこのホテルの窓から眼下に港への入船出船が一望できる。遠く故郷を離れこの部屋に滞在した人がどんな想いでこの窓辺に佇んだのだろう。華やかな時間が通り過ぎ今は訪れる客もなく、部屋に置かれた調度品も色あせた壁紙も時の流れそのままに深い眠りに就いているようだった。

早速ホテルの裏手にあるメディナに出かける。狭い路地を徘徊すれば地元の人々が一斉にこちらに好奇の目を投げかける。たむろする男達や怪しげな店に路地を流れるすえた匂い…そのまま映画に映し出された熱帯夜のシーンが追いかけて来る。見知らぬ異郷に漂うこの空気感、それさえ魅力で私はこれまで北アフリカの大地を旅して来た。だが夫は初めての異文化に緊張しているのだろう、強張った顔でぎこちなく挨拶を交わしながらその目が私に早く此処を出ようと訴える。メディナを抜けた瞬間、夫はふうっと大きなため息をついた。

翌日サハラを目指し列車でフェズまで向かった。一応盗難に備えて安いのだが一等のコンパートメントに陣取る。赤茶けた乾いた大地を風が走り、僅かな緑が現れるとぽつんぽつんと日干し煉瓦のカスバが見える。微かに冷房が利いて私達は車窓の写り行く景色を楽しんだ。快適だった。向かいに座った若い娘は出稼ぎからの里帰りなのか、イタリア語で友人への電話に夢中だ。また私達と同じ世代の家族連れは早い時期にアメリカに渡り十数年ぶりの帰国らしい。都会の暮らしが馴染んだ彼等も移りゆく故郷の景色を懐かしみ高揚している。途中の街で「良い旅を…。」と言葉を残し彼等はにこやかに笑いながら降りて行った。そろそろフェズに近づいた頃、今度は若い男が私達のコンパートメントにふらりと現れた。空いた席に座ると男は「君たち日本人？ここは初めて？」突然饒舌に喋りだした。自分がガイドをしている事や海外の事情に詳しいとかぺらぺらとのべつ幕なし私達に話し掛けてくる。若い娘は相変わらず電話に忙しい。私は彼が一等へちゃっかり居座っただけなのだろうと思い気に掛ける事もなく、この饒舌な若い男に辟易してきたのだが旅は道連れとそれなりに相手をした。フェズまで後十五分あまり…とアナウンスが流れた途端男はまたふらりと出て行き、私達も慌ただしく降りる準備に掛かった。間もなくフェズへ着いてホテルまでタクシーを拾う。ホテルは近いはずだ。車に乗ると私はすぐに支払いのためバッグの中の財布を手探りした。けれどその財布がない。慌ててバッグの中を見る。やはりない。現金は災難に備え訪れた街のＡＴＭでその都度小出しに引き出している。この長旅の資金、その大事なカードの全部が今は私の財布の中なのだ。もしかして列車に落としたのでは…私は表通りへ出かかったタクシーを慌てて止め、駅のホームへと駆け出した。駅員の合図で列車は今まさにゴトンゴトンと走り出した。「待って、待って！」私がよほど血相を変えていたのだろう、列車は十メートルほど進んで止まってくれた。事情を話すと駅員総出でコンパートメントを探してくれる。やはり財布はなかった。ここに着くちょっと前に途中列車の中で私はバッグの中に財布があるのは確認している、もう盗まれたと思う他なかった。様々なことが一挙に頭の中を駆け巡る。もしもの事態に備えて旅の初めからクレジットカードとキャッシュカードはずっと夫と分けて持っていた。けれど盗難に遭う事もなく、三ヶ月に差し掛かった今私はどこか横着になったのだろう。タンジェを出る際、どうって事なかった…と私はわざわざそれらを自分の財布にひとまとめにして列車に乗ったのだ。その列車の中で私は日本の友人へ電話をしている。携帯で話しながらあの時確か財布に挟んでおいたメモを取り出し読み上げたのだ。そう言えばその時斜向かいに座ったお喋りなガイド氏がその様子をじっと見ていて彼と目が合ったのを思い出した。一瞬私は妙にしんとした目だなとそう思ったものの、すぐに会話の方に気を取られた。電話を切ると財布をバッグに入れ直し、私はトイレのために席を外した。その時向かい合わせに座っている夫に向かってバッグを席に置いたまま「お願いね。」と彼に言い、彼も確かに「ああ。」と言った。ここはモロッコだと言うのに長旅に慣れ過ぎて、あの時私の中に夫婦一緒にいる事で日本にでもいるような油断があったのだ。バッグをそのままに私が席を立って行った事がフィルムの早送りのように走る。そうだ、あれから私が席に着いて間もなく次はフェズとのアナウンスが流れ、彼は何も言わずふらりとそこを出て行ったのだ。目の前の出来事を夫は何も気付かなかったのか、やはり彼が盗んだのか…列車が再びゆっくり走り出していくのを私は呆然と見送った。

それからが大変だった。何しろ私達はこの見知らぬ異国の、ましてモロッコで一文無しなのだ。すぐに駅長室で列車が次の駅に到着する前に列車内の再捜査の依頼や事情徴収、盗難届けをする。その後地元の警察へ行ったのだがすでに夕刻になっていて今日の仕事は終わりと締め出しを食らった。夫はすでにパニックに陥っている。今の状況から脱却するのは自分以外いない。まずは電話で予約しておいたホテルへ行こう、全てはそれからだ。携帯電話とカード全ての番号を控えた手帳が残ったのが救いだった。ホテルに事情を話し支払いは間違いなくできるからと説得した。部屋に着くなり夫は「ああ、最悪だ。」と嘆きながらこんな時の彼の身の処し方でこの現実を避けるべくすぐに眠り込んでしまった。男は頼りにならない、わめき散らすだけで何の役に立たない夫など眠っていてくれた方がまだましというものだ。私はベッドに陣取って電話でコール開始、種々のカード使用停止や新しいカード発行に始まり保険会社へ緊急キャシュの依頼と今この緊急事態に出来うる限りのサービスを要請…何十回と繰り返された日本との電話連絡で一応の目途がついた。後三日もすれば辺鄙なこの町の銀行に日本から緊急キャッシュが用意されるはずだ。気が付けば窓の外はもう陽が落ち闇が覆っている。この事態に落ち込んだまま寝付いた夫が遅い昼寝からようやく起き出した。その寝起きの第一声が「で、どうにかなるの？」だった。何時もの事だがそちらが寝てる間に懸命に私が「どうにかした」のだ。そう言いかけて私はふと思い出した。そういえば日本を出る時バッグの底に万が一に備えてお札一枚を隠し忍ばせていたはずだ。急いで確認する。助かった…それまでどうにか食い繋ぐ事が出来るはずだ。この騒ぎですっかり忘れていたが、今朝早い出発で私達は朝から何も食べていないのだ。安堵感からなのか急に空腹が襲う。事情を話すとホテルの従業員はすぐ近くの安くて美味い食堂を教えてくれた。裏通りに面したその大衆食堂はテーブルを前の歩道一杯広げ、道行く人がそこを除けながら当たり前のように車道を行き過ぎる。車の方もそれを待っているのだ。のんびりとした光景が広がっていた。私達は風の通るテラスにどっかと座り、愛想の良い亭主との雑談がこの災難を笑い話にしてしまった。どうにかなると分かると夫はもうすっかりご機嫌で酒の手配を頼んでいる。モスリムのここでの飲酒はやはり難しいらしいがご亭主に頼むとこっそり新聞紙に包んだビールを調達してくれた。すぐ脇で屋台の少年が煮込みの小さなエスカルゴをお茶碗いっぱいにマチ針を添えて渡してくれた。現金なものだ、夫は美味そうに針で蝸牛をすくいたちまち平らげた。

翌朝すぐに最寄の警察に盗難届けを出しに行く。建物もおまわりの佇まいも古いシネマに迷い込んだような署内で長い間待たされた。しばらくすると本庁での事情徴収があるとかで車で移動、静まり返った署内を担当の部屋まで案内される。そこに恐持ての目の鋭い刑事が三人と民族衣装のジェラバを着た英語の通訳が待機していた。カードや現金が帰ってはこないと分かってはいても帰国後の保険請求に現地での盗難証明書が必須なのだ。盗難に遭った私達の本籍を聞かれる。この国ではそれが証明であり重要なのだろう、それは住所ではなく私達が誰の子供であり、その親はどんな部落の出身なのかだった。列車内での事情を話すと帯びただしい顔写真リストを見せられる。ここモロッコでのガイドを装った質の悪い犯罪者リストだという。「こんなにいるの？」私が驚くと刑事は残念ながら…と肩をすくめた。この国にとって観光は大きな資金源になっている。彼等にとってもこれら悪名高きガイド達を一掃する事を国の威信にかけて取り掛からねばならないのだ。この恐持ての刑事達は思いのほか感じが良い。日本人だからだろう、暑くなって思わず私が上着を脱ぐといきなり「お、柔道か？」と彼等の一人がさっと構えた。「じゃあ、やる？」私もふざけて構えると笑いが起き、そんなくだけた会話に和みこちらも寛いでくる。リストを捲るうち一枚の写真に目が留まった。列車の前の席に座り止めどもなく喋り続けガイドと言っていた若い男、写真は間違いなく彼だった。額の傷の位置さえ合っている。私がじっと見つめていると「あなたの言っていた人相からこいつではないかなと思っていた。彼は名うての悪でね…。」と刑事が言う。「そう、彼。」と言い掛けて私は言葉を呑んだ。彼が盗んだ現場を私は見たわけではない、あくまでも私の推量なのだ。今から彼に掛かる嫌疑…証言は人の人生を左右する。私は躊躇いながら「似ているけど分からない。」と答えるしかなかった。事情聴収を終え盗難の書類証明のためまた違う分署へ移動、刑事達が何と護送車を用意してくれる。「護送車に乗るのは生まれて初めて。」私が面白がってそう言うと「ウエルカム・モロッコ！」刑事達は揃って笑いながら両手を広げた。数日後、幾ばくかの緊急キャッシュが地元の銀行に振り込まれた。旅を続ける間にはカードも再発行されるだろう。私が望んだとはいえトルコから始まった旅は長く、スペインでの暑さに体力は消耗され、もうここらで旅を止めようか…そんな気さえ起きたのだが私達はモロッコに行かなければならない理由があった。私達がモロッコへ行くと知った友人に「父の墓前に…。」とサハラの砂を頼まれたのだ。大らかな人だった。その亡くなった友人の父親へ手向けるサハラの砂のためここまで来たのだ…私達は気を取り直し予定通りこれからサハラに向かう事にした。

サハラへの突端の町エルフード行きの深夜バスに乗る。漆黒の中をバスは走り夜半に忽然と現れた小さな町で休憩。裸電球に灯される荒涼とした家並み、痩せた野良犬がうろついている。この殺伐とした風景は西部劇のならず者の町にも似て、私は黒澤のある映画を思い出していた。時折出くわす見知らぬ街のこんな野生の匂いがたまらなく旅の魅力だ。明け方エルフード到着。まだ眠りに就いたままの町で安宿を探す。ここは砂漠の入口、通された部屋はベッドから便器までうっすらと細かな肌色の砂で覆われていた。あれから緊急キャッシュを手に入れたものの、限りある資金でゆっくり砂漠を楽しむほどの余裕はない。私達はサハラの砂を持ち帰ればいいのだ。陽が高くなってから私達は安手の砂漠のツアーがないか町を探し歩いた。ひなびたその町の表通りでお茶を飲んでいた一人の若い男が私達に声を掛けてきた。驚いた事に彼は日本語が話せる。彼はドリスと名乗った。今までの経緯を話すと「すまない。」と彼が謝る。慌ててそれを否定する私達に数年自分が日本のあるサッカーチームに在籍していた事、広い世界に出たことで分かった今この国に必要な事…彼は熱っぽく話し始めた。そんな話をしている最中、私達にひとりの男が物乞いをして来た。彼は私達を制し、その男に自分から一本のタバコを手渡しながら彼に何やら言い含めた。後で旅行者がやると男は次からもっと旅行者に強請るようになる、だから私達があげては困るとドリスは言った。貧しさが自ら立ち上がる事を萎えさせる。今この国で自分が出来る事があるのではないか…彼は故郷の自立を望んでまた生まれ育った町へと帰って来たのだった。熱いものが伝わってくる。ドリスは男気のある青年だった。彼は私達に彼の所為でもないのに「償いをしたい、この国に来て良い思い出を残して帰って貰いたい。」と言う。トラブルに遭った私達に予算内で彼の今出来うる事を準備してくれるらしい。そのひとつとして彼が申し出た。この最果ての町に日本人の夫婦が住んでいるという。彼は小さな土産物屋を出しているのだが奥さんがリュウマチで治療費の捻出が大変らしい。しかも彼女は症状がひどくなるともう誰にも会わない。その妻の世話をしているため彼は働けず困っているのだという。そこで「君等が代金を払い彼のジープを借りて砂漠入口まで行ってくれれば彼が少しでも助かる。」と言うのである。もちろん私達に異存はない。「ありがとう、じゃ後で…。」とドリスは言い去って行った。

陽はじりじりと昇り真昼になるとここは竈の中のように焼けつく陽ざしで大地が霞む。私はこれまで数回サハラでキャンプをした事があったのだが、何れもまだ過ごしやすい季節であった事をすっかり忘れていた。真夏のエルフードは正しく灼熱地獄だった。私達は砂漠でのキャンプの準備を済ますと再びドリスと待ち合わせの場所に向かった。停められた一台のジープの前に来ると一人の小柄な中年の男が現れた。その彼の顔を見た途端私は凍り付いてしまった。昔雑誌で見たモザンビークの内乱での一兵士の衝撃的な写真が一瞬私の頭の中を掠めた。それは反対派に囚われた兵士が見せしめとして耳を削がれ更に口を耳まで裂かれた惨い写真だった。その元兵士は人里を離れ独り砂漠で暮らしているという。人間としての尊厳の顔を変え、なお生きながらえさせる事が彼等の報復だった。乾いた大地を背に異様な顔になった元兵士の目は不安と絶望に溢れていた。今目の前に現れたその日本人の彼の顔は明らかにそれを彷彿とさせるものだった。ドリスからはその事は何も聞いていない。私は平静を装い「今日は。日本の方ですってね、お世話になります。」と言うと彼は「ああ、まだ日本人に見えますか…。」と言葉にならない掠れた声で呟いた。それ以上私は何も聞けなかった。彼はどんな経緯を経て今はるかな砂漠の町で暮らしているのだろう。ツアー客は素通りするような砂漠入口の小さな町で土産物屋が成り立っているのだろうか…暮らしは大変だろうと思われた。人前に晒されたくない男と時折鬱に陥るという彼の病弱な妻が過去を断ち切って異国のこんな果ての町でひっそり生きている。彼等はここに骨を埋めるつもりなのだろう、もう日本に帰る意思はないと言った彼の厳しい人生を思った。ドリスは何もかも飲み込んでそんな異邦人に手を差し伸べているのだ。最果てのこの町に朽ちる事を選んだ二人…彼等と同じ国の人間としてお礼を言わなければならないのはこちらの方だった。

借りたジープの運転のために快活な一人の若者が紹介された。彼も故郷に舞い戻ったものの仕事がなかった。この町が自力で立つ、それを目指してドリスは何くれとそんな彼等の世話を焼いているのだ。さあ出発、彼等はジープの窓を閉める。ところがクーラーなんてとうに壊れている。こんな灼熱地獄で窓を閉めるなんて…私は急いで窓を開けた。いきなり容赦ない熱風が顔をなぶり、耳につけたピアスはたちまち火傷しそうに熱くなった。なるほどこれではどんなに車中が暑くても閉めていた方がまだましのようだ…前に座った二人が笑う中、私は慌ててまた窓を閉めた。砂漠の入口まで黒の砂漠と呼ばれる小石の砂漠を三時間、がたがたジープで揺られる。以前この道を通った時は深夜闇を縫っての爆走にただ車がやたらと揺れていたのを思い出した。ここは月面にでもいるかのように果てしない黒い小石の砂漠だったのだ。とつぜん肌色の砂丘が見えてきた。ここから先は不毛の砂漠が続く。忽然と姿を現した砂山、その砂丘と黒の砂漠の端境に簡素なバンガローが一軒ぽつんと建っている。そこで私達を降ろすと「後は全部頼んである、また明日…。」そう言ってドリスたちは帰って行った。

ここで少し休憩をした後いよいよ砂漠に出る事になりそうだ。夫はこの雄大な砂漠を前にすっかり感激しているらしく茫然と佇んでいる。何時もならとうに出ている不平もない。今から出陣…そんな思いなのだろう、彼の頬が高潮していた。しばらくしてラクダ引きのモハメッドが三頭のラクダを引いて現れた。もともと不器用な夫がラクダに乗るのは初めてで緊張で力が入るのか、前を行く彼の様子がぎこちない。私達は砂山の尾根に沿ってゆっくり進んだ。ラクダに揺られながらただひたすら果てもない広大な砂山を歩けばその上り下りにラクダの脚が砂にのめり込む。バランスを取るのに骨が折れる。小一時間も行った辺りで張り切っていたはずの夫の顔がすでに歪んでいた。それから更に二時間…ここがキャンプ・ポイントなのだろう、日が沈む頃ようやくラクダが止った。ここはアルジェリアまで後二十キロの地点だ。薄らと夕なずむ中、見渡す限り何処までもうねうねと肌色の砂丘が続いている。全てを浄化すればこんな無垢の砂になってしまうのか…そんな感慨が過った。バッタが薄墨の空を飛び交っている。モハメッドが今年はバッタが異常発生したのだと身振り手振りで話す。すると突然夫がラクダから崩れ落ちるようによろよろと降りた。もう声もない、すっかり精根尽きた感じだ。モハメッドは傍らで早速食事の支度に掛かっている。夫はキャンプという以上、ここに屋根付きのテントがあると思っていたらしい。私からこれがキャンプだと聞いてへたり込んでしまったのだ。キリム一枚と毛布さえあれば良い、この砂の上にそのキリムを敷いて横になって満天の星を望むのだ。以前チュニジアからこの砂漠に出た時も夜空を埋めるような星と、手を伸ばせば届きそうなその瞬きに陶然としたものだ。砂漠で屋根付テントだなんて…何て甘い男なのだろう。「キャンプって言えばそう思うに決まってるじゃないか。」夫は半べそでもう立ち上がる気力さえないらしい。一方、モハメッドは鼻歌交じりで夕餉の準備中だ。ここの名物タジンを作ってくれるらしい。満天の星空の下での晩餐…彼の作るタジン…肉じゃがに似たこの煮物は何処のレストランより絶品だった。けれど夫はここに着くなり横たわったまま先程から動かない。「ねえ、美味しいよ。」との私の声に反応もない。それどころか脂汗を浮かべて呻っている。「タクロホ…食わないのか？」モハメッドが耳元で何回怒鳴っても夫はぴくりとも動かなかった。この暑さだ、過酷な砂漠にやられたのだろう。放っておこう、男は弱いのだ。

私はこの愉快なモハメッドの言葉が気になっていた。彼はアラビック以外話せなかった。聞きかじりの英語と日本語のジョークを丸ごと覚えて時折それで客の笑いを取っているのだがコミュニケートはまったく取れていない。長い夜だ、ふと私はそんな彼に簡単な文法を教えることを思いついた。持っていたビスケットを並べ簡単な会話を身振り手振り入れながらフランス語、英語、日本語と順番に繰り返す。最初モハメッドには私が何を言っているか分からなかった。だが、ある瞬間「ああっ！」という声がして彼に光が灯った。正しく滝田ゆうの漫画に出てくる吹き出しのあの絵だ。ひらめいた一瞬、電球に明かりが灯るあの絵がそっくりモハメッドの頭上に輝いたのだ。「文体には主語と動詞と目的語があって組み合わせで色んな言い回しが出来る…それが出来ればあんたのガイドの巾がもっと広がるのよ。」私の言うことがどうやら分かったらしい。橙色の微かなランプを頼りに猛然とモハメッドの向学心に火がついた。「ヨーコ、もっと…」思い着く動詞を私が言えばちびた鉛筆の芯をなめなめ、彼は手帳にアラビックで書き出した。その傍らで夫は悪夢にうなされていた。何故か糞ころがしに食われている夢だったらしい。

早朝、約束の砂をペットボトルに入れる。モハメッドは「ここら中砂ばかりだ、まだ持って行くのか…。」砂漠に暮らす民にとってはそれは不思議な行為なのだろう。肌色の砂はさーっと音を立ててペットボトルを満たした。朝食を済ますと私達はまた同じルートをラクダに揺られて帰途に着いた。バンガローホテルに辿り着いた途端、私達は日頃飲むことなどない冷たいコークを恐ろしい勢いで一気に飲み干した。あんなに美味しい飲み物はなかった。

ドリスが迎えに来るまでの一時、この砂漠の入口で一人の日本の青年と出会った。彼も三日間砂漠に出ていたという。このままの人生を歩むのか…そんな躊躇いからサラリーマンを辞め半年前に彼は当てもなく旅に出た。歩きながら解き放たれた旅の空の下で「これから先どうしよう…。」と彼はそんな事を漠然と考えていた。異国を流れ流れてこの砂漠の満天の星空に抱かれている内に突然彼は小さなレコード屋をやりたいと思いついたらしい。だからここで旅を止めて彼は帰国するのだという。「お婆ちゃんの住む街で始めようと思います。」青年は爽やかにそう言って帰って行った。

エルフードに帰ってドリスの家に招かれた後、彼の口利きで私達はティネリールのトドラの谷まで行く事にした。ティネレールに着くとドリスの友人アブドゥールが待っていた。口数の少ない静かな男だった。「ドリスは立派な男だ、あんな良い人はいない。」その彼が目を伏せそう言った。そして私達のこれまでの経緯を聞くと「インシャライ（神の思し召しのまま）。」と一言呟いた。その夜私達は彼のペンションに泊まった。兄弟で切り盛りしているこの宿の掃除から料理まで殆どの労役を彼が担っていた。彼の兄達は客引きと車の運転だけが役目では普段は町で遊んでいるらしい。「何故あなただけ働くの？」それでも彼は「インシャライ。」と寂しげに笑ってそう呟いた。私は恥ずかしくなって言葉を呑んだ。そうなのだ、私達の社会の義務だの権利だの小賢しい小理屈など取るに足りない、自分は自分とどんな事に遭遇しても悠然と受け入れ、それが「インシャライ」なのかもしれない。イスラム社会のこの言葉は本来そんな大きな懐の意味を持っているのだろう。これから先アブドゥールにどんな時間が訪れるのだろう。

アトラス山脈麓のオアシス、赤く乾いた大地に谷川のせせらぎが流れていた。十年前、私は足の赴くままこの辺りを気ままに旅をしている。せせらぎの聞こえたこの谷里にも否応なく文化は押し寄せ、あの頃河原の浅瀬で女達がのんびり洗濯をしていたが今その光景はない。護岸工事された川に沿ってコンクリートの道路が走り、周りに小さなホテルが建ち並ぶ。すっかり変わってしまった。あの時、私はこの谷で一人のモロッコの詩人と出会っている。まだ若い彼が日本の谷崎文学が好きだというのに驚き、この川辺を歩きながら私達は語り合ったものだ。また学会に来ていた隣国モリタニアの地質学者Mとその前に訪れた街ワルザザードで知り合っていたのだが、この谷で偶然にも再会した。話せば何故か物静かな彼と気が合った。「今度マリを案内したい。君はきっとそこが好きなはずだ、僕を訪ねてほしい…。」彼がそう語り私はまだ見ぬマリを想像した。椰子の生い茂るこのオアシスを一緒に歩き夢を語ってくれた里帰り中の若きホテルマン、カスバにある日干し煉瓦で出来た自分の家に招待してくれた青年等、この大地の何処か…十年前出会った彼等は今どうしているだろう。

その後ワルザザード経由でマラケシュを経て私達はモロッコを去った。再発行のカードを手に入れるまであれから一波乱二波乱もあり、紆余曲折の末ようやくマラケシュで私達の手元に届いた。夫はこの国で起きたこれら一連の事態にもううんざりしていた。ここに至るまで様々な手続きを何一つ自分ではしていないのに「もう列車や船などごめんだ、俺はここを一刻も早く、今すぐ出たいんだ。」と声を荒げる。有名なフナ広場がすぐホテルの裏にあるのに食事以外ここを出ようとしない。まして自分を独り置いて私が外出など絶対許さないとわめく。我儘の極みである。夫は人からよく「大らかな方…」と言われる。でも実態はこうなのだ。ただ喋りがゆっくりだから人は勘違いするのだ。「何が詩情漂う絵だ。欺瞞だらけの嘘つき。」そう吐き捨てたいその台詞すら今は言いたくもない、私はその言葉をぐっと飲み込んだ。思えばこの長旅で彼がしてきた事は不平不満を挙げつらうだけじゃないか…私は夫と口をきく気になれないほど怒りで沸騰していた。長旅で時間のある私達は旅情を楽しみながら列車で移動すれば旅費も掛からないはずだ。けれど夫は言い出したら聞く耳を持たない。その日、あいにくバカンス時期でしかも休日ときている。航空チケットは最高値だった。再発行と言っても緊急時の仮カードには限度額が限られている。今は貴重な旅の資金と分かっていながら私はこの男のために意地で大枚を払い、正規料金でポルトガル行きのチケットを買うしかなかった。

そして極めつけが最後の空港でまたトラブル発生。出国手続きの際、係員には私達二人が怪しく映ったようだ。彼等には確固たる日本人のイメージがあるのだろう。格好が日本人らしくない、しかもこんな軽装で…と続く。どう説明しても「でも何だか怪しい。」彼等のいたぶりのような嫌疑に私達の怒りは頂点に達した。乏しい語学力のどこから湧いて来るのかと思われるほど英語の抗議が羅列して私達の口を突いて出る。夫も私もあんなに英語でまくし立てた事はない。ようやく許可が下りた。だがその間私達のために四十分もポルトガル行きの出発が待たされていたのだ。滑走路を突っ走り、ようやく玩具のような小さなセスナに乗り込むと、私達はまだ荒い息のまま機内にいる皆に向かって待たせた事を詫びた。そしてばたばたと左右に別れた指定のシートに座り込み機内を見渡せばコックピットが丸見えでドアさえ無い。乗客は私達のほか十名程で満席らしい。大枚を払ったチケットだったが、これでジブラルタルを渡るのかと懸念されるような代物だった。飛行機が飛び立つとこれまでの夫の我儘さに改めて私の怒りが噴出する。私は通路を挟み隣り合った夫と目すら合わさず押し黙ったままずっと夜の帳の降りた真っ暗な窓を見つめていた。今ジブラルタル海峡の上を飛んでいるのだろうか、アブドゥールの「インシャライ」が残響のように耳に何時までも残っていた。

やがて小さな窓から首飾りのような灯りが見えてきた。温かな光…人の暮らしが眼下に広がっている、ああ、ようやくリスボンに着くのだ。安堵が広がる。機体が大きく旋回すれば金色の薄い三日月が浮かんでいる。なんて美しい夜なんだろう、絵のように綺麗なその眉月に私は思わず夫を促すように黙って指差した。先ほどから夫はこちらをずっと気にしていたのだろう、彼が媚びるように笑って頷いた。そう、もうリスボンだ…私も黙って微笑み返した。

転げ落ちる坂の家

ラパスの街で私はひどい高山病に陥っていた。息を弾ませながら登り切った丘の上のホテルに着いた途端、激しい頭痛と嘔吐に見舞われてしまった。ブエノスアイレスからこの高地まで飛行機で一気にやって来たのがどうもいけなかったらしい。一緒の娘はアジア、アフリカを経てここ南米を目指して空港に降り立った途端病に倒れ、一番巡りたかったこの大陸の旅を断念せざるを得なくなってしまった。その娘の看病のために日本からここまでやって来ていた私はせめてと病後の娘を連れ、ここボリビアとペルーを軽く周って帰国するつもりだった。ここラパスまでの飛行機の中で私は瞳の美しい青年と隣り合った。彼らはアルゼンチンからボリビアまでの出稼ぎの団体らしくこれが初めての飛行機だと皆がはしゃぐ中、ただ独り私の横の青年だけが静かに笑みを浮かべている。ぽつぽつと青年は話し始めた。両親が離婚した後彼は母親の国アルゼンチンで育てられ、その母親も近年亡くなったという。彼が生まれて間もなく別れた父親は息子の顔も知らないであろう、しかし自分にはスイス人の血が流れている…もう祖父母も既になく、この世の血縁はまだ見ぬ父だけだと寂しく笑った。そして何時かスイスに住む父親に会いに行くのだと語り、彼がまだ幼いころ父親から貰ったという黄ばんだ手紙をお守りのように入れた胸のポケットから取り出し見せてくれた。そこにまだ父親がいるだろうか…けれどその青年にとって長い時間に掠れた手書きのその住所だけが唯一父に繋がる証だった。遠い異国の地、父親が暮らすというスイスの深い湖を思い起こさせるような真っ青に澄んだ瞳の青年だった。

南米大陸を縦に突っ切って眼下には広大な緑の大河が横たわっていた。その大きな川がうねうねと蛇行を続けながら台地を走り、その蛇行は所々に大きな三日月湖を残しながら湖面がきらりと光る。果てしなく広がる密林の中を、川は途方もなく大きな時間を飲み込んでこの大地の命を繋いでいたのだ。昔見た教科書の地図の図形のままに小さな流れが、やがて大きな川のうねりとなって遠い海に辿り着く…その様を今空から一望しているという不思議な感覚に襲われた。その大地の密林の中をいくつかの線が放射状に横切りまっすぐ伸びている。伐採した木材を運ぶための道路だと思われるその幹線は、遥かな距離をまるで定規で引いた線のように何処までもまっすぐ走っている。こんな未踏のジャングルにも文明という人力が容赦なく入って行くのだ。何万年も変わる事のなかった森の奥深く、幾つもの大樹が音を立てゆっくり倒れていく光景が目に浮かんだ。その密林地帯を越え乾いた大地を飛び続けて、飛行機はやがて山間にあるすり鉢状の小さな街ラパスの上を旋回した。こうして目指すボリビアまで私達は一気に飛んで来たのだった。

空港を降りてすぐにお下げ髪に山高帽、何枚も重ねられたスカートを穿いたインディハナの女性が目に入る。いつか写真で見た風景、抜けるような青い空に廃墟とその末裔達…ついにボリビアに来てしまった。ある興奮が足元から沸いてくる。空港からのバスを降りて私達はラパスにある安宿を求めて歩き出した。アステカの末裔達が広場を行き交い、道端に女達がぎっしりと並んで幾つもの風呂敷らしきを広げ、行過ぎる観光客相手に商いをしている。手織りのバッグにセーター、三葉虫の化石やお守りのアルパカの胎児のミイラ売り…地球の裏側のこの異郷に今自分達が降り立っているという不思議さと高揚感で娘も私も好奇心全開。彼等がモンゴリアンと言われるがなるほど…色鮮やかな手織りの衣装に身を包み地べたにぺたんと座っている人々は、どの顔も一昔前日本の田舎で見かけるような面立ちで妙に懐かしさがこみ上げてくる。窪みの底にある中央のこの広場から上に向かって細い坂がいくつも伸びている。目指すホテルはこの坂の上にあるらしい。坂道にずらっと並んだ物売りを冷やかしながら重いバッグを引きずり私達は上り始めた。しかしどういった事だろう。一、二メートルも足を運ぶともう息があがって先に進めない。とてつもなく足が重いのだ。娘とマジックにでもかかったかのようなその可笑しさに笑い出したが二人とも声にならない。ここは海抜四千メートルの高地だった。偶然その坂道で日本人のボランティアの婦人に出会ったのだが、彼女はここに着いてひと月も高山病に悩まされたらしい。ようやくホテルに辿り着くと突然それは始まった。激しい頭痛に嘔吐。ああ、これが高山病か…今まで旅に出て体調を崩した事はなく私は油断していた。それからラパス滞在中の七日間症状は続き、何回となく出て来た旅の途上で初めて日本が恋しくなる。ずきんずきんと激しい頭痛に嘔吐…ここまでのルートを順追って辿れば家までの遥かな道のりに今更ため息がついて出た。今すぐ懐かしい我が家へ帰れぬものならせめてもと、貧乏旅行でついぞ口にした事のない高級ホテルの温かいスープも、やっと見つけた日本大使館内のうどんの汁も甲斐なく、私の体を癒すには至らなかった。旅好きの性ともいうのだろうか、そんな高山病特有の症状に振り回されながら最も南米らしいといわれるこの街を私は卑しく徘徊した。けれど一向に納まらない頭痛、嘔吐についに私は見切りを付け、この魅惑的な街を切り上げ隣国ペルー・クスコの町を目指す事にしたのだった。

バスで街を降り、チチカカ湖を渡ると列車に乗り込めるはずだ。バスはラパスを出てうねうねと山を下り始めた。すると小一時間も走っている内に、この数日間私を悩まし続けたあの頭痛も吐き気も嘘のようにぴたりと収まったのである。このトリックに出会ったかのような可笑しさに私も娘も笑った。やがてバスは湖畔の村まで辿り着き、そこで湖を横切る渡しの船を待つ事になった。ちょうど昼時になっていた。バスを降りた他の観光客はぞろぞろと村にある一軒の軽食屋へと吸い込まれて行った。何時以来だろう…あの激しい刺すような頭痛が治まれば目の前に長閑な世界が広がり、薄日が心地よく湖面を射している。船が出るまでの一時、私は再び蘇った快適さを満喫するように穏やかな日差しに満ちた水際をひとり歩いた。音のない世界、鉛色の湖の上に青い空が高く広がって、漁を終えた漁師達が小船を背に柔らかな日差しの中のんびり語らっている。湖の波打ち際に二、三匹小さな魚が零れ落ちていた。その小父さん達と他愛のないやり取り「良い帽子ね。」と声を掛ければ「どうだい、こいつより俺の方が似合うだろう。」ついでに彼はおどけて私にその帽子を被らせ「こりゃたまげた。お前さんの方が似合うよ。」そんな会話だったのだろう。旅の途上の静かな日常…仰げば久しぶりで見る青空のような気がした。

船頭の呼子で観光客がバスごと砕石船のような船に乗り込みチチカカ湖を渡る。しばし湖面の冷たい風に晒されて、まもなく私達は向こう岸へと辿り着いた。船を降りた途端一枚の立札が立っていて「バーニョ」（便所）とある。湖を渡る間すっかり冷え上がった私達は一斉にそこへ向かった。その立札の先にお婆さんが独り置物のように椅子に座っている。差し出した彼女の皺枯れたその片手に皆慌てて小銭を渡す。見れば目の前の簡素な家畜小屋らしきものがそのバーニョらしい。屋根はあるものの壁は腰よりちょっと上、つまり皆こちらを背に用を足しているのが一目瞭然なのだ。長く並んだ列のどの顔も戸惑い困惑している。やがて私の番が来た。空いた場所に行ったものの隣との仕切りこそあれ、縦長に掘られた穴の他便器らしい物はない。私も前に並んでいた同年配のドイツ人女性と躊躇いから顔を見合わせる。しかし催して来るものは拒めない。私も皆に習って中腰体勢で用を足し始めた。薄い腰壁一枚隔てた隣の彼女も同様らしく、お互いこの不恰好さに笑った。やがて夫婦で旅行中というこの感じの良い女性とクスコまでの道のりで偶然何度も出くわした。いよいよそれぞれのルートが大きく変わる別れ際、私達は抱き合って別れたのだった。

湖畔近くの宿でその夜を過ごし翌朝私達はクスコまでの列車に乗り込んだ。この地球を旅し何時の日か最後にやって来るのが空中都市マチュピチュで、年老いた私は静かにそこで深呼吸するのだろう…そんな事を私は漠然と考えていた。しかし娘の看病とはいえ今ここ南米まで来てしまった。ならばその空中都市を訪れないでは帰れない。病後とはいえ娘も同じだった。早朝の小さな駅はクスコまでの客でごった返していた。野菜売りや土産物売り、出稼ぎから楽団、各地から集まったバックパッカー達…それを目がけて群がる物売りまで、二等客車は様々な人の喧騒で溢れている。私達は通路を縫いながら空席を探した。するとある客車に日本人と思しき青白い顔の青年が心細げに窓際に張り付くように座っている。「あなた日本人？」との問いに「はい。」と彼は不安気に小さく返事をした。私達はその近くに陣取り、やがて私達が彼と同じ九州在住であると分かると、急に彼は元気付き博多弁で話し始めた。遼と名乗る彼はまだ十九歳だった。高校時代熱中したポロを本場アルゼンチンで学びたいと独りここまでやって来たのだという。しかし現地に来てそのポロがほんの一握りの階級のためのスポーツだと分かった。それがまだ若い青年には心痛む事だったらしい。彼が寄宿する事になった環境は彼の住む日本と大きく変わっていた。知人を通じ里親となってくれた家は地元の有力者で、遼は手厚くもてなされた。皮肉にも彼は裕福な彼等のために低賃金で働く多くの使用人の暮らしを目の当たりにする事になったのだ。修行のつもりでやって来たのに、彼に宛てがわれた馬もその道具の手入れまで全てをその使用人達が世話をし、彼はただ準備された馬に乗るだけだった。一日優雅なポロに興じ楽しむ一部の人と、その下で低賃金で寡黙に立ち働く大勢の人々の暮らし…そんな生活の大きな落差を垣間見る事になってしまったのだ。単にスポーツと思っていたポロがこんな社会の上に成り立っていたのか…高校を出たばかりの彼にとって初めて知る社会の構造だった。まだ若く純な彼のポロへの情熱はこの留学ですっと引いてしまったらしい。だからもうポロは止めた…あれほど熱中し親を説き伏せやって来た一年間のポロ留学を途中で取り止めたのだという。これから後はどうするかまだ分からない、それでもせっかくの機会だからと帰国までの一時を独りここペルーまで旅に出てきたのだった。ひとりっ子だという彼は見かけよりいっそう幼く、私達の出現でようやく活気づいたのか私達を母、姉のように慕い甘えた。湖から始まった列車の旅はこの上もなく素晴らしいもので流れ行く景色、点在する民家もどこか日本の遠い風景に似ていた。思いがけない異国で聞く九州訛り…彼の故郷に程近く住む私達との出会いで、止めどもなく溢れる彼の話を横で聞きながら私は独り北陸に住む息子の青春を思った。

途中何回か小さな駅で汽車が止まり、その度一斉に物売りが列車に走り寄っては様々な物を売り歩く。そそられて買ったモロコシの葉に包まれた蒸し米はまだ温かく素朴な味が懐かしかった。三、四人で組んだ少年の楽団も線路に腰掛けてそれを頬張った。山間から小さな人里へと交互に抜け、しばらく走ると突然また列車が止まった。あたり一面何もない山間で駅ですらない場所での思いがけない停車だった。どうやら休憩らしく乗客も客車からぞろぞろ降りて大きく手足を伸ばしている。列車のここでの休憩を知っているのか何処からともなく五、六人の幼い子供達が現われ、そんな乗客を眺める。かさついた肌に着古しの服を着てもじゃもじゃ頭の愛らしさ…物珍しげに異邦人をじっと見詰める眼はきらきらとしてまだ私達が貧しかった頃の子供等を思い出させた。その子供達を囲んで「何て可愛いの！」とあちこちで歓声が上がる。彼らはこの時間決まってこうして此処に現れるのだろう。まだ小さなその手に乗客から余るほどのおやつが次々と握らされ、何時しか彼らのポケットは大きく膨らんでいる。やがてしばしの休憩の後、汽笛がボーっと出発を知らせると皆あわてて汽車に乗り込んだ。かたんかたん…ゆっくり動き始めた車窓から、居残った子供らが互いの手をひいて家路に向かいながら先ほど貰ったお菓子をすぐさま口いっぱい頬張っているのが見える。毎日ここに通い詰めれば、お菓子だけはあの子達の生活に不釣合いなほど手に入るのだ。彼らの親だってそれを止めるまい。とうてい病院があるとも思えない山間の寒村…まして病院があったとしてもそう簡単に行けない暮らしぶりだろう。小さく消え行く彼らに手を振りながらあの子達が虫歯になって痛がらなきゃ良いが…と私達旅行者の余計なお世話が悔やまれるのだった。

彼はすでに私達母娘に草履を預けた気分らしい。クスコに着くと遼と私達三人は安全な安宿を探し歩いた。ここペルーの経済は悪化し、昨今の治安の悪さが取り沙汰されていたからである。広場からくねくねと高い塀に囲まれ狭い坂道が続いていた。息が切れそうなほど急なその坂の途中にその宿はあった。後でわかった事だが宿の名の意味が「転げ落ちる坂の家」だそうだ。なるほど無理もないとその名づけに笑ったものだ。宿のある坂をだらだら下りるとアルマス広場に出る。その広場には決まって同じ靴磨きの少年や手織りのバッグや飾り紐を売っている幾人かがいて何時しか顔なじみになった。まだ十一才という靴磨きの少年は私達を見つけると駆け寄り甘えてきた。二キロ先の村から裸足で毎日この広場までやって来るという。でも本当は学校へ行きたいんだ…と彼は無邪気に話す。そして「日本の事教えて！」と目をきらきらさせて私に頭をもたげてきた。それはほんのちょっとした思い付きだった。私はこの愛らしい少年に「もしお客が日本人だったらこの歌を歌えばきっと喜んで君に靴磨きを頼むよ。」とドラえもんの歌を教えてあげた。何度か練習する内に少年は恥ずかしそうに体をゆすって「あんあんあん、ど・ら・え・も〜ん」と歌った。また広場でスカーフ売りの一人の青年は面差しから細めの体形まで日本のある演歌歌手に似ている。話し掛ければ何と声までしゃがれているではないか。私は彼に迷うことなく「お袋さんよぉ、お袋さん」と教え始めた。広場の真ん中で歌の不得手な私が彼らに教え始めると人がどんどん集まって来る。皆口々にあの歌を教えてと言い出す。とうとう彼らは勝手に列を作って順番を待ち始めてしまった。ある一人などレストランの配達途中でお盆に皿を乗っけたまま「上を向いて歩こう」を日本語で覚えたいから早く教えてとせっつく始末である。こうなったらもう引っ込みは付かない。「はいっ、次。」音痴のにわか教師はアルマス広場で声を張り上げ、彼等に日本の歌を伝授したのだった。

クスコに荷を解いた私達はマチュピチュへと向かった。スペイン人からの難を逃れたインカの民が隠れ住んだというあの「空中都市」である。麓の駅で汽車を降りてバスに乗り込みうねうねと九十九折の山道を昇ると、車窓からのただならぬ景観に感嘆の声があちこちで起こる。雲を帯にして異様な山がにょきにょきと幾つもそそり立っているのだ。こんな所まで…誰しもそう思っただろう、まさしくそこは空中都市だった。遺跡入り口で大勢の観光客に混ざって日本人と思しき二人連れの若者に気づいた。声を掛けると手ぬぐいを肩にかけ、長旅に慣れた風情でのんびりとした声が返ってくる。二人とも娘と同い年だった。チケット売り場ではパスポートの提示が必要だった。在日朝鮮人三世と名乗った義は「俺らのパスポートこれなんや。何処行くも面倒やでえ。」と関西訛りでほらと韓国のそれを見せた。日本に根を張りずっとそこに暮らしていてである。彼らが過ごしてきた背景の重さに私も娘もまた彼の連れである青年も一瞬言葉を呑んだ。半世紀以上も前、理不尽な歴史があった。彼等は強制労働という手段で占領国だった日本に連れて来られた。敗戦後もそこに留まり在日と呼ばれ差別さえ受けながらきただろう彼の祖父母や父母…過る想いはそこにいた皆同じだったろう。しかし彼はすぐさま「俺、まだ韓国にいる婆ちゃんに会った事ないねん、だから来年は韓国に留学するつもりなんや。向こうの事俺、何も知らへんしな。」と屈託なくそう言った。「そお、愉しみだね。」私達は彼と同じようにわざと何でもないよう返した。重い歴史に後ろめたい何かが私達の中を走ったが、彼のさらりとした言葉が何も言わせなかった。

一方、韓国籍の義が旅の途中に出会ったという豪は見るからに育ちの良さを思わせる伸びやかな青年だった。アメリカ留学を終え帰国前に南米への旅に出たという。時折彼の父親がアメリカに仕事でやって来ると二人で小旅行をしたらしい。そんな時何時も父親が準備した良いホテルに宿泊し、良いレスランで食事を取る。「ちょっと違うんだよなあ。」と彼はそれをぼやいた。「すごいなあ、俺んちは家族皆でパチンコしてカラオケに行くんがレジャーやで。」と義が言えば「そっちの方が良いじゃないか。」豪が甘ったれてそう言う。偶然この南米の旅で出会ったという同い年の学生、彼らの背景は大きく異なっていてもこの二人の青年は奇妙に馴染んでいた。そしてこの気の良い二人のちぐはぐでのんびりとした会話は温かく私達を和ませた。「じゃ、また後で。」私達はそれぞれにこの遺跡を見ることにして別れた。

光を浴びてこの神秘の頂マチュピチュはのどかな公園のように和らいでいる。遺跡を巡っていると何処からともなく風に乗って懐かしい音色が流れてきた。「まさかこんな所で…。」私と娘はその音を辿って行った。裏手に回り辺りを探すとアジア系の団体客を前にガイドと思しき男性が尺八を吹いているではないか。五木の子守唄が海を越えて、はるか南米の山頂の遺跡で風の音のように流れていたのだった。彼等はブラジルの日系の老人達だった。「ここに掛けなさい。」私達に気付きすぐさまお婆ちゃんが席を空けてくれた。この音色に誘われて私達はしばしこの老人達の仲間入りを決め込む事にした。無国籍といった体のいかにも自由人らしきこのガイド氏の穏やかで面白い説明に誰も耳も貸さず、このブラジル二世の老人達はバッグを空けたりお喋りに興じたり…結局彼の説明に感心したり笑ったりするのは私達母娘だけである。移動しながら何時の間にか彼のガイドは私達親子に向けられていた。ある遺跡の前でついにそのガイド氏がこの老人たちに向かって私達に自己紹介を願い出た。私達が名を名のり九州在住であると分かると、がぜん元気ついた老人ひとりが前に進み出て「わしぁ熊本出身だ、同郷も一緒だ。」と両手で私の手を握る。すると次から次へと老人達が「私は長崎。」「わしは広島。」といった具合に私達を取り囲んで歓ぶ。彼らには私達が日本人であるだけでもう懐かしいのだ。「一緒にブラジルに来ないか、わしの家に泊まればええ。」皆口々に申し出てくれた。苦労を終え今こうしてゆったり旅行を楽しめる時を彼等は迎えていた。しかしそれぞれが骨を埋めるのはこの異郷の大地なのだ。わずか四、五歳の頃両親と海を渡ってここに根付いても、味噌汁で育った彼らは日本を忘れない。何十年も前生まれた土地の訛りがそのまま口を突いて出る。彼らの胸には未だに美しい日本があるのだ。熱く手を握られながら彼らの過ごして来た途方もなく長い時間が胸に迫ってきた。

ガイドのM氏は私とほぼ同世代であった。七十年代若者たちはキャンパスを根城に戦う者、そこからドロップアウトする者…様々な青春群像があった。彼もそんな中の一人だった。あの時代一年もの間彼は南米を独り旅した。若者達のシュプレヒコールも聞こえない、雲の流れのように緩やかな時を彼は歩いた。その後帰国して復学したものの街の雑踏の中で、その流れの歩調に「俺はもう着いて行けない…」と立ちすくんでしまったという。さして目的のなかった青年は再び南米を目指し、もう二度とあの雑踏に帰って行く事はなかった。気負う事もなく淡々と話す彼の人柄は穏やかで自分の探し当てた人生、身の丈の幸福に満足しているのだろう。同世代のそんな彼の生き方を私は嬉しく感じていた。「良い人はいいね。」若い頃何故か刻印された…ある本で読んだそんな台詞が胸に広がった。後日クスコの街で偶然バスの中にいる彼に気づき私達は彼の名を呼びながら通りから大きく手を振った。彼の方も私達に気づき、走るバスの窓から身を乗り出し手を振って一瞬降り掛けようとした。しかしバスはすぐ角を曲がりそのまま坂を上って行く。バスの中から「お二人に会いたかった、何時かまた…。」彼は声を張り上げて私達に手を振った。そして彼ともそれっきりになってしまった。爽やかな別れだった。何の強張りもなく彼は今もこの大地でゆったり流れる時間のように緩やかに暮らしている事だろう。

マチュピチュの麓アグアスカリエンテで数日を過ごし再びクスコの街に帰って来た。

「これから何処に行くんですか？」同じような気ままな旅人同士交わす会話である。以前ラパスで会った海外協力隊の青年K、汽車の中で出合った遼、マチュピチュであった豪と義、娘とアフリカで一緒だった西、新潟の新名君…それぞれに私はこれからの旅のルートからおおよその日を想定してクスコの「転げ落ちる坂の家」で落ち合おうと集合を掛けていたのだ。そしてその日、坂道にあるこの宿に皆集まった。彼らの母ほどの年齢の私が出会った若者達…長旅に出ている彼らに懐かしい手料理を振舞う事になっていたのである。皆の希望でカツ丼を作ることになった。こんな簡単な料理も異国でとなると材料の調達に惑う。まずパン粉がない。食パンからパン粉を作り貴重な醤油も長旅の彼等からぎりぎり調達できた。後は小さな部屋でキャンプ用のコンロを駆使して総勢十人分のカツ丼に取り組む。皆日本食は久し振りだった。何時もの一人旅とは違い、連れの娘が私をそう呼ぶせいで何時の間にか彼らも私をママと呼ぶようになっていた。外の世界へ憧れ家を出ていながら、その家が恋しいのだろう。私が料理を作る側で彼等はまとわりつく子供のように語りかけて来る。美味しいものを皆で食べる…そんな単純な事が何かしら温かな一時の幸福を運んで来たようだ。クスコの街で期せずしてこの若者達との間にかりそめの家族のように安らぎが生まれ、その日皆幸せだった。お腹が満ちるとそれぞれが旅の話や夢、日本の家族の話を誰からともなく語り始めた。今度が最後の旅のつもりで出てきたと口数の少ない新名君がぽつりと言った。彼は母親を早くに失い、寡黙な父親とずっと二人暮らしだった。彼は時折思いつくままふらりと長い一人旅に出る。彼も無口な質だった。ある冬の日、アルバイト先のガソリンスタンドで「誰か空き地で暴れてるぞぉ!」との声に外に出てみると、向こうの空き地でどてらを着たまま酒に酔った父親が雪にまみれて独り暴れていた。父親はそれが息子と気付くとなお暴れながら「おめえが良い年してなぬを考えてるのか俺にはわがらねえ…。」と言ったという。父親は泣き顔だった。寂しく哀しい風景だった。特有の訛りで彼が語ったその話は遠く見知らぬ北国を私に思い起こさせた。土地から出る事もなく男手ひとつで子を育てた真面目一方な父親には、一人息子が三十を過ぎて身も固めず定職にも就かず、幾度も繰り返すその放浪ともいえる長旅は理解できなかった。「親父も寂しいのだろう、それにすぎな人も長く待たせ過ぎている。だがらこれで本当に終わりの旅にしようと思って…。」と彼は笑うように呟いた。目のきらきらとした純な青年だった。集まった皆が良い若者達だった。夜更けしんしんと底冷えのするこの高地の町で何度も熱いコーヒーが注がれ、気がつけば何時の間にか夜が明けて名残の裸電球が点いたまま、クスコの街に朝日が昇ろうとしている。私達が語り合った屋根裏の簡単なサンデッキから乳色の靄に包まれまだ静まり返った街が一望できた。地球の裏側にある異国で偶然の出会い…そこに居合わせた者達の胸深く何かが流れていた。「写真を撮ろうよ。」誰かがそう言い私達は笑いながら階下に降りて行った。そんな気分だった。自動シャッターの前でみな肩を寄せ合う。カシャッ。何故かしら涙が出そうなほど愛しさで溢れた。「つまんないポーズだね。じゃ今度は互いに殴り合いの格好よ。」照れ隠しのそんな私の声に皆笑いながらふざけてまたカシャッ、朝日の中「転げ落ちる坂の家」の前で撮った写真が二枚。その日の午後私達は惜しむようにそれぞれに散って行った。けれど私のちょっとした不注意で帰国後現像されたフィルムには何も写っていなかった。

あれからまた私は幾度も旅をし、色んな人に出会った。しかし何時までもあの幸福な夜が温かな余韻のようにずっと私の胸の底に残っている。ついに見る事のなかった二枚の写真、彼らも何処かであの日朝靄の中で取った写真の事を思い出すのだろうか。

冬の旅

初冬の冷たい雨に濡れそぼったフィレンツェを後にして、ミラノ発パリ行きの夜行列車に乗り込んだのは午前一時も回っていた。十時過ぎに着いたミラノ中央駅は行きかう人でまだごった返していたが、やがて地方向けの電車も終わり午前0時発のパリ行き最終列車一本を残す頃には夜汽車を待つひとむらひとむらの人々の間を寒さが染み入るように閑散とした駅舎に変わっていた。その国際列車は出発予定の時刻から一時間も遅れ、暗い夜の底でどこまで続くのか幾両もの列車が蛇のようにうねうねと体をよじらせてホームに到着した。

ようやくカタカタと電光掲示板にビナリオ（ホーム）が掲示されると何処に潜んでいたのか、駅舎の大きなドームの暗闇から湧いて出て来たかのように人々が一斉に重いキャリーバッグを引きずりホームに向かって歩き出した。疲れ切った人々は誰もしゃべらず照らされたホームには幾重ものガラガラと忙しないキャリーの音だけが響く。トルコから始まった私の旅もパリを残すのみになっていた。初冬の旅という事ではなから荷は嵩んでいる。号車を確認すると旅で更に膨らんだ大きな鞄を私は渾身の力で列車のタラップに押し上げた。こんな旅、何時まで続けられるのだろう…私は息を弾ませながら自分のコンパートメントを探す。フィレンツェに着いてすぐパリまでのこの列車の予約は入れておいた。中ほどに席を見つけると「ボナ・セッラ。」そう言いながら私は荒い息のまま取りあえずどっかと腰を下ろした。二段ベッドはすでに設えられ、下の真向かいの席に漆黒の肌をしたアジア系の男が独り座っている。「ボナ・セラ。」がっしりとしたその男が静かに言った。

挨拶を済まし私は鞄を座席ベッドの下に無理やり押し込んだ。このまま一晩寝れば朝にはパリに着く。通路にはまだ自分のコンパートメントを探し、重い荷物を引きずりながら労働者らしき人々が行き過ぎる。こんな深夜の夜汽車より飛行機の方がはるかに速い。けれど私は夜汽車のどこか切なげな出発と暗闇をガタゴト揺れながら走る夜の気配、やがてぼんやり明るんで朝まだきの乳色に靄った車窓の移りゆくそんな景色が如何にも旅の途上らしく好きだった。少しでも安く…この夜汽車はそんな人達が移動に使う列車なのだろう。

目の前に座った男は聞かれるままシバと名乗った。私は彼に「何処から来たの？」と聞いた。「ローマ。」口数少なく男が答える。「そうじゃなくて…出身は何処？」彼は「ああ、スリランカ。」と言った。彼は女房を国に置いて長い間イタリアに出稼ぎに来ていた。国にお金を送るらしく黙って手振りでそう語る。今はパリで働いている弟に久し振りで会いに行くのだという。そして仕事を問えばセールスマンと答えた。小ざっぱりと洗い込んだジャンパーに野球帽を被ったシバのぽつぽつ語る話から彼が街の広場で手に持てるだけ抱え土産物を売っている事が分かった。そんな広場で私は物見遊山に来た観光客であり、彼は異国で何時売れるとも分からない安価な土産物を売っている人の一人だった。それを彼はセールスマンと言ったのだった。自分が気楽な旅行者である事の後ろめたさから「そう、奥さんも国で一人でずっと待っているのは寂しいね。」そう言葉をつなぐと彼は前かがみのまま「ああ。」と半分笑って頷いた。一緒に暮らせれば誰しも自分の国で家族と共に暮らすのが良いに決まっている。こうして遠く異郷の地で独り暮らしながら彼の夢は生まれ故郷ののどかな田園を彷徨うのだろう。深夜の薄暗い列車で彼のそんな佇まいは、以前映像で見た森の孤老ゴリラの穏やかで威厳に満ちながらどこか哀しみを漂わせた目を思い起こさせた。

私達のコンパートメントに張り付けられた番号と切符を見比べながら、また労働者風ながっしりとした一人の中年男が入ってきた。屈強そうなそのイタリア男は軽々と二段ベッドの上に大きなボストンバッグを投げ入れると、どっかとシバの横に座った。そこへもう一人、アジア系の中年男が入って来る。どうやらこの部屋はこの三人の男達と私らしい。予約の際、休日のせいか列車は満席状態で「どこでも良いから…」と言って取った席だった。まあ、良いさ…これが旅なのだ。寝入るまでのひと時私達は話し始めた。イタリア男はコモ湖周辺の出らしく、私がコモ湖に言った事があるというと「どうだ、良い所だろう。」と自慢を始める。シバがローマに住んでいると知ると「あんなうるさい所に良く住めるな。ヨーコ、言ってやれよ。コモがイタリアで一番いい所だって。」とうそぶく。私が「コモも静かで美しい所だけどローマも良い街なのよ。ところであなた、ローマに行った事があるの？」と言えば肩をすくめて「いいや。」と言った。「ほんとは俺、田舎者でコモから出た事がないんだ。ローマなんて都会にゃ行った事もないし、ましてパリなんて言葉もできないし…今からドキドキしてんだよ。」と大きな体で不安げに言うのが可笑しく私達は笑った。上の段で忙しなく今夜のねぐらを準備しているもう一人の中年男に「何処から来たんだい？」と彼が声を掛けた。「イヨ　ソーノ　ヴェインタ。」（私…二十）男は片言そう言った。「そうじゃなくて…」と彼は続けたがまた男は「イヨ　ソーノ　ヴェインタ。」と中国語の合間にそう繰り返した。そう、彼はこれしか話せないのだ。華僑は逞しい、僅かな縁を頼りに異郷に渡り、言葉も分らないままそこで根を張っていく…それが華僑なのだ。誰しもいろんな事情を抱えている。男たちは「ああ。」と言って黙った。列車は暗闇の中を揺れながら走り続けた。これが旅だ、こんな気持ちの染みゆく点と点を結んで続けるのが私の旅だ。翌朝、パリに到着し皆一斉にタラップを降り始めた。私の前にシバが小さなキャリーを引いている。彼にとっては旅に出るせめてもの奮発なのだろう、真新しいスニーカーが白く眩しく愛しかった。

今年は年明けから働き過ぎた。オーバーワークのまま私は夏を越し秋の展示会を終え、ようやく休暇の旅に出ようという矢先だった。出発まであと二週間という時になってそれまでの過労が症状となって現れたらしい。展示会中に頭皮に現れたそれが帯状疱疹と気付かず、こめかみを降りて顔に広がろうとしていた。地元に帰り着いた途端医師から絶対安静の勧告。独りの気ままな旅ならば先延ばしするつもりだったが、今回は神戸のお客として出会ったI嬢がひょんな流れで途中まで着いて来る事になっていた。彼女は勤続三十年とかで特別の長期休暇が出てちょうど旅を考えていたらしい。チケットはすでに手配済みで彼女の方は働き先でその届けまで出している。彼女にすれば三十年振りの渡欧だった。これまでの気ままな私一人の旅ではなく、すでに人を巻き込んでいるのだ。肝心の私が行けなったら、彼女だけでトルコから始まる自由旅行など到底無理な話だった。第一彼女独りきりで旅など行きたくないはずだ。是が非でも私は旅に出なければ…医師に言われるがまま薬を飲みじっと安静を守る。出発二日前に渋る医師から「このまま安静を保てるならば。」とようやく許可を取り付けるとその旨をI嬢に告げ、慌ただしく旅支度を済ませたのだった。結局予定通り晩秋の出発となった。

九年前、夫と初めての長旅のスタートもトルコからだった。昨年末観たトルコの映画「蜂蜜」に溢れていた蜜色の光があの時訪れた黒海近くの小さな町サフランボルの柔らかな揺らめく光を思い出させ、今年旅の起点をトルコにしたのだった。イスタンブールにあるアタチュルク空港から街はまだぼんやりと夜気の湿りに眠ったまま、早朝の電車に揺られスルタンアフメットに向かう。次第に明るんできて降り立った先にとんと青空が抜け、朝日に洗われたブルーモスクが忽然と現れた。振り向けば茜色のアヤソフィアが優しく佇む。ああ、やはりカモメが飛んでいる。来れた…小半日前まで旅発てるか気を揉んでいたのに今ここにいる不思議さ。潮風を全身に浴びながら金角湾をフェリーで渡ってウシュクダルを歩く。ここにひとむら古民家があるらしく訪ね歩いたが、誰に聞いてもそんな古い民家なんて知らないと言う。訪ね訪ね何時の間にか治安が悪いと書かれている地域まで来てしまったが、ここでも地元の人々が普通に暮らしている。道路の舗装が途切れ地表のむき出しになったでこぼこ道が懐かしく、微かに潮の香が漂う路地を私達は「メルハバ。」と笑みを交わしながら歩いた。

サフランボルの宿には日本から電話しておいた。十年前、私達夫婦はここトルコからモロッコまで旅をした事がある。そこは「杖つくり職人の店」という名前に惹かれて泊まった宿だった。あの時十五歳だったサズの好きな少年アリはもう青年になっているだろう。電話の向こうの声は確かに青年の声だった。「もしかしてアリ？」「そうです。」彼は私達夫婦を覚えていた。旅をすればその土地に根付いた音楽と料理に惹かれる。それがそれぞれの民族の中で陸伝いにどう流れていったのか…緩やかに変化をしながら伝わったその音も味も興味深かった。トルコの楽器サズはマンドリンを小さくしたような楽器だった。宿の息子の少年アリもそのサズを弾いているという。その夜、彼に頼んでサズの名人という老人に会わせてもらった事がある。サズを弾きながら老人の野太く枯れた声が静かに流れる。その老人に促され、横にいた弟子という少年も緊張気味に歌い始めた。老人の枯れた声とまだ若い少年の声は何時しか溶け合いながら夜のしじまに流れて行った。

「今もサズをやってるの？」と電話でアリに聞けば「はい、やっています。」と答える。私がまた映画「蜂蜜」の話をすれば「ああ、あの部屋に泊まりたいのですね。」彼がそう言った。私の日程ミスでイスタンブール滞在が短くなり、遠くサフランボルへ七時間余りの片道はやむなく夜行バスとなってしまった。あの時訪れた休憩地も今はサービスエリアらしくなってすっかり変わってしまったが、真夜中焼きたてのクレープのような巻パンは温かく私達の冷え込んだ体を癒した。「深夜トルコの辺鄙な所でこんな物を食べてる自分が信じられない。」I嬢が頬張りながら呟いた。夜明けに着いたバス停まで迎えに来てくれたアリは逞しい青年になっていた。両親から受け継いだペンションを今は彼一人で賄っているという。あの時「家は代々貧しい杖つくりの職人だった。」そう語った彼の父親は今それを懐かしんでだろう、宿を息子に譲り隣町で木彫りをしているという。すり鉢状の小さな町…鶏が歩き回るごろごろの石畳を周ればゆっくり時は流れ、まだ体力の回復しきれない私は昼寝に宿に帰った。窓の外には大きく育った木々が葉を揺らし、窓辺をリスが走って行く…ふっくら膨らんだ布団にもぐり込めば忽ち心地よい眠りへと落ちていった。

夕方アリの母親が孫を連れて来ていた。懐かしさに彼女は私達を近所に住む娘夫婦が経営する宿に誘ってくれる。あの頃も当時話題の女優Rにそっくりと評判のアリの姉目当ての若い日本人の旅人が泊まっていた。彼はその噂をアフリカで聞いた…と言っていた。散歩がてら母親についてそぞろ歩いて行くとそこにまだ青年と言えるのか、一人の日本人らしい男がいた。アリが早朝私達を拾ってくれた車に同乗した彼だった。トルコから始まってこれからシリアに向かうのだと言う。旅慣れた様子でどこかすでに中年のくたびれた風情すらある。もっさりした印象の彼も十年前のそんな噂を聞いていたらしい。母親が手を引いていたのはその娘の子だった。言葉の通じないまま母親は小鳥のように私達に語りかける。何て可愛く温かな人だろう…あの頃とちっとも変わらず、絶え間なくこぼれる彼女の笑みは蜜色の光のように私達を包んだ。葉音の囁きのように静かに陽は落ち、夕暮れが小さな町に降りてきた。

十年という月日は街を変える。水売りがいた素朴なブルーモスク前の広場は公園らしく整備され、神に捧げるはずの崇高なメヴレヴィーの旋舞が今はレストランの前で観光客相手にざわめきの中で踊っている。あの時親しくなったレストランの親父さん、モスク裏にあったはずの店はもう無かった。私は夫と二人長旅の出発点だったこの街にあの日々の欠片を拾い集めながら歩いた。ここでは巷の野良さえ幸福らしく、そんな傍らで猫好きのＩ嬢はこの街に降り立った時からまるまると太った猫の写真を撮り続けている。街を歩けば相変わらず絨緞屋が声を掛ける。「僕の叔父さんが大阪で…」誰も似たようなフレーズに吹き出してしまう。同じように声をかけて来た一人、七歳から働き始めたという絨緞屋タクさんのバルコニーから見上げた群青の空に絵のような薄い眉月がブルーモスクの上に掛かっていた。

今日もガラタ橋で大勢の人が釣糸を垂れ、黄金色に染まったボスポラス海に数えきれない小舟が浮かんでいる。飛び立つ飛行機の小窓から無数に点在するモスクが夕陽に輝いていた。

六年ぶりのヴェネチアだった。宿を探し運河裏の路地に足を踏み入れた途端、表の賑わいは何百年もの時を寡黙に見据えて来た石壁に飲み込まれた。黒い波がひたひたと打ち寄せ壁を洗っているのだろう、湿気を帯びた夜の深さが足元から登って来る。仄明るさが大きな影を作り、Ｉ嬢は怯えた。これこそが私が夢想する死の匂い漂うヴェネチア、滅びゆく水の都の夜の顔だった。

その日、空は重いまま晴れていた。杭の打ち込まれたラグーンを縫うように船が走り人は島を渡る。すでに廃墟となった小さな島が波間に浮かんでいた。島を巡って帰り着くとサンマルコ寺院の二頭の馬が大海原を背に天空を蹴り、黄金のモザイクが夕陽に照り返していた。落ち椿が妖艶な美を放つように、ヴェネチアはその華麗さに幾世代もの感嘆の声を浴びながら今陽炎のように揺らいでいる。けれど終焉は静かに忍び寄り、やがて死へと向かっているのだろう。私達は路地を徘徊し、幾つもの小橋を渡りヴェネチアの昼と夜を堪能した。最後の夜、サンマルコ広場から出るヴァポレットへ乗り込んだ。運河沿いに潮で黒ずんだ壮麗な館が古いアルバムを捲るように立ち並び、過ぎ去った栄華の夢に微睡むように水辺に浮かんでいた。

ヴェローナの城跡の美術館は初めて訪れた時から好きだった。秋の気配と柔らかな午後の光が笛を持つ女の石像を今日も静かに包んでいる。このカステロヴェッキオの城壁から街を大きく蛇行した川が望める。十年前独りこの街を訪れて、川向こうの坂道に落ちていた鍵が縁で私は一人の青年と知り合った。季節もちょうどこんな初冬だった。ジャメルと名乗った彼はチュニジアから来ていた。母国の大学を出て夢を抱きイタリアへ来たはず…しかし彼はこの異国での偏見に戸惑い辛酸すら舐めていた。私はふと思いつき、宿で出会った彼と同じ世代の若い娘たちを誘って彼と食事した。若者は若者同士、あの夜彼は外語大生の娘達に合わせフランス語、イタリア語、英語を駆使しながら如何にも楽しそうに屈託なく笑い転げたものだ。別れ際、もしヴェローナに来たら絶対連絡をくれと母親に甘えるかのように彼が言った。良い青年だった。しばらくは電話でジャメルと連絡も取り合っていたが何時の間にか彼の住所も失ってしまった。彼は今どこで暮らしているのだろう、あれから互いにいろんな時間が過ぎたはずなのに街角でふとまだ若いままの青年ジャメルと出会うような気がした。

シニョリーナ広場の一角の美術館の地下でイタリアにおける近代生活史といえる写真展があり、ペルージャに向かうまでのひと時ここで時間を過ごす。被写体は名もなき市井の人々だった。たった数十年前と思えぬほど人の暮らしもその面立ちさえ違う。以前旅で知り合った青年から「きっとYさん、好きだと思うから…。」と一冊の本を手渡された事がある。そこにはある作家の目を通して描かれた貧しきイタリアがあった。私がフィレンツェにしばらく滞在している頃だった。滞在先のモレナを起こさぬよう私は目覚めた後ベッドの中で本を読んだ。終業間際になって降り出した雨に、傘を持って迎えに来た妻である著者と夫は一瞬確かに目が合っている。けれど彼はそれに何故か気づかぬ振りで労働者の仲間達に混ざり、背広の襟を立てて雨の中を前かがみに走って去って行った…そんな場面が描かれていた。傘を持たない同僚らは小雨ならば襟を立て走り抜けて行く。こんな風に妻に傘を持って来られたのが夫はきまり悪かったのかもしれない。それが裕福に育った妻とそうでない夫との距離だった。私は「自転車泥棒」という映画を思い出し、まだ寝静まったモレナの家の白い壁を見つめた。私はこの国の中世史が好きだった。けれど華麗な歴史に隠れたこの国の戦後の状況を忘れていたのだ。それは私の中で音のない波紋のように広がっていった。つい五十年ほど前まで私たち日本人の暮らしも同じように貧しいものだった。何時の間に欲しい物を数える時代から足りない物を数える時代に移行したのだろう。貧しい事は切なく哀しく…人はそんな悲哀の染みついた衣服を簡単に脱いでいくものらしい。

ペルージャは末娘が一年暮らした街、私は中部ウンブリア州にある小高い丘の城壁に囲まれたこの小さな街が好きで何度となく訪れている。今回もI嬢を伴ってきたわけだが何とチョコ祭りに出くわしてしまった。山間の静かな街は大勢の観光客で埋まり、広場まで様々な出店のテントが張られ街中に甘いチョコの香りが漂っている。こちらの人は老若男女問わず驚くほどチョコレート好きなのだ。夫とここに来た時は七月、ちょうどジャズ・

フェスティバルで街中に音楽が流れていた。けれどこれは頂けない、食べない前からもう胸やけで食傷気味である。以前濡れそぼる雨の中、貧乏旅行の若者たちと別れたあの教会前も今はお祭り気分の若者で埋まっている。私の拾い集めた甘酸っぱい感傷はたちまちそんな彼等の歓声でかき消されてしまった。旧市街中心にある教会や宮殿前の広場から下の新市街に向かって幾つもの下り坂があり、エトルリア門を潜った向こうに人々の暮らしが広がる。私は古代ローマの水道橋に続く坂道がどれだったのか忘れてしまい、うろうろ探し回ってようやく辿り着いた。その水道橋は丘のすそ野に広がった街の頭上高く跨ぎ遥か向かいの丘まで続いている。ここだ、何時も黄昏時に訪れる坂道を降りれば下方に広がるのびやかな景色…今は通路として使われているその水道橋途中にある一軒の家の前で私は何時も立ち止まる。いわば今一本の空中道路に立っているようなもの、その高い水道橋に面した家々の歪んだ窓越しにそれぞれの暮らしぶりが垣間見え、振り向けばなだらかに続く古い瓦屋根の家々。人の暮らしと幸福…何でもないこの風景が沈みゆく陽の温かな光に包まれて見える。夕暮れは温かく丘を染めていた。互いに行き過ぎが出来ないほど狭い水道橋の上で陶然と佇む私の前を一人の男が「失礼。」と言って横切った。そして橋の脇に作られた小さな扉を開けた。この橋に面した向かいの家の二階からこの水道橋に小さな橋が架かっているのだが彼はこの家の住人だったのだ。知らぬとは言えこの水道橋を訪れる度私は彼の家の前に佇み幸福に浸っていたのだ。彼は笑って家に入って行った。仄暗くなった九十九折りに続いた石段を登り広場に辿り着いて見上げれば夕なずむ空に白い月が浮かんでいた。

連れのI嬢のトルコから始まった旅はローマで終わる事になっていた。ローマに着いてから帰国便であるトルコ航空への連絡のため私達は貴重な旅の半日を振り回されてしまった。仕切り直しで口直し、数年前見つけたスペイン広場近く葡萄棚が広がるオステリアに行く。他の料理も然ることながらプロシュット・エ・メローネ（生ハムとメロン）が何とも言えず美味しいのだ。うっすら塩味のプロシュットと瑞々しく甘みの強いメロンが絶妙に口の中に広がった。私は古代、中世と現代が猥雑に混ざり合う街…このローマが好きだった。だから旅の始まりに何時もはここを選ぶ。あの雲のように右に行くのも左に行くのも気の向くまま、煩雑な日常から抜け出し、小銭をかき集めて旅に出る。搾り取った珠玉の第一日目の朝、バールできびきび働くカメリエーレを見ながらカプチーノを飲み「ああ、旅に出たんだ。」と実感するのだ。今回は万全とは言えぬ状況で始まった旅だったが、ローマに着いた辺りから私は次第に体調を取り戻してきていた。私はリキュールたっぷりのババ（焼き菓子）を頬張りながらこの下街の路地裏を徘徊し、ここに人が生きていると実感する。

二十年ほど前初めて私はこの国を訪れ、ぶらりと入った下街のバールにバイクで乗り込んできた黒づくめの地元の若者達と出くわした。丸刈りで刺青もワイルドな彼等に話し掛けると腕っぷしの強そうなその中の一人がたどたどしい英語で話す。「オー、ソーリー。」などと彼は身振り手振りに間合いが入り、互いに下手な英語で話すのだから地元っ子の粋がった彼等の会話も色褪せる。忽ちこの種の若者特有のきな臭い匂いは失せてしまった。「おめえ、すげえ。英語で話してんじゃねえか、このオバサン何言ってんだ？」とでも言ってるのだろう、仲間たちの尊敬の眼差しが一挙に彼に集まり、彼も鼻高々で通訳する。そんな他愛ないやり取りすら可笑しく一斉に笑いが弾けた。バールのお兄さんに「あなたデニーロに似てるわね。」と私が言えば彼はあの俳優らしく口をへの字に曲げ両手を広げて「ここいらじゃ誰も彼もデニーロかアル・パチーノさ。」

おっとりしたI嬢にとっては旅の初め、私が半病人状態のペースがちょうど良かっただろう。だがこの辺りから次第に私の体調も回復してきて、私の中ですでに何かがむずむずと動き出している。一方、彼女はローマの猥雑さが苦手なようで浮かぬ顔をしている。確かに車がスピードを上げてぐるぐる広場を周り、バスには溢れんばかりに人が押し込まれ、テルミニ駅周辺の猥雑さといったら昨夜の酔っぱらいのオシッコの匂いまで定番となっている。夜は隣り合わせた人と楽しいお喋りでグラッパをぐびっといきたい。ここと似たような界隈に育った私と上質な育ちの彼女とはそこが温度差なのだろう。両手を上げてこの街で歓喜したいのだけれど、そこは還暦も過ぎた年長者ゆえ大人らしく抑える。「私、そんな所行けません。いいですか?」「そうよね…。」実際私は病み上がりなのだから自重は必要と自分に言い聞かせ彼女好みの甘いドルチェに合わす。まあ良いか、今回は来る度行っていたパンテオン横の居酒屋もトラステヴェレのバーも見送りだ。彼女を無事送り出せば元気になった私の旅が始まるのだ。それにしてもローマの暑さといったら…旅の最終地パリに備えて私は冬支度で来ていたのだが、未だ半袖にサンダル履きといった観光客までいる。コロッセオ辺りを歩けば汗が噴き出す、だからビールが上手い。旅に出れば何処で何を食べるかが一日の大きなイベントなのだ。イスタンブールで行きつけになったドイドイ、ガラタ橋近くの食堂でエロ爺さんに煽てられた挙句ぼられ、ヴェネチアのバール・ボンバで舌鼓。ヴェローナでは賑わったレストランで量の多さにさすがにギブアップ、それでもI嬢は念願の初ポレンタに喜んだ。ペルージャの宮殿近いピッツァローマでプロシュット・エ・メローネにトリッパ、トラステヴェレで賑わいの海の幸…日々胃袋に詰め込んだ料理がそのまま旅日記だった。

帰国する数日前から夜中彼女が歯ぎしりをしていた。翌朝それを告げれば独りで帰られるか心配だからかも…と彼女が答えた。別れの日、不安気に顔を曇らせた彼女を「大丈夫よ。」とテルミニ駅で空港までの電車に乗せた。三十年前、成人のお祝いに両親から贈られた彼女の旅は豪華ツアーだった。五つ星ホテルに泊まり、全て搭乗員が世話をしてくれる…大きなスーツケースを自ら運びながら安ホテルを渡り歩く旅とは真逆なのだ。旅慣れた身ならばいざ知らず、今から独りで搭乗手続きを済ませ、イスタンブールで乗り継ぎ帰国という作業がこれから彼女に待っている。私は彼女を見送った足でそのままフィレンツェに行くつもりだ。大きな鞄を持ったまま私は彼女の乗った電車が走りだすのを見送った。窓ガラス越しに小さく手を振る心細げな彼女の顔が遠ざかって行った。

フィレンツェは冷たい小雨に煙っていた。傘を差しながら探し回ったサンタ・ノベッラ教会近くの安宿は三階までエレベーターなし。膨れ上がった鞄は更に重たくなって私は肩で息をしながらようやくそれを運び上げた。ローマから列車で三時間余りの距離だというのにここはひどく冷え込んで、行き交う人もすっかり初冬の風情である。ここからは私独りの旅が始まる。この街に会わなければならない人がいた。私が帽子作りの何も知らないまま、頼み込んでその工程を見学させてもらった帽子職人モーロ氏である。帰国後、私は帽子を作り始めた。それが僅か二時間でも私にとっては唯一の師匠だった。この国を訪れる度彼を訪ね、彼等一家の温かさに包まれた。東北の震災が起きた年、多くの人の受難は重くその年の旅は控えた。だから二年ぶりのフィレンツェだった。翌朝モーロ一家のそれぞれへ土産を携えて私は何時ものようにアルノ川沿いを歩いて行った。ポンテベッキオから二つ目の橋を越えて懐かしい彼の店の前にやって来たが、シャッターが閉まっている。あれから私の方も忙しく過ごし、私は連絡も取らないまま来てしまった。高い窓から背伸びして中を覗いてみる。よく見えないが何かしらがらんとしていて不安が広がった。近所に聞いて見たが分からない。店をやっている気配がないのだ。もしかしてこの二年の間に店を辞めてしまったのだろうか…そういえば彼が「もう、そろそろ年だから。」とは言っていた。

ピッティ宮殿前に帽子屋があったのを私は思い出した。以前アトリエを兼ねた店を偶然見つけ、その時そこの店主とは会っている。同業者の彼ならモーロ氏の事が分かるだろうと訪ねて行った。茶色に濁るアルノ川沿いに歩けば冷たい雨が降り注ぎ、手がかじかんだ。

モーロ一家の温かな笑顔が頭を巡る。相変わらず観光客で賑わったポンテベッキオの喧騒を抜けてその店までやって来ると閉まっていた。もうここにしか彼等の動静の手掛かりはなかった。二時間ほど寒空をうろうろしながら待ち、とっぷり日が暮れた頃、店主のアントニオが帰って来た。仔細を話せばモーロ氏が仕事を引退し地方へと移っていった事を教えてくれた。何れモーロ氏には連絡が取れるという。今回会えなかったものの安堵が走った。また今回の旅行で私はフィレンツェ郊外にある材料屋を訪ねるつもりだった。三年前来た時はちょうどその日から夏季休暇に入ってしまい店は長期休業、翌年はモーロ夫妻がそこまで行くのが大変だからと車で送ってくれた。海外で観光以外の地方を訪ねるとなるとバス乗り継ぎなどが途端に厄介になる。アントニオはその店までの道のりを詳細に教えてくれた。旅に出ると曜日の感覚を忘れてしまう、明日が土曜日なんてうっかりしていた。すでに日曜日のパリ行きのチケットは取ってしまっている。したがって店に行けるのは明日の午前中しかないのだ。翌日彼の忠告のお蔭で首尾よく列車、バスを乗り継ぎ、閉店一時間前にどうにか店に辿り着き材料を購入できたのだった。

小雨の降りしきるフィレンツェでイタリアの旅は終わる。夕暮れ時最後に地元の人に教えてもらったオステリアも良い雰囲気だった。暗がりの中を小さなテーブルの蝋燭の灯りだけが揺らいでいる。オステリアと思えぬ雰囲気の中で食前酒に食後酒の心配り…定席なのか独りの老女が奥の席に着くと馴れた風情ですぐさま料理が運ばれ、若い給仕たちとの親しい会話。その老女と目が合った。彼女が微笑みながらこちらに向かって軽くグラスを持ち上げた。街を行き交う人が彼女の友なのだろう、年を取って独りっきりならばこんな街での暮らしも良いかもしれない。

宿に帰って布団に潜り込んで本を開いた。何時も仕事に追われ慌ただしく暮らし、せめてもと旅に出る時は数冊の本をバッグに忍ばせて来る。旅の合間に読む本は何故か胸に染む。若い時分途中で終わったままの一冊、それをこの夏からもう一度読み返していた。金子光春の長編三部作、七年に渡る放浪記である。それも仕事が始まればそれにのめり込んでまた中断、旅に出てようやく最終章を読み終えようとしていた。外は絶え間なく冷たい小雨が降り注いでいる。初冬に独り異国の机と小さなベッドひとつの簡素な宿はこの本を捲るにふさわしく、パリに発つ前の深夜それを読み終えた。著者は人生のある一時期を旅という根なし草の時間に晒す。混沌とした時代の中を果てのない流浪で人間の荒みと愛ににまみれ、居直りのようにきな臭い底辺を彷徨い続ける。所詮私など上っ面を撫ぜて行く能天気な旅ごっこなのかもしれない。この本の後書きにN氏が何時になく熱い想いを寄せていた。夜が明けて閉じられた本に目をやる。外では今日もまだ雨が降り続けているらしい。久しぶりにまた高質なものに出合った、その充足感でこの寒ささえ心地いい。以前旅先の安宿で日本の文庫本が置かれてあった。誰が読んだのか黄ばんだ背表紙が目に染みた。この本を持って帰ろうと思ったのだが、これもそんな旅の感傷だろう。このまま旅先の安宿に置いてくるのが相応しいような気がして、その日宿を出る時私は机の隅に本を置きドアを閉めた。フィレンツェで会えた人会えなかった人…夜汽車に乗り込んで私はイタリアに別れを告げた。

予定より一時間遅れで朝のパリ到着、かさ張った鞄の重さは尋常じゃない。こうなる事は分かっていたのでタクシーで一区間で行けるよう、宿はヴォルテール駅近くに取っておいた。5日パリで過ごして後は帰国だ。物価高のパリの中で極めて安宿のある界隈は人種のるつぼ、アジア系にアフリカ系…様々な人が行き交う。今回の安宿で出会った彼等も良い連中だった。ある夜、私が居間に集った旅人と語らい、それが南米の話になってたまたまホテルに遊びに来ていたボリビア出身の青年の耳に入った。彼に問われるままラパスに行った事があると言えば意外だったのだろう、彼は喜びすぐに実家の住所を書き始めた。

また行ったら母親を訪ねてくれという。「遠過ぎて次はないかも…。」と言えば「あるよ、きっとあるから。」懐かしい故郷に思いを馳せたのだろう、私の手に彼はその紙切れをねじ込んだ。

宿について一息、ようやくバッグに詰め込んできた冬支度の出番だ。身支度を整え取りあえずメトロへ向かう。ところがキオスクの切符は完売、改札口にも販売所はない。まだパリに着いたばかりで切符を何処で買えるのか私が探していると、それを察してかメトロ入り口に座っていた年配の男が手招きする。彼はコップを前に誰かが小銭を投げ込んでくれるのを気長に待っている男だった。「メトロに乗りたいけど切符がないの。」私はたどたどしいフランス語で言った。すると通りがかる人に「切符持ってない？」と聞いてくれているらしい。何人目かで二枚の切符が私に手渡され、私は行きずりの人に小銭を渡した。「有難う、ムッシュ。」と改めて口利きの彼に言えばにっこり笑って「どういたしましてマダム。」と言う。そんなやり取りをしていると若い娘が彼に親しく声を掛け、何やら二人楽しそうに笑いながら話し始めた。何処にだって生活の破綻した者はいる。けれど街の世話焼きのようにキオスクの小父さんと世間話したり、街の娘と談笑したり…彼にうらぶれたそんな悲壮感はない。今の状況をそれなりに楽しむ…それも良い意味での個人主義なのだろう。ちなみに次の日彼を見かけたので「昨日は有難う。」と言ったら彼は「何の、気持ちはこれに…。」とでも言うように微笑んで私の前にコップを差し出した。「ああ、そうか。」私は慌てて財布から2ユーロを取り出し「これで良い？」とコップに入れる。コロンと乾いた音が鳴った。すると彼は私に映画の一場面のように片目を瞑り「ボン　ジョルネ。」（いい一日を）と笑って手を振った。ボン　ジョルネ…一日の始まりに爽やかな気持ちになる言葉だ。

今度の旅に出られると分かった前日、慌ただしくパリにあると思われる材料屋などを調べておいた。田舎に住んでいてもインターネットのお蔭で情報に抜かりはない。住所を頼りにこの街に点在する材料屋は全部周ってかなりの羽根も入手できた。足取り軽く後はパリを楽しむだけだ。翌日セーヌ河沿いに歩いてオルセー美術館を覗く。ルーブルはもちろん、何処も観光客で長蛇の列だった。膨大な収蔵量に溜息しながらゆっくり館内を巡る。やはりボナールは良い…若い日、画集で見たままに幸福な光に溢れていた。夕間暮れ橋の上にいると、セーヌ河を行くゴマのハエと呼ばれるグラスボートから橋に向かってわっと歓声が上がる。観光の若者たちが顔を輝かせて一斉に手を振っているのだ。橋の上の人々も身を乗り出して手を振り返した。お上りさんだって良いじゃないか、皆パリにいるこのひと時を楽しんでいる、今人生の休暇なのだ。

ここが今年の旅の最終章、足の向くまま裏通りを歩いて来て簡単に遅い昼食を…そう思って入ったブランジェリに私より年配の日本人らしい夫婦が座っていた。二人は変わった帽子を被って通りを歩いていた私をずっと窓越しに見ておられたらしい。私は彼等が旅行中の方だろうと思い「今日は。」と挨拶すれば「え、日本の方？」と逆に聞き返された。聞けばベルサイユ近くに暮らしてもう三十年になるという。お二人ともかなりのお年のはずだ。「…これからも？」と逡巡しながら私が問えばひとつ間をおいて「ええ。」と彼が答えた。ここに骨を埋める覚悟でいるのだろう。「ああ、そうなんですね…。」問う方も問われる方も既に人生の大半を過ぎて語らずとも双方を過る想いに多くの言葉はいらない。軽食を食べながら穏やかな彼等との会話にこれが袖振り合う縁というものなのか何かしらしみじみした想いが通ってくる。別れしな、ご主人から名刺に何やら書き添えて手渡された。「これもご縁ですから。これからもここに住んでいますのでパリにいらした際はどうか寄って下さい。」横文字の白い名刺の下に律儀な文字と地図が記されていた。

一昨年、ポンピドゥーから下ってサン・ルイ島から伸びた道が交差する界隈、そこで末娘と偶然見つけた小さなバー・エタージュ。そこにいた粋なお兄さんといい如何にもパリの下町らしい蠱惑的な店だった。あの界隈を目指してまた徘徊する。歩き回りエタージュから今夜もほろ酔いで帰って来る。今回材料探しを省けば結局毎日この辺りをうろうろして過ごした。やはり私は下町の薄汚れた壁や徘徊する野良猫、その辺のおっさん達が好きなのだ。夕なずんだセーヌ河の畔をぷらぷら歩きながら「東京流れ者」がふと口を突いて出て来る。気分が良いとこの歌が出るらしい、やさぐれて口遊むひとり旅のこの気楽さ。酔っぱらいと傾いた月という詩があったっけ…旅に入ると私は空を見上げる。月が欠け、また少しずつ満ちて来る。この月の満ち欠けがひと回りする間が私の旅の時間だった。ああ、もう少しで月が満ちそうだ。

帰国の日、パリを出発し乗り継ぎのイスタンブールでかれこれ二時間遅れになりそうな成田行きを待っていた。そのゲートの待合にサフランボルで出合った青年おっさんがいるではないか。あの日と同じ青いシャツを着ている。「あれから何処に行ったの？」「トルコを周ってシリアをうろうろしてました。」三週間目の遭遇だった。この男も旅に取りつかれた人らしく、彼もいい年だろうに未だに独り者らしい。「嫁さんなんて今更無理でしょう。」自嘲気味に笑いながら彼が言った。働いて旅に行く、そしてまた旅に出るために働く。好きに生きれば良いさ、長く短い自分の人生だもの…これから旅に出る者、帰る者…いろんな人の想いを乗せて飛行機は夜半のアタチュルク空港を飛び立った。

あとがき

十数年前、娘の療養中の慰みにとパソコンをアトリエに置きました。仕事を終えたある夕暮れ、ふと思いつくまま母の思い出「紫水晶」を打ち込んだのが書くきっかけとなりました。嫁ぐ前に母を喪い、あれから長い時間が過ぎていました。思い出を辿れば忘れていた事柄が鮮やかに蘇えり、懐かしい人々が語りかける…その囁きさえ聞こえてきそうでした。若い日に封印したままの色あせた哀しみがその時匂い立つように私を包み、思いがけず書きながら私は子供のように泣きました。泣けた事で浄罪のように、何処かにあったずっと昔のしこりの様なものが溶解していったように思います。思い出に会いに行く…あれから時折書くようになりました。

人が行き交う界隈で育ったからか、巷に繰り広げられる小さな物語が愛しく感じます。また子育てが終わる頃から始めた気ままな旅で触れ合い行き過ぎる人々…仕事場で手を動かせば何処かの路地や街角、出会った人達が落としていった言葉が浮かんできます。仕事が終わって時折そんな呟きを目の前のパソコンで書き留めました。文字の向こうに遠くなった日々が雨上がりのように蘇えり、何時の間にかしっとりした想いに浸されました。見上げればアトリエの前の中庭に大きく育った柏の葉がゆさゆさと黒い影を落としています。そんな時間が好きで私はまた懐かしい想いに入って行きました。これも私の過ごしてきたもうひとつの時間です。

成り行きで帽子を作り始めて今年で十一年目になりました。手を動かし遊ぶのも好きですが展示会で訪れる街にいろんな人と暮らしがありました。籠る、動く…この両方を行き来するのが私の性に合っているのかもしれません。十年一括りの形として拾い集めたそんな呟きを纏めてみようと思い立ちました。これから先どんな時間が待っているのか…緩やかな下降線に沿ってゆっくり楽しんで行きたいと思っています。

二〇一六年　春　遠矢羊子

遠矢羊子（とおやようこ）

1950 年鹿児島市に生まれる。

1986 年以降人形・オブジェ展を展開。

1992 年自宅の設計をきっかけに住宅設計を手掛ける。

2004 年以降帽子制作を始める。

小さな柳行李

2016 年 7 月 10 日　初版第 1 刷発行

著　者　遠矢 羊子

発行者　谷村 勇輔

発行所　ブイツーソリューション

〒466-0848 名古屋市昭和区長戸町 4-40
電話　052-799-7391
ＦＡＸ　052-799-7984

発売元　星雲社

〒112-0012 東京都文京区大塚 3-21-10
電話　03-3947-1021
ＦＡＸ　03-3947-1617

印刷所　藤原印刷

万一、落丁乱丁のある場合は送料当社負担でお取替えいたします
ブイツーソリューション宛にお送りください

　ISBN978-4-434-21963-4